约翰·班扬的肖像

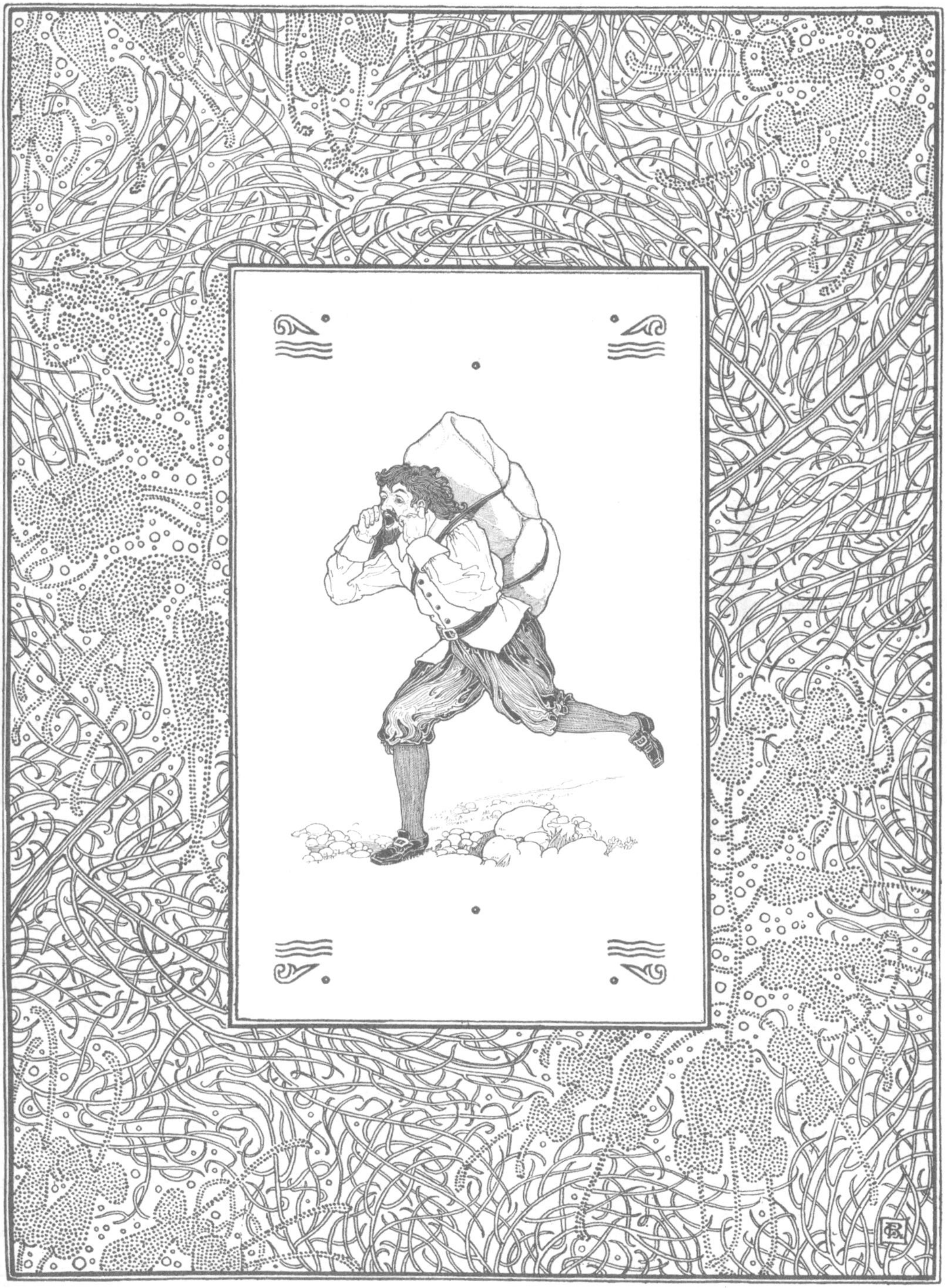

插图珍藏本

天路历程

〔英〕约翰·班扬 著 西海 译

John Bunyan

The Pilgrim's Progress

上海译文出版社

THE

PILGRIM'S PROGRESS

JOHN BUNYAN

编者说明

约翰·班扬是十七世纪英国文学史上著名的小说家和散文家。他的代表作《天路历程》于1678年成书出版后，轰动了当时的英国文学界以及社会大众，被誉为“英国文学中最著名的寓言”。该书分为上下两卷。在上卷中，书中的叙述者在梦中看到一个叫做“基督徒”的人正在读一本书，知道了自己居住的城市将遭天火焚毁，惊恐不已。这时一个叫“宣道师”的人指点他必须逃离自己的故乡，前往天国。基督徒背负着世界的重担，从此踏上了艰难而勇敢的历程，为自己寻找救赎。下卷写的是基督徒的妻子“女基督徒”和孩子们在一个叫做“无畏”的人的指引下，前往天堂的朝圣过程。小说人物形象丰满，想象奇特，故事生活化，对人性弱点的刻画尖锐而深刻，理想主义的热情震撼人心，因而超越了时间和宗教的局限，在成书三百多年后的今天依然光彩夺目。

《天路历程》是约翰·班扬狱中心血凝成的杰作，被译成多种文字，在世界各地不断再版，在西方世界家喻户晓。1853 年被翻译成中文，这是中国历史上出现的第一部西方长篇小说译著。这部作品在全世界各地已有多达二百余种译本，是除了《圣经》之外流传最广、翻译文字最多的书籍之一，为不同文化和宗教背景的人们所阅读，成为世界文学名著。

《天路历程》是一部寓言体小说，被称为“具有永恒意义的百科全书”，是英国文学史上里程碑式的篇章。许多文学家将他和莎士比亚、弥尔顿相提并论，并把《天路历程》与但丁的《神曲》、斯宾塞的《仙后》并列为世界文学中三大讽喻体作品。文学界认为：斯宾塞的《仙后》吸引了诗人，但丁的《神曲》吸引了学者，而班扬的《天路历程》吸引了各种年龄和地位的人，具有很高的“审美意识形态”。湖畔派的浪漫主义诗人柯勒律治认为《天路历程》是一部可以从多个角度反复阅读的书，每读一次，都会有不同的愉悦之感。

《天路历程》被誉为英国文学中史诗般的存在。《天路历程》在故事情节、细节描写和人物性格塑造等方面，对后来英国小说的发展也都产生了重大的影响。班扬被公认为英国通俗文学鼻祖，为文学大众化、通俗化和口语化以及英语语言发展做出巨大贡献。鉴于《天路历程》在英国文学史上所占据的独特位置，其中译本的出版对于英语文学的研究，具有重要的学术价值。

此次出版的《天路历程（插图珍藏本）》采用了著名翻译家西海先生的译本，译文平实准确，再现了约翰·班扬朴素晓畅的行文特色。值得一提的是，这一版的《天路历程（插图珍藏本）》选用了乔治·黑德、弗雷德里克·黑德和路易斯·黑德（George, Frederick & Louis Rhead）三兄弟的插图作品，画笔细腻，生动再现了书中描绘的场景。

编 者

作者为本书所作的辩解

为了要写作，当初我把我的笔
拿在手中的时候，决没料及
会写成这样一本小书：
我要写的，原来是大相悬殊；
等到接近完成，自己还不知道
已经开始这样写了。

　　事情是这样：我原想写下圣徒们
在我们这个福音时代中所经历的路程，
万想不到，我却写成了一篇讽喻，
描述他们的旅程和到达荣耀的道路。
我记下了二十件以上的事例。
之后，又有二十件进入我脑子里；

事情一件又一件地不断增加，
好像燃烧的木炭中飞出的点点火花。

于是我想，不成，要是你们孵化得这么快，
我就再也不把你们理睬，
免得你们最后变成“无穷无尽”，
使我已经着手写的书被你们侵吞。

　　好，我就这么做；并不想以如此方式
使举世看到我的笔墨；
我一心只想写，自己也不知道写些什么；
要说借此讨好邻居，我也并没这个企图；
不，我可不；我那样做，
只是为了使自己心满意足。

我既非为了消磨那无聊的时日
才这样草草地书写；我也并不只是
为了让自己散心消遣，
借此逃脱那些使我犯罪的更坏的意念。

　　于是，我愉快地落笔纸上，
黑字白纸飞快地写下了我种种的思想，
因为如今当我的思潮终止的时候，

只要我再探索一下，它又涌了上来；
于是我又把它们一一写下；终于，
你看到它成了这样一本篇幅浩繁的巨著。

　　好，我把这些片断的想法编写完竣，
就拿去给别人看，为的是要弄清，
他们表示谴责，还是表示赞许；
有的说：让它们存在；有的说：让它们死去。
有的说：约翰，把它印成书；有的说：别这样做；
有的说：也许有好处；有的说：不。

　　于是我进退为难，
我不知道该怎么办：
最后我想，既然人们这样意见纷纭，
我把它付印吧；这件事就这样决定。

　　因为我想，我明知有人主张这么办，
尽管还有人表示疑难：
那么，要证实谁的意见是最好的意见，
我认为不妨作一次试验。

　　我又想，假若我现在拒绝去满足，
那些主张这么做的人的愿欲，

我不知道是不是会阻碍
他们从那件事上可以得到的欢快；
对那些反对让它发表出来的人，
我说，“我并不愿意开罪你们”；
可是既然你们的弟兄喜欢这样，
暂且不要论短道长，等你日后看了再讲。

要是你不愿意去念它，那就算喽；
有人喜欢吃肉，有人喜欢啃骨头；
对，我也许能更好地使他们心平气和，
我也曾这样忠告过他们：

难道我不能用这种风格著书立说？
用这样的方式，同时又不失去我的目的——
使你获益？为什么不可以这样做？

乌云带来雨点，灿烂的云却不。
是的，不管是乌黑还是灿烂，
只要它们降落银色水滴，使土地上谷物生长，
那就全会受到赞扬，谁也不会受到责难，
它们共同生产的果实都要被人珍藏；
是啊，就这样把两种果实混合，
因此对那些果实，没有人能辨别；

你知道渔夫捕起鱼来怎么办。

她[①]饿的时候；它们对她都很合适，
她饱了全吐出来，使它们的祝福毫无价值。

　　你知道渔夫捕起鱼来怎么办；
他用的是什么样的手段。

① 指大地。

看！他怎样把他的全部智慧都使出；
怎样使用圈套，钓线，钓钩，钓具和网罟；
然而有的鱼，无论你用钓线，钓钩，
圈套，网罟，巧计，也不能捕到手；
你得用手去摸，还得抓住，
否则，你无论如何也无法捉捕。
捕鸟人怎样去捕捉他的猎物？

捕鸟人怎样去捕捉他的猎物?

方法繁多，你没法一一说出：
他的枪，他的网，他那些涂上了粘胶的杖、灯和铃；
他一会儿爬，一会儿走，一会儿站定；
谁能把他这些层出不穷的姿势一一说明？
然而光是这些，还不能使他随意捕获野禽。
是啊，他还得吹笛子，吹口哨，去捕捉这一只；
可是如果他这么做，他要失去那一只。

　　如果珍珠会藏在癞蛤蟆的脑袋里，
那么在牡蛎的贝壳里也找得出来；
如果在那些微不足道的东西里，
竟含有比黄金还要贵重的东西，
那么凡是略闻风声的人，
哪个会不屑朝那儿望一眼，把它找寻？
说到我这本小小的书
其实它里面所包含的内容
都不像有些幻想那么浮夸空洞。

　　“嗳，可是我并不十分相信，
当受到严厉的考验时，你这本书会站得稳。”

　　怎么，这怎么说？“它是难解的。”那有何妨？
“可是它是虚假的。”那又怎么样？

我相信有的人用虚构的话语，跟我的一样隐秘，
使真理发光，使它光芒四射！
“但是他们要内容充实的东西。”喂，说出你的意见。
“它们使愚钝的人无法理解；隐喻弄得我们摸不着边。”

　　的确，写神圣的事给人们看，
需得把内容充实一番；
但是，难道我把隐喻使用，
就缺少充实的内容？
古时上帝的律法，祂的真理的律法，
岂不是通过象征、预兆和隐喻来表达？
任何沉着的人都不会愿意加以吹毛求疵，
为了生怕被人认为是攻击那至高无上的智慧。
不，他宁可谦卑恭逊，
通过那些琐屑曲折的小事情，
通过牛犊和绵羊、小母牛和公羊，
通过飞鸟和草木，以及羔羊的血，
设法了解上帝对他所说的话；而且他满怀欢畅，
在那里面找到了恩典和亮光。

　　因此不要急于作出结论，
说我缺乏充实的内容——粗陋不文；
看上去实在的东西，骨子里未必结实；

凡是用比喻讲的话，我们不要藐视，
免得我们轻易接受极端有害的物品，
而美好的东西却使我们丧失了灵魂。
我那隐蔽含混的话语里倒含有真理，
就像珍品橱里藏着金子。

　　先知往往用隐喻使真理显露；
是的，不论什么人，只要他尊重基督，
也尊重祂的使徒，就能清清楚楚看见，
直到今日，真理是藏在这种帷幕后面。

　　我是不是怕说《圣经》，
它的风格和箴言压倒一切的智慧聪明，
在它里面充满了这些东西——
隐秘的人物，譬喻？然而就从这本书里
发出那荣光，一道道的光线，
使我们最黑暗的夜晚变成白天。

　　好吧，让惯于吹毛求疵的人们来看，
让他在那里面发现比我的书里更隐秘的语言；
不仅如此，还得让他弄清楚，
在最好的作品里面也有更坏的字句。

让我们站在公正无私的人们面前，
我敢打赌有比他这可怜虫多十倍的人员，
他们会认为这些字句的意义，
要比他那银铸的神龛里的谎话远为宝贵。
啊，真理，虽然我发现它裹在破布中，
它却有指导、判断和纠正思想的功用；
它使人领悟，使人的意志变成谦恭；
也使我们的回忆中
充满我们所爱好的幻想；
同样，它也制止我们的忧惶。

我知道，提摩太善用正确的话语，
他拒绝荒诞无稽的谈吐；
可是严肃的保罗[①]却不禁止他
用种种的比喻去说话；
那里面隐藏着金子、珍珠和宝石，
值得你去挖掘，而且要小心翼翼。

让我再加上一句话。啊，牧师！
我有没有得罪你？你是不是希冀
我用其他方式表达我的主旨？

---

① 提摩太是保罗的学生，保罗是初期教会中最有力的传道人。

或者认为我该把问题表达得明确一些?
让我先把三件事提出,
然后我再规矩地向我的长辈们屈服——

一、我觉得我使用这个方式,
并不是没有我的权利,因此,
我并非为了欺骗读者而滥引这些事例和字句;
提出了那些人物或者比喻,也并不粗鲁,
我所以这样做,只不过是为了
通过这样或那样的方法把真理找到。
没有权利!我可曾这么说?不,我得到允许
(而且有先人的例子可以引用,他们曾以自己的言行
博得上帝的欣喜,
远远超过了当今任何人所能达到的成绩),
可以这样表达我的心意,这样说出
那些对你们说来是最最美好的事物。

二、我发现魁伟如树木的人们
用对话的体裁写作;然而他们
并不因此而被人轻视:真的,如果他们摧残真理,
他们该受到诅咒,他们因这个企图而用的
诡计也该受到诅咒;但是,让那真理
任意地来向你和我袭击;

只要上帝满意就行，因为，该怎么做，
有谁比上帝知道得更清楚？
祂第一个教我们耕种，引导我们的心和笔，
效忠于祂的擘画；祂使卑贱的事物带来神圣的。

三、我发现《圣经》在许多地方跟这方法颇为相似，
那里面引证了种种实例，
利用一桩事把另一桩事陪衬；
那么我采用这个办法又何尝不行，
真理的金光不会因此就被遮蔽；不但这样，
这办法还可以使它发出光芒，像白昼一般明亮。

现在，在我搁下我的笔之前，
我要让我这本书的好处显现，
然后把你和这本书都交在那只手里，
那只手把强暴的拉下，把柔弱的扶起。

这本书在你的眼前描画出一个人，
他正在把那永久的赏赐找寻：
你会看见他从哪里来，到哪里去；
他撇下什么没有做，他做的又是什么：
你看见他怎样不停地赶着行程，
一直赶到那荣耀的门。

你也会看见那些毕生努力的人们，
好像那样做，那永远的冠冕就属于他们。
在这里你可以明白为什么，他们的努力白费了，
　终于像蠢货一样死去。

　　这本书会使你成为一个旅人，
只要你肯接受它的指引；
它会引领你到那圣地，
只要你明白它的指导意义；
而且，它会使怠惰的变得有生气；
也会使瞎眼的看见可爱的东西。

　　你在寻找珍贵有益的东西吗？
你要在寓言中看到真理吗？
你健忘吗？你能不能记住
从元旦到除夕的事物？
那么请来读读我这连篇的幻想；它们会粘住像芒刺一样，
也许就像粘住那听凭摆布的毛围巾一样。

　　这本书是以这样的话语写出，
即使是无精打采者的心灵也会被打动：
它看上去似乎离奇，然而毕竟
它所包含的只是正确而实在的真理之声。

要不要解开郁结的愁肠？
要不要心旷神怡，却又远离放荡？
要不要阅读隐语和它们的解释，
还是愿意在你的冥想中沉没？
你喜欢啃骨头吗？或者，你喜欢
看见云中一个人，听他跟你交谈？
你喜欢做梦却又不入睡？
或者你喜欢有朝一日啼笑皆非？
你喜欢失去你自己，同时又不受到损害，
然后不使用什么巫术，又把你自己找了回来？
你要自己读吗？读你所不明白的东西，
然而你念了那些字句，你却可以
明白你自己有没有受到祝福？
啊，那么来吧，让我的书、你的头和你的心靠拢在一处。

约翰·班扬

我怕这个在我背上的重负会把我压得沉到比坟墓还深的地方去。

第一部

我在旷野里行走，来到一个地方，那里有个洞穴，我就在那儿躺下睡觉：我睡熟了，做了一个梦。唉，我梦见一个衣衫褴褛的人站在那儿，背后就是他自己的房子，他手里拿着一本书，背上背着一件看来很重的东西。我见他打开手上的一本书念着；他一面念，一面不住地流泪，浑身颤抖着；他委实控制不住了，发出一声悲伤的呼喊：“我该怎么办呢？”

就在这样极度苦恼的境况中，他转身回家去了。他强自压制着，以免他的妻子和儿女们发觉他的悲痛；可是他不能长久保持缄默，因为他的烦恼越来越厉害了。他终于把他的心事告诉了妻子和儿女，他对他们这样说：“哎，我亲爱的妻子，你们，我的亲生儿女，我是你们亲爱的友伴，

我可要被那压在我身上的重负毁了；并且我确实知道我们这个城市将要给天火烧毁；在那场可怕的灾难里，我自己，你，我的妻子，和你们，我可爱的儿女，都将同归于尽，除非我们能够想出一个逃生的办法，可是到如今我还想不出什么办法来。”他家中的人听了这番话，好生诧异；这并非因为他们相信他的话，而是他们认为他的神经错乱了；因此，等到傍晚天快黑的时候，他们希望睡眠能够使他的神经镇静下来，就急忙打发他去睡觉。但是对他说来，黑夜跟白天同样烦恼；因此，他不但睡不着觉，而且整夜地叹息、流泪。后来，天亮了，他们急着要知道他的情形。他告诉他们，更糟，更糟。他又开始对他们讲话；可是他们开始狠起心来了。他们还想用强硬粗暴的态度来祛除他的怪病；有时他们愚弄他，有时责骂他，有时根本不理睬他。因此他就回到自己的房间里去为他们祈祷，一心地怜悯他们，同时他也为自己的痛苦寻求安慰；他还独个儿在田野里徘徊，有时候看书，有时候祈祷；他就这样度过了好多日子。

他还独个儿在田野里徘徊。

有一天我看见他在田地里走着，照常看着书，显出满怀痛苦的神气；他一面看书，一面又那样大声喊着：“我怎么才能得救呢[1]？”

我看见他东张西望，好像要撒腿逃跑；可是他仍然站着，因为，我看到他似乎不知道往哪儿去才好。我再一看，却见一个叫做宣道师的向他走来，问他为什么哭喊。

他回答说，先生，我从手里这本书上看到，我已被定罪了，要死去，将来还要受审判；而我，既不愿意死，又受不起审判。

宣道师说，人生既然有这么多的灾难，为什么又不愿意死呢？他回答说，因为我怕这个在我背上的重负会把我压得沉到比坟墓还深的地方去，坠到地狱里去。先生，如果我还没有做好准备到牢狱里去，我更没有做好准备去受审判，然后再去受刑罚；想到这些事，我不禁失声痛哭。

宣道师说，你的情形既是这样，为什么你还站着不动呢？他回答说，因为我不知道上哪儿去才好。于是宣道师给他一卷羊皮纸，上面写着：“逃避将来的天罚！[2]”

宣道师说：“你看得见那边有扇小门吗？”

① 参看《圣经 · 新约 · 使徒行传》第 16 章第 30 节。
② 参看《圣经 · 新约 · 马太福音》第 3 章第 7 节。

那人看了以后，忧愁地望着宣道师说，我得逃到哪儿去呢？于是宣道师就指着那一片辽阔的田野的尽头说，你看得见那边有扇小门吗？那人说，看不见。宣道师又说，你看见那边的亮光吗？他说，我相信我看见了。于是宣道师说，不要转移你的视线，一直朝着那亮光走去，这样你就能够看见那扇小门；你敲那门的时候，有人会告诉你应该怎么做。这时候我在梦里看见那个人开始跑起来。可是他刚刚跑出了家门口没有多远，他的妻子和儿女就发觉了，立即大声喊他回去；但他却用手指塞住耳朵，一面跑，一面喊："生命！生命！永恒的生命！"他就这样头也不回地，拼命跑往平原的中央。

邻居们也都跑出来看他，他跑着，他们有的讥笑他，有的吓唬他，有的喊他回来；其中有两个人决定要硬把他抓回来。这两个人一个名叫顽固，另一个叫做柔顺。当时那人已经离开他们好一段路了；可是他们还是要追他，而且真的追了去，不一会工夫就追上了他。于是那人说，邻居们，你们来干什么？他们说，来劝你跟我们一道回去。但是那人说，无论如何不行；你们所居住的毁灭城，也是我的出生地；我知道那地方必定要毁灭的；所以，如果死在那里，你迟早免不了要沉到比坟墓还深的地方去，沉到一个烧着硫磺火焰的地方去；好邻居，请放心跟我一起走吧。

顽固说：怎么！难道就此撇下我们的朋友和我们舒适的生活吗？

基督徒（这是那个人的名字）说：对，因为你所撇下的一切，加起来都比不上我将要享受到的一丁点；如果你跟我一起

那人用手指塞住耳朵，一面跑，一面喊：“生命！生命！永恒的生命！”

去，并且坚持到底，你就能够和我过同样的日子；因为在我要去的那个地方，什么都有，而且绰绰有余。来吧，来看看我说的是不是真话。

顽固说：既然你抛弃世上的一切去追求那些东西，你寻找的究竟是些什么呢？

基督徒说：我寻找的是一个不会毁坏、没有玷污、不至消失的产业；它是安安稳稳地存在天上，在一定的时候会赐给那些勤勤恳恳寻求它的人。你愿意的话，可以看看我这本书里怎么说的。

顽固说：啐！拿开你的书；我问你，你到底跟不跟我们回去？

基督徒说：不，我不回去，因为我已经开始走我的路了。

顽固说：邻居柔顺，我看我们还是丢下他回去吧；你要晓得，天下自有一班疯疯癫癫的轻浮的家伙，他们一旦心血来潮，就执迷不悟起来，还自以为比七个有同样见解的人还更聪明哩。

接着，柔顺说：不要随便骂人；如果基督徒说的是真实的，他所追求的东西的确比我们的好；我倒想跟我的邻居一起去呢。

顽固说：怎么！这样的傻瓜竟有的是！听我的话，回去吧；谁知道这么一个脑子出了毛病的人会把你带到哪儿去？回去，聪明点回去。

基督徒说：不，你也跟你的邻居柔顺一道来吧；我说的那些东西确确实实是有的，并且另外还有许多从天上来的福份。你要是不信我的话，请看这本书[1]；看啊，它里面句句话的真实性，都是用它

---

① 指《圣经》。

的作者[1]的血来做见证的[2]。

柔顺说：唔，邻居顽固，我开始要打定主意了；我打算跟这位好人一起去，好歹跟他共甘苦吧；不过，我的好伴侣，你认不认得我们要去的那地方的路呀？

基督徒说：一个叫做宣道师的指点我快快到我们前面的一扇小门那儿去，到了那里，就有人给我们指点路程。

柔顺说：好，那么，好邻居，我们走吧。于是他们俩就一起走了。

顽固说：我可要回家去；我不打算做这种想入非非、误入迷途的人的伴侣。

当时我在梦中看见顽固回家去了，基督徒和柔顺在平原上边走边聊天；他们这样谈着——

基督徒说：邻居柔顺，你好呀？你肯跟我一起去，我很高兴。如

当时我在梦中看见顽固回家去了，基督徒和柔顺在平原上边走边聊天。

① 原文是 Him, 指上帝。

② 参看《圣经 · 新约 · 希伯来书》第 9 章第 17 至 22 节。

果顽固对现在还看不见的那些非凡的力量和恐怖跟我有同样的感觉的话，他就不至于这样轻易地跟我们分道扬镳。

柔顺说：邻居基督徒，既然现在只有咱们俩，请你就告诉我，你所说的那些东西究竟是什么，怎样享用它们，还有，我们到底要往哪儿去。

基督徒说：那些东西我只能体会，要我说出来可不容易：不过你既然要知道，我就从我这本书里念给你听。

柔顺说：你这本书里的话真的靠得住吗？

基督徒说：当然靠得住；因为它的作者是不可能说谎的。

柔顺说：讲得好；那些东西到底是什么呢？

基督徒说：有一个永存的国度可以居住，永恒的生命可以赐给我们，使我们永久居住在这个国度里。

柔顺说：说得对；还有呢？

基督徒说：有荣耀的冠冕可以给我们，还有会使我们像天空中的太阳那样发亮的衣服。

柔顺说：好得很；还有呢？

基督徒说：那儿没有哭泣，也没有悲伤，因为那地方的主人会拭掉我们所有的眼泪。

柔顺说：在那儿我们会有什么样的伴侣？

基督徒说：我们会跟天使们做伴，看着他们就使你眼花缭乱。你还会碰到成千上万在我们之前到那地方去的人；他们都不会伤害人，而是仁爱的、圣洁的；每个人都在上帝面前生活着，永远得到祂的欢心。总之，在那儿我们会看到戴着金冠的长老，携着金竖琴的圣处女，和那些为了对那儿的主人的爱而被世人千刀万剐、烧死、给野兽吃掉以及淹死在海里的人。他们都很好，好像穿上了永生的衣服①。

柔顺说：听了这些话就够叫人心醉神迷了。不过这些东西是给人享受的吗？我们怎样才能分享到呢？

基督徒说：那个国度的主宰，上帝，已经在这本书里把这一点记载了下来；大意就是说，如果我们真要的话，祂会白白地赐给我们的。

柔顺说：啊，好伴侣，听了这些话我真高兴；来，咱们快点走。

基督徒说：我因为背上的重负，不能够按我要走的那样速度走去。

那时我在梦里看到，当他们正结束这场谈话的时候，他们走近平原中间的一个非常肮脏的泥沼；他们俩不小心一齐掉了进去。这泥沼名叫灰心。有好一会工夫，他们在里面打着滚，浑身滚满了污泥；而基督徒，由于他背上的重负，开始往下沉。

于是柔顺说，啊！邻居基督徒，你在哪儿？

基督徒说：真的，我也不知道。

柔顺听了这句话可生起气来，气愤愤地对他的同伴说，这就是你刚才说了半天的幸福吗？我们刚上路就这么不顺利，从这儿到终

---

① 参看《圣经·新约·哥林多后书》第5章第2至4节：我们在这帐棚里叹息，深想得那从天上来的房屋，好像穿上衣服。倘若穿上，被遇见的时候就不至于赤身了。我们在这帐棚里，叹息劳苦，并非愿意脱下这个，乃是愿意穿上那个，好叫这必死的被生命吞灭了。

这泥沼名叫灰心。

点我们还得准备遭遇多少麻烦呢？但愿我能活着离开这里，你尽管独个儿去占有那个好地方吧。说着他就拼命挣扎一两下，在靠近他房子的那一边挣出了泥沼：他就这样走了，基督徒从此再也看不见他了。

因此基督徒只剩下一个人在灰心沼里打滚；不过他还是挣扎着，他向离他家更远的一头，朝着更靠近那个小门的方向挣扎过去；结果他到了那一面，可是由于背上的重负，他爬不上来，这时候我在梦里看见一个叫做援助的人走近他，问他在那儿干什么。

基督徒说：先生，一个叫宣道师的人，指点我走这条路的；他还指示我到那边小门那儿去，以便避免天罚；我在往那儿去的路上掉进这里来。

援助说：你为什么不留心找石头台阶呢？

基督徒说：我心里非常害怕，避过隔壁的一条路，因此跌了下来。

援助说：那么把手伸给我。他伸手给援助，后者把他拉出来，带到坚实的地上，叫他继续向前走去。

于是我走近拉他出来的那个人，对他说，先生，既然从毁灭城到那边小门得经过这个地方，为什么不把这片空地修好，让可怜的旅客们可以安全走路？他对我说，这泥沼无法修好；因为随悔罪而来的污秽不断朝这块低地流下来，因为罪人一旦觉悟到自己的无望的情况，他心灵里就产生了许多恐惧、疑虑和不安的情绪，它们都聚合拢来停留在这个地方。所以这块地才这样糟。

国王并不愿意这块地这样糟。为了修补这块地，祂的工人在国王的监工们的指导下已经工作了一千六百多年了。他说，不但如此，据我所知，从国王的领域里的各个地方陆续不断运来的至少有两万车的材料，是的，数以万计的有益的教训都用在这块地上。内行的人都说，这些东西是修补这个地方的最好的材料；如果这样，它是可能修好的，不过现在还是灰心沼，而且将来也还是，尽管工人们都会尽力地修理。

由于国王的命令，的确已经在泥沼中间铺下了相当好而坚固的石头台阶；可是在这个时候，这地方涌出了那样多的垃圾，气候改变的时候它就这样，因此那些石级几乎看不见了；或者即使看见了，但是人们由于头昏，一失足就弄得满身泥污，所以有了石级也并不保险；不过走进那个小门以后，地面就好了。

当时我在梦里看见柔顺已经回到家里。邻居们都来看他；有的说他及时回来很聪明，有的说他跟基督徒去冒险很傻，另外一些人笑他胆小，说：你既然已经开了头，的确不应该这样没志气，为了一些困难就退却啦。柔顺就这样鬼头鬼脑地处身在他们中间。到最后他变得更无耻了，而他们也就转移了攻击的对象，在背后嘲骂起基督徒来了。关于柔顺的事，到此为止。

且说基督徒独个儿走路的时候，远远看见一个人从田野那边向他走来，因为他们的路线彼此交叉，正好相遇。那个来人是老世故先生，他住在享乐主义城，一个离基督徒的家很近的大城市。这个人碰见基督徒，他已经知道一些关于他的事——因为基督徒从毁灭城启程，人们都传说纷纭，不但在他住的城里，在别的地方大家也都在议

当柔顺已经回到家里，邻居都来看他，有的说他及时回来很聪明，有的说他跟基督徒去冒险很傻。

那个来人是老世故先生。

论这件事——，因此老世故先生看到他那样吃力地走着，又是叹息又是呻吟的，以及诸如此类的情形，就猜到他是谁了；他这样开始跟基督徒谈话——

老世故说：好朋友，你这样辛苦地走着，要到哪儿去呀？

基督徒说：我想的确没有人走过比我更辛苦的路程！既然你问我上哪儿去，我告诉你，先生，我是到那边的小门去；因为有人告诉我，到了那儿之后，就有办法解脱我的重负。

老世故说：你有妻子和儿女吗？

基督徒说：有，但是重负这么压着我，使我对他们不像以往那样感兴趣了；我觉得，我根本就像个没有妻子和儿女的人。

老世故说：要是我给你劝告，你肯听吗？

基督徒说：如果是好的劝告，我肯听的；因为我非常需要好的劝告。

老世故说：那么我劝你尽快解除你的重负；因为它若没有解除，你心里就永远不会平安，你也就不能享到上帝赐给你的福分。

基督徒说：这正是我的目的，我就是要解除这重负；但是我自己无法摆脱它；再说，我的家乡也没有一个人能把它从我的肩上拿下来；所以我才走这条路，我不是刚刚告诉过你了吗，这正是为了要解除我的重负呀。

老世故说：谁告诉过你，走这条路就可以把它解除呢？

基督徒说：是一个看上去非常高尚而可敬的人；他的名字，我记得，是宣道师。

老世故说：他真该死，给你这种劝告！世界上没有一条比他指点给你的更难走、更危险的路了；你如果听他的话，以后一定会发现我这话说得没错。我看得出，你在路上遇到了什么啦；因为我看见你身上有灰心沼的泥污；不过那只是走上这条路上的人不可避免的苦难的开端。我年纪比你大，你听着；在你走的这条路上，你还会碰到疲乏、痛苦、饥饿、艰险、无衣无食、刀剑、黑暗、狮子、毒龙，总而言之，死亡，以及其他的一切。这些事情完全是真实的，因为许多人都曾证实过。为什么去听一个陌生人的胡扯而随便把自己毁了？

基督徒说：哎呀，先生，我背上的重负比你所说的那些东西更可怕；不但如此，我还觉得在路上无论碰到什么我都不在乎，只要能解除我的重负就是。

老世故说：最初你怎样发觉这重负的？

基督徒说：看了我手里的这本书以后才发觉的。

老世故说：我早就猜着了；因为有好多软弱的人都是如此，他们也爱探讨这种太高深的问题，结果都弄得神经错乱，这种迷乱不但叫人失魂落魄，就像我在你身上所看到的情形一样，并且还会使人不顾一切地冒险追求他们自己也觉得莫名其妙的东西。

基督徒说：我知道我会得到什么；我的重负会得到解除。

老世故说：可是既然明知道这样做有许多危险，为什么还要用这种方式去获得解除呢？尤其是，只要你耐心听我讲，我就能够指点你达到目的，同时还不至遇到走这条路的许多危险；而且办法就近在咫尺。我还要加一句，不但没有危险，你还会得到安全、友谊和满足。

基督徒说：先生，请告诉我这个秘密。

老世故说：唔，就在那边有个乡村——叫做道学村，那儿住着一个叫做合法的绅士，他是个非常公正而负有声誉的人，他能帮助人从肩上卸除像你这种负担；而且，据我所知，他已经做了不少这种好事；同时还能医治人们由于重负所引起的神经病。就像我对你说的，你可以去找他，马上会得到他的帮助。他的家离这儿不到一英里路，要是他不在家，他有个年轻漂亮的儿子叫做学礼，说起来，他的本领也不下于那老头儿；我说，你的重负在那儿可以获得解除；如果你不想回到原来的住处（我的确也不希望你回去），你可以把妻子和儿女搬到这个村子里来住，这儿有好多空房子，你花不了多少钱就可以租到一幢；这儿吃的东西又便宜又好；无疑的，你的生活会更幸福，因为你会跟一些名誉既好、气派又大的体面人做邻居。

基督徒这时候真是进退两难；不过，他不一会就作出了结论，他想，要是这位绅士说的是真话，我就该听他的劝告；于是他抱着这样的想法和他继续谈下去。

基督徒说：先生，从哪条路可以到达那个体面人的家？

老世故说：你看见那边有座小山吗？

基督徒说：看得很清楚。

老世故说：你走过小山，看见的第一幢房子就是他的家。

基督徒就这样离开了他原来所走的路，转向合法先生的家去求助了；但是，哎呀，他一走到那座小山的紧跟前，小山看上去却显得那么高，而且靠近路旁的一边是那么陡峭，以致他不敢再往前冒险，生怕小山会崩坍下来，压在他的头上；因此他忽地站住，不知所措了。同时他的负担好像也比先前在路上时更重了。小山还发出一闪一闪的火光，基督徒害怕身上会着火，直吓得冒出一身冷汗来，而且不住地发抖。现在他开始懊悔听了老世故先生的话。他正懊恼万状时，看见宣道师向他走来；一看到他，基督徒不禁羞惭得面红耳赤。宣道师越走越近；后来走到他跟前，用严厉而可畏的神情盯着他，开始对他说话。

宣道师问：你在这儿干吗，基督徒？基督徒不知道该怎么回答才好；只是哑口无言地站在他面前。随后宣道师又问，你是不是我所遇见的在毁灭城墙外哭喊着的那个人？

基督徒说：我正是，亲爱的先生。

宣道师说：我不是指点过你往那小门去的路吗？

基督徒说：是的，亲爱的先生。

宣道师说：那你怎么这样快就掉了方向？因为你现在已经不在那条路上了。

基督徒说：我一越过灰心沼就遇见一位绅士，他劝告我说，在前面的那个乡村里可以找到一个能够解除我的负担的人。

宣道师说：他是什么人？

基督徒说：他很像一位绅士，对我讲了许多话，最后我被说服了；因此我就到这儿来了；可是当我看到这座突兀的小山矗立在这路上，我蓦地停住脚，生怕它会崩坍，压到我的头上来。

宣道师说：那位绅士对你说了些什么？

基督徒说：唔，他问我往哪儿去？我就告诉了他。

宣道师说：那么他怎么说？

基督徒说：他问我有没有家眷。我也告诉了他。不过我说我给背上的负担压得好苦，不再像从前那样能够享受到家庭的乐趣了。

宣道师说：以后他怎么说？

基督徒说：他叫我赶快摆脱我的负担；我告诉他说，我巴不得图个一身轻快。所以我说，我要到那个小门那儿去，到了那里就可以获得进一步的指示，知道如何才能到达得救的地方。他就说他能指点我一条更好的路，又近、又不会有像你，先生，叫我走的那条路上的那些艰险；他说这条路会引我到一个绅士的家，那个绅士有本领解除我的重担；我信了他的话，便从你指点的那条路上转到这条路上来，满心希望能早日摆脱我的重负。可是我到了这地方，看到这里的情形，我为了怕有危险（就像我刚刚说过的那样），就停住了；但是我不知道该怎么办。

于是宣道师说，再停留一会儿，我要把《圣经》讲给你听。因此他就站着发抖。然后宣道师说："你们总要谨慎，不可弃绝那向你们说话的。因为那些弃绝在地上警诫他们的，尚且不能逃罪，何况我们违背那从天上警诫我们的呢[①]。”他还说：“只是义人必因信得生；他若退后，我心里就不喜欢他[②]。”他还引用了这两句话这么说：“你就是投入这种大不幸的人；你已经开始弃绝至高者的劝告，从平安的路上缩回你的脚，甚至几乎冒着沉沦的危险。”

这时候基督徒跟死人一样扑倒在那个人脚前喊道：“我真该死，我完蛋了！”宣道师看见这种情形，一把拉住他的右手说：“人所有的罪过和亵渎都会得到赦免。不要没有信心，只要相信。”基督徒这才稍稍振作起精神，颤抖着站起来，就像原先那样，站在宣道师的面前。

于是宣道师继续说，注意听着我将要讲给你听的事情。我现在告诉你，欺骗你的是谁，他叫你去找的那个人是谁。你碰到的是老世故，这个名字和他这个人配得正合适；因为一则他只喜欢世俗的学说——所以他总是到道学村去做礼拜；二则他最喜欢那种学说，因为那是他可以逃避十字架的最好办法；由于他具有这种世俗的气质，他才要曲解我的正确的路线。这个人的话里有三点你得绝对深恶痛绝。

1. 他使你离开正路。

2. 他千方百计使你觉得十字架讨厌。

3. 他引你走上那通向死亡领域的道路。

第一，你必须痛恨他叫你离开正路；不只这样，你还得痛悔你

① 参看《圣经 · 新约 · 希伯来书》第 12 章第 25 节。

② 参看同上书第 10 章第 38 节。

自己同意了他；因为这样做就是为了听从一个老世故的劝告而拒绝上帝的宝训。上帝说："要努力进窄门[①]。"就是我指点你去的那扇门；"引到永生，那门是窄的，路是小的，找着的人也少[②]。"这个邪恶的人使你离开这小门，离开通往这门的路，几乎把你引到灭亡：因此要痛恨他叫你离开正路，也痛恨你自己，因为你听了他的话。

第二，你得痛恨他想出种种方法使你讨厌十字架；因为你应当"看它比埃及的财物还宝贵[③]"。并且荣耀的王已经告诉你："得着生命的，将要失去生命[④]。"还有："人到我这里来，若不爱我胜过爱自己的父母、妻子、儿女、弟兄、姊妹和自己的性命，就不能作我的门徒[⑤]。"因此我说，要是有人拼命劝诱你，说十字架会带来死亡，你得痛恨这个说法，因为根据真理，不经过死亡，你就不会得到永生。

第三，你得痛恨他引你到那条通向死亡领域的道路。关于这一点，你得考虑他叫你去找的是谁，同时也得想到那个人是多么无能，他哪有力量解除你的负担。

他教你为了你的舒服去找的那个人叫做合法，他是一个女奴的儿子，如今她和她的儿女都是奴隶[⑥]；这座你怕它会压到头上来的西

---

① 参看《圣经 · 新约 · 路加福音》第 13 章第 24 节。
② 参看《圣经 · 新约 · 马太福音》第 7 章第 14 节。
③ 参看《圣经 · 新约 · 希伯来书》第 11 章第 26 节。
④ 参看《圣经 · 新约 · 马太福音》第 10 章第 39 节。
⑤ 参看《圣经 · 新约 · 路加福音》第 14 章第 26、27 节。
⑥ 参看《圣经 · 新约 · 加拉太书》第 4 章第 21 至 27 节。

乃山也是不自由的（这里面有一番神秘）[1]。如果她跟她的儿女都是奴隶，你怎么竟然希望从他们那儿得到自由呢？所以这个合法不能替你解除你的负担。他从来就没有替任何人解除过负担；不，以后也不可能会这样。你们不能靠遵守律法而称义；因为任何人都不能靠合法的行为来摆脱他的负担；因此老世故先生是个异邦人，合法先生是个骗子；至于他的儿子学礼，尽管他有那副嬉皮笑脸的傻样子，只是个伪君子，不能帮助你。相信我吧，你听到的这些糊涂虫的话毫无价值，只是一个阴谋，企图叫你离开我指点给你的道路，使你失去已经得到的救恩。接着，宣道师为了要证实他的话，便大声向天上呼吁；于是基督徒头上的那座山立即响起了话语声，燃起了烈火，使他不禁毛骨悚然。那些话就是这样讲的："凡以行律法为本的，都是被咒诅的。"因为经上记着："凡不常照律法书上所记一切之事去行的，就被咒诅[2]。"

现在基督徒什么指望都没有，认为只有死路一条了，他开始痛哭；甚至诅咒他碰到老世故先生的那个时辰；同时还不断责备自己，怎么愚蠢到这个地步，竟然会听老世故先生的话。一想到这位绅士

于是基督徒头上那座山立即响起了话语声，燃起了烈火。

① 参看《圣经·旧约·出埃及记》第 19 章。

② 参看《圣经·新约·加拉太书》第 3 章第 10 节。

从肉欲出发的理论居然对他这样有效，使他离弃正路，他就羞愧万分。接着，他又向宣道师问了下面的话——

基督徒说：先生，你的看法怎么样？我还有希望吗？我现在还可以往回走，再到小门那儿去吗？为了这件事，我不会被弃绝，从那儿带着羞耻给打发回头吗？我真懊悔听了这个人的话。请问我的罪过能得到赦免吗？

于是宣道师对他说，你的罪很重，就因为你有罪，所以你做了两件坏事：你舍弃那条好路而走上被禁止走的路；不过在小门那边的人还是会接待你的，因为他对所有的人都怀着善意；只是，他说，你要小心不要再离开那条路，“恐怕祂发怒，你们便在道中灭亡[①]”。于是基督徒准备走回去；宣道师吻了他以后，又对他笑了一笑，祝他成功。他急速地走着，一路上跟任何人都不讲话，即使有人问他什么，他也不回答。在他还没有回到由于听从了老世故先生的劝说而离去的那条路上之前，他就好像一个一直在禁地上走路的人一样，认为自己一点也不安全。这样走着，他后来到达了那扇小门。小门上面写着：“叩门的，就给他开门[②]。”因此他不止一次地敲着，嘴里说——

我现在可以进去吗？虽然我曾经
是个叛徒，那里面的人

---

① 参看《圣经·旧约·诗篇》第2篇第12节。
② 参看《圣经·新约·马太福音》第7章第8节。

是否会开门让我羞愧？

那么我要在至高处永远把他赞美。

最后，一个名叫好心、态度严肃的人来到门旁，问门外是谁？他从哪儿来？要什么？

基督徒说：我是个可怜的负罪的人。我从毁灭城来，要到锡安山[1]去，为了要逃避将来的愤怒。先生，因为我知道到那儿去得经过这扇门，所以我要知道你肯不肯让我进去？

好心说：我完全愿意让你进来；说着他就开了门。

基督徒的脚刚踏进门槛，那个人一把把他拉了进去。基督徒就问，这是什么意思？那个人说，离开这门不远，有一座堡垒由魔王掌管着；在那儿，他和他手下的人对所有到这门前来的人放冷箭，企图不等他们进门就把他们射死。

在那儿，他和他手下的人对所有到这门前来的人放冷箭。

于是基督徒说，我真是万幸，不过想起来

① 耶路撒冷的圣山，象征天堂。

基督徒的脚刚踏进门槛，那个人一把把他拉了进去。

还要发抖。他走进去以后，开门的那个人问他，是谁指点他来的？

基督徒说：宣道师教我到这儿来敲门，我就真的照办了；他还说，你，先生，会告诉我该怎么办。

好心说：门是向你开着的，谁也不能把它关起来。

基督徒说：现在我开始获得我冒险的好处了。

好心说：可是你怎么独个儿来呢？

基督徒说：因为我的邻居里面没有一个人像我那样看出了自己所处的险境。

好心说：他们有人知道你来吗？

基督徒说：有，我的妻子和儿女首先看见我，叫我回去；还有些邻居也站在那里喊我回去；可是我用手指头塞住耳朵，就这样子来啦。

好心说：难道没有人跟着你，要劝你回去吗？

基督徒说：有，顽固和柔顺都追上了我；不过他们眼见怎么样也不能说服我，顽固就先走了回去，一面还奚落着我，柔顺却跟我走了一小段路。

好心又问道：那么那一个又为什么也没有跟你到底呢？

基督徒说：我们本来是一块儿走的，后来走到灰心沼，两个人都忽然跌了进去。然后我的邻居柔顺就失去勇气，不愿再往前去了。因此他从靠近他家的一边爬出泥沼，对我说我可以单独占有那个好地方，他可不干啦；他就这样走掉，而我就来了——他步了顽固的后尘，我就找上这扇门来啦。

好心接着说：哎呀，可怜的人！难道他这样轻看天国的荣耀，而认为不值得冒一些艰险去得到它吗？

基督徒说：的确，我把柔顺的事都实实在在地对你说了，如果我也完全老老实实地把我自己的事说出来，显然我不比他好多少。不错，他回家去了；然而我听了老世故先生一番世俗的话，也掉头往死亡的道路走去。

好心说：唔！原来他碰到你啦？啊！他会叫你到合法先生那儿去找安逸的！他们俩都是大骗子。你可听了他的话没有？

基督徒说：听是听啦，还不敢完全听；我去找合法先生，我发现在他家附近有一座山，我怕那山会压到我头上来；因此我不得不停止。

好心说：那座山叫许多人丧命，以后还会叫更多人丧命，幸亏你没有让它把你压得稀烂。

基督徒说：我正苦闷地思索的时候，要不是幸亏宣道师又碰见我，咳，我真不知道会有怎样的下场呢；那真是上帝的慈悲，我又碰到了他，不然的话，我就不会走到这儿来了。可是我现在终于来了，其实像我这样一个人，只配死在那座山下，而不配这样站在我的主人面前讲话的；但是，哦，我竟然还能进到这儿来，这对我是多大的恩宠呀！

好心说：不管到这儿来的人过去的行为怎样，我们对哪一个都不抵触。他们“到我这里来的，我总不丢弃他[①]”；好基督徒，来，跟我走一小段路，我要告诉你关于你必须走的路。看前面；你看到

① 参看《圣经·新约·约翰福音》第6章第37节。

这条狭窄的路吗？这就是你得走的路；这是我们的祖先们，先知们，基督和他的使徒们砌的路；这是像用尺划的那么直的一条路。这是你得走的路。

基督徒说：难道没有任何弯道曲径，会使得陌生人迷途吗？

好心说：有，有许多条路都通到这条路上，它们又弯又阔。不过你就可以凭这个来辨别正路和邪路，只有正的一条又窄又直。

这时我在梦中看见基督徒又问他能不能把他背上的重负去掉；因为他还没有解脱掉，并且不靠别人的帮助是绝对无法卸除的。

好心对他说，至于你的负担，在没有到达得救的地方以前，还是安心扛着它吧；因为到了那个地方它自然而然会从你背上落下来的。

接着基督徒开始束紧腰带，准备上路了。于是那个人就告诉他，他离开这扇门走一段路以后会走到解释者的门前，他得在那儿敲门，那个人会给他看许多好东西。于是基督徒和他的朋友告别，他的朋友又一次祝他成功。

于是他继续往前走，后来走到解释者的住所，他接连敲几下门；随即一个人走出来，问他是谁。

基督徒说：先生，我是一个旅客，这房子的主人的一个相识叫我来拜访他，以便从他那儿得到教益；因此我要跟房主人谈谈。于是那个人就喊房主人，主人不一会儿出来了，问基督徒要什么。

基督徒说：先生，我是从毁灭城来的，正上锡安山去；站在路头上一扇小门旁的那个人告诉我说，要是来拜访你，你会给我看许多无比美好的东西，而这些东西在旅途中对我会有帮助。

于是解释者说，进来，我会给你看对你有益的东西。说着他就吩咐他的仆人点上蜡烛，叫基督徒跟他走；然后他领他走进一间密室，叫他的仆人打开一扇门；门一打开，基督徒就看见一个非常严肃的人像挂在墙上，他的样子是这样的：眼睛朝天，手里拿着《圣经》，嘴唇上写着真理的法则，世界在他的背后。他站在那儿好像是在向人类恳求，头顶上有一圈金色的光轮。

基督徒说，这是什么意思？

解释者说：画像中的人是个不可多得的人。他能生儿女①，受生产的痛苦②，并且在儿女生下来以后亲自抚养他们。你看到他眼睛朝天，手里拿着《圣经》，嘴唇上写着真理的法则，这是让你知道他的工作是认识黑暗的一面，把它显示给罪人；你还看见他站在那儿好像向人类恳求似的：你还看见这个世界给撇在他背后，他头顶上有一圈光轮，这表示由于他为了热爱为他主人服务而轻视眼前的一切，在未来的世界里，他一定会得到荣耀作为报酬。

解释者又说：我先给你看这张画像，是因为画里的这个人是在你可能碰到的所有困境中唯一的引导人，他是你要去的那个地方的主人授权他担负起这个职责的；因此，要注意我给你看的一切，牢牢记住你所看到的一切，免得日后上当，在路上碰到佯称要引你到正路上去的人；而实际上却把你带到死亡之路上去。

然后解释者拉着他的手领他走进一间从来没有打扫、因而满是

① 参看《圣经·新约·哥林多前书》第4章第15节。
② 参看《圣经·新约·加拉太书》第4章第19节。

灰尘的大客厅；他看了一会后，解释者吩咐一个人来打扫。他一开始打扫，灰尘就在满屋子里飞扬，基督徒的喉咙几乎给噎住了。接着解释者对站在旁边的一个少女说，拿点水来洒这房间；这样做了之后，房间就很便当地打扫得干干净净了。

于是基督徒说，这是什么意思？

解释者回答说：客厅就等于一个从来没有受到福音的仁慈的恩典洁净过的人的心；灰尘就等于使整个人堕落的原罪和内心的腐败。头一个开始打扫的是律法；但是后来拿水来洒的是福音。刚才你看到第一个人开始打扫的时候，灰尘满屋子飞扬，使他无法打扫得干净，而且你的喉咙几乎给噎住了；这是让你知道，律法，凭它的作用，非但不能洗净心里的罪；反而使它复活，给它力量，使它在心灵里扩大起来；虽然律法能发现罪恶并禁止罪恶，但是没有力量克服它。

你还看到那少女在房间里洒水后打扫起来就方便多了；这表示福音在心灵里起了良好、宝贵的作用，于是，就像你看到那少女用水洒在地板上使灰尘落下来那样，罪给制胜了，灵魂由于信心也就洁净了，结果才能作为荣耀的君王的住所。

我在梦中又看到解释者拉着他的手领他走进一间小屋子，那儿有两个小孩坐在各自的椅子上。大的一个叫做情

大的一个叫做情欲，另外一个叫做耐心。

欲，另外一个叫做耐心。情欲看上去很不高兴；而耐心却很镇静。于是基督徒问，情欲为什么这样不开心？解释者回说，她们的保护人要等到明年年初才让她得到美好的东西；但是她现在就要；而耐心却愿意等待。

然后我看见一个人带一袋财宝到情欲面前，倾倒在他的脚边，他很高兴地把它们拾起来，一面还讥笑耐心。可是不一会工夫我看见他把所有的东西都花费掉，剩下的只是一身破衣服。

于是基督徒对解释者说，请把这件事详细说明一下。

解释者就说：这两个小孩代表两种典型：情欲代表世俗的人，耐心代表来世的人；因为就像你看到的，情欲要在今年里，就是说今世里，得到一切；世俗的人都是这样，他们现在就要所有的好东西，他们不能为着他们应得的份等到明年，也就是说等到来世。在他们看来，“手中一只鸟胜过林中的两只”，他们信奉这句俗语胜于信奉一切关于来世的好处的神圣的见证。可是就像你看见的，他很快地都花费净尽，不久只剩下一身破衣衫，所有这种人到末了都是这样情形。

于是基督徒说，现在我看出耐心最聪明，而这是有好几个理由的。第一，因为他肯等待上好的东西。其次因为他会得到他应得的荣耀，而另一个人只落得一身破衣衫。

解释者说：不但如此，你还可以再加一句，那就是，来世的荣耀是永远不会消失的；而今世的一切都会过去的。因此情欲并不为了他先得到好东西而有理由取笑耐心；相反地，倒是耐心由于最后得到好东西而有理由讥笑他；因为前者一定得让位给后者，后者一定有时回运转的日子；可是后者就不需要让位给别人，因为没有接着来继承的人了。因此，谁先得到一份的，总有一天会花掉；而最后得到的人一定会永久守住；所以对财主们就这样说：“你该回想你生前享过福，拉撒路也受过苦；如今他在这里得安慰，你倒受痛苦。①”

基督徒说：那么我看出最好不要贪慕目前的东西，而要期待将来的。

解释者说：你说得对：“因为所见的是暂时的，所不见的是永远的。②”可是，虽然是这种情形，但是由于肉体的欲望和眼前的东西是那么接近，而未来的东西跟肉欲又离得那么远，因此前两者就不谋而合，而后两者之间的距离却一直保持下去。

这时我在梦里看见解释者牵着基督徒的手，领他到一个地方，那儿的墙边烧着熊熊的篝火，有一个人站在火旁，老往火里浇着大量的水，想要扑灭它；可是火越烧越旺，越来越炽。

于是基督徒说，这是什么意思？

解释者回答说：这火是恩典在心里所做的工作；那个用水浇火、想要扑灭它的是魔鬼；不过你看到，尽管如此，火却越烧越旺、越来越炽，其中有个道理，你马上可以明白。说着他就领他到墙的后面，他看到在那儿有一个人拿着一桶油，同样不停手地（然而悄悄地）往火上浇着。

基督徒又问道，这是什么意思？

① 参看《圣经·新约·路加福音》第16章第25节。
② 参看《圣经·新约·哥林多后书》第4章第18节。

这火是恩典在心里所做的工作；那个用水浇火，想要扑灭它的是魔鬼。

解释者回答道：那是基督，他不断地用恩典的油浇灌那已经在人心里展开的工作；由于使用了这个办法，不管魔鬼怎么做，基督的子民的心灵还是有福的。至于你看到那个人站在墙后保持那火，不让熄灭，这说明一个受到引诱的人不容易看到恩典在心里怎样继续起作用。

我还看见解释者又牵着他的手，把他领到一个非常可爱的地方，那儿有一座又美丽又雄伟的宫殿；基督徒看见了大为高兴。他还看见有些人穿着黄金一般的衣服在那上面走来走去。

这时候基督徒说，我们可以到那边去吗？

于是解释者领着他向宫殿的大门走过去；啊，原来早有一大群人站在门口，都想进去但是又不敢进去。离门口不远，有个人坐在一张桌子旁边，桌上放着一本书和一只角制的墨水瓶，用来登记要进门去的人的名字；他还看见在门里面站着好些顶盔贯甲的人在门旁把守着，看他们的样子似乎要毫不留情地伤害那想要进门去的人。这时候基督徒的确感到惊奇。最后，当所有的人由于害怕那些穿戴

我看见有个人坐在一张桌子旁边，桌子上放着一本书和一只角制的墨水瓶，用来登记要进门去的人的名字。

盔甲的人而掉头跑开的时候，基督徒看见一个态度非常坚决的人走到登记人员那儿说，请写下我的名字，先生。登记手续办好之后，他看见那个人拔出利剑，戴上头盔，朝着门向那些穿戴盔甲的人猛冲过去，他们拼命围攻他；但是那个人毫不气馁，狠命地乱刺乱砍。直到他自己受了伤，同时也伤了好几个拦阻他进去的人之后，他在那些人中间杀出一条路来，闯进宫殿里去了。这时候里面响起一片欢欣的声音，就是那些在宫殿顶上走来走去的人也欢呼起来了，他们喊说——

快进门，进门来；
你将赢得永远的荣名。

他就这样进去了，并且穿上像他们一样的衣服。基督徒这才领会地笑着说，我想我的确知道这是什么意思。

基督徒说：现在让我去吧。解释者说，不，别走，等我再给你多看一点东西，然后你再继续走你的路。于是他又牵着他的手，把他带进一间黑洞洞的房间，那儿有一个铁笼子，里面坐着一个人。

这人看上去似乎很悲伤；他的一对眼睛盯着地上，两手合握着，唉声叹气，好像心要碎了似的。于是基督徒问道，这是什么意思？解释者就让他跟那个人谈话。

于是基督徒问他说，你是做什么的？他回答说，我过去不是这样的。

基督徒说：你过去是什么样的呢？

于是他又牵着他的手，把他带进一间黑洞洞的房间，那儿有一个铁笼子，里面坐着一个人。

他说：我过去是个正派、出色的信徒，我自以为是这样的，别人看来也是这样；我过去有资格进天国，我自己也相信确有资格，那时候一想起将来要到那儿去，我就高兴。

基督徒说：唔，那么你现在怎么样呢？

那个人说：现在我是个绝望透顶的人，就像关在铁笼子里一样脱不了绝望的囚禁。我逃不出去。哦，我现在不能了！

基督徒说：你是怎么弄到这个地步的？

那个人说：我轻忽了我以往所具备的警惕和镇静；我放纵了情欲；得罪了《圣经》的光和上帝的仁慈；我使圣灵担忧，他就离开我了；我去招引魔鬼，他就来了；我触怒了上帝，被祂弃绝了；我的心变得这样冷酷，我不能忏悔了。

于是基督徒对解释者说，难道像这样的人就没有希望了吗？解释者说，你问他好啦。

于是基督徒说，难道你什么希望也没有，不得不给禁锢在这个无望的铁笼里吗？

那个人说，没有，什么希望也没有了。

基督徒说，怎么，神之子是非常慈悲的。

那个人说：我重新又把祂钉在十字架上了；我瞧不起祂；我瞧不起祂的正义；我“将祂的血当作平常[①]”；我“又亵慢施恩的圣灵[②]”。因此我自己关掉了所有希望之门，现在只有那要把我当作敌

① 参看《圣经·新约·希伯来书》第 10 章第 29 节。

② 参看同上书第 10 章第 29 节。

人一样吞灭了的必临的审判和非常的愤怒威吓着我，可怕的威吓，恐怖的威吓。

基督徒说：你为什么把自己搞到这个地步呢？

那个人说：为了肉欲、逸乐和现世的好处；我当时指望从这些事情上得到快乐；可是现在所有这些东西都在刺痛我，像可怕的蛆虫那样咬着我。

基督徒说：难道你现在不能忏悔自新吗？

那个人说：上帝已经不听我的忏悔。《圣经》也不鼓励我的信心；是的，祂自己把我关在这铁笼里；即使用全世界的人的力量，也没法放我出去。哦，永恒，永恒！我怎么对付我得经历的永远的苦难呢！

于是解释者对基督徒说，记住这个人的苦难，让它作为你永远的警惕。

基督徒说：啊，这真叫人害怕！愿上帝帮助我，使我谨慎、清醒，帮助我祈祷，使我不致再蹈这个人的覆辙，自投苦难的罗网。先生，现在是我该上路的时候了吧？

解释者说：等我再给你看一件事，你就可以上路了。

于是他又拉着基督徒的手，领他走进一个房间，那儿有个人正从床上爬起来，一面穿衣服，一面发抖。

于是基督徒问，他为什么这样发抖？解释者便叫他讲给基督徒听他为什么这样子。

他就开始说，今晚我睡着的时候，在睡梦中看见天空变得乌黑；同时还有极可怕的霹雳和闪电，我愁苦极了；我在梦中向上一看，看见云朵以超乎寻常的速度飞行着，我又听到响亮的号角声，还看见一个人驾着云，周围侍立着无数的天使；他们都发出火焰；天空里也是熊熊的火焰。接着我听见一个声音说：“起来，你们死了的人，来受审判！”

这句话一说完，岩石都裂了开来，坟墓都敞开，里面的死人全都走出来[1]。他们有的非常欣喜，仰起头望着；有的要把自己藏在山岩底下。然后我看见坐在云端的人打开一本书，吩咐所有的人都走近一些。可是，由于他前面发出的烈火冒着焰，他和他们之间有着相当的距离，就像法官和在围栏里的犯人之间所保持的距离一样。那坐在云端的人，周围有许多人侍立着，我听见一个声音对那些侍立着的人们宣布说：“把稗子、糠和残梗集拢来，扔到火湖里去烧。”这话一说完，就在我站的地方附近，有一个无底深坑张开来；从它的裂口喷出浓厚的烟雾和无数燃烧的火炭，

把稗子、糠和残梗集拢来，扔到火湖里去烧。

把我的麦子收到谷仓里。

[1] 参看《圣经 · 新约 · 帖撒罗尼迦后书》第 1 章第 7 至 10 节，《启示录》第 20 章第 11 至 15 节。

同时还发出可怕的声音。又有声音对这些人说："把我的麦子收到谷仓里[①]。"接着我看见许多人被提到云里去[②]，但是我却给留下来。我也要把自己藏起来，可是我没法躲开；因为那个坐在云端的人还盯着我；我想起了我所有的罪；我的良心从各方面谴责我。我就这样从梦中醒过来。

基督徒问道：你为什么看到这些东西就这样害怕？

那个人说：啊，我以为审判的日子来了，而我还没有准备好哩。使我最害怕的是，天使们提上去好几个人而丢下了我；还有，地狱的深坑就在我站的地方旁边张着嘴。我的良心也折磨着我；并且，我认为上帝怒形于色地老盯着我。

接着解释者对基督徒说，你有没有仔细想过这些事？

基督徒说：想过的，它们叫我又害怕又抱着希望。

解释者说：要牢牢记住这些事情，让它们作为你腰间的刺棒，在你必须走的路上驱策你向前。于是基督徒开始束紧腰带，准备上路。这时解释者说，好基督徒，愿圣灵跟你常在一起，指引你通往天国的路。

基督徒就这样走了，口里说着——

在这儿，我看到了稀罕和有益的事情，
看到了快乐的和可怕的光景，

① 参看《圣经·新约·马太福音》第3章第12节和第13章第30节。
② 参看《圣经·新约·帖撒罗尼迦前书》第4章第13至18节。

这些都使我的意志坚定，把任务承当，
那么让我来把这些事情细细思量，
让我弄明白为什么我会看到这一切事迹，
哦，好解释者，让我对你感激。

这时我在梦里看见基督徒走的那条路上两旁都有墙围着，那两道墙叫做救世。因此背着重负的基督徒就在这条路上奔跑，由于背上的负荷，他跑得相当吃力。

他这样一直跑到一个比地面稍高一点的地方，那儿屹立着一个十字架，在下面略低一点的地方有一个坟墓。我在梦里看见，基督徒正走到十字架前面的时候，他的重负在肩膀上松了开来，忽然从背上落下来，一直滚到墓穴旁边，然后掉进去不见了。

这时候基督徒高兴极了，浑身感到无比的轻快，欣然说道："因他的痛苦我得到安息，因他的死亡我得到生命。"他惊奇地站了一会儿；因为他觉得很奇怪，一看见这十字架，他的重负竟然就得到了解除。于是他看了又看，直到眼泪汩汩地沿着面颊滚下来。他正站在那儿呆望、哭泣的时候，有三个浑身发出光亮的人走到他跟前来向他招呼说："愿你平安。"第一个就对他说："你的罪赦了[①]"；第二个把他身上的破衣衫脱掉，给他换上一套衣服[②]；第三个在他额上打了个印记，还给他一卷上面打了戳记的书卷，吩咐他一面走路

① 参看《圣经·新约·马可福音》第2章第5节。
② 参看《圣经·旧约·撒迦利亚书》第3章第4节。

有三个浑身发出光亮的人走到他跟前来向他招呼说："愿你平安。"

一面看，并且要在天门的入口处交出来。他们说完就走了。基督徒喜得心花怒放，纵身跳了三下，开始上路，一边走一边唱着——

我来到此地，一直背负着罪，
任什么也不能减轻我的伤悲，
我终于来到这儿。这是怎样的一个地方！
莫非一定要到这地方，幸福才开始降临我身上？
莫非一定要到这地方，我才能摆脱身上的重负？
莫非一定要到这地方，才能解除那缚住我的绳索？
神圣的十字架！神圣的坟墓！要说更神圣，
那应该是为我而受了羞辱的人！

他们一个叫做愚蠢，一个叫做懒惰，第三个叫做傲慢。

这时我在梦里看见他继续这样走着，后来走到一块洼地上，在那里，也就是在这条路的近旁，有三个人睡得正香，他们的脚踝上全上着脚镣。他们一个叫做愚蠢，一个叫做懒惰，第三个叫做傲慢。

基督徒看见他们那样躺着，就走过去，

心想也许能把他们喊醒，他喊道，你们就像在桅杆顶上睡觉的人，因为你们下面就是死海—— 一个无底的深渊。醒来，走开吧，要是你自己愿意走开，那么我就帮你们除下脚镣。他还对他们说，要是那个“如同吼叫的狮子，遍地游行”的魔鬼[①]从这里走过，你们一定会成为他的口中物。他们被喊醒听他说完这话，就望着他，开始作如下的回答：愚蠢说，“我看不出有什么危险”；懒惰说，“再睡一会吧”；傲慢说，“每个人得靠自己”。说完他们又躺下去睡觉，基督徒也就继续走他的路。

不过他一想到这帮人身处险境，他如此仗义要帮助他们，唤醒他们，劝告他们，自愿帮他们解除脚镣，而他们却一点不把他的好意当一回事，他不免觉得很懊恼。他正在烦闷的时候，看见两个人从他走着的窄路的左边墙上滚了下来；他们急急忙忙向他走来。其中一个叫做形式主义者，另一个叫做虚伪。就像我刚才说过的，他们来到他跟前，他就同他们攀谈起来。

基督徒说：先生，你们从哪儿来，要到哪儿去？

形式主义者和虚伪说：我们生长在高傲之地，现在为了要得嘉奖准备到锡安山去。

基督徒说：你们为什么不从这条路开头的那扇门进来？你难道不知道《圣经》里写着：“不从门进去，倒从别处爬进去，那人就是贼，就是强盗？[②]”

---

① 参看《圣经·新约·彼得前书》第 5 章第 8 节。

② 参看《圣经·新约·约翰福音》第 10 章第 1 节。

形式主义者和虚伪说，他们的乡邻都认为从那扇门进去路太远；因此他们总是像他们两人刚才那样抄近路越墙而来的。

基督徒说：不过这样做是违背了我们要去的那地方主人彰明昭著的告诫；这样，岂不是要被认为有意违反他吗？

形式主义者和虚伪说，至于这一点，他大可不必担心；因为他们是按照惯例行事；并且如果需要的话，还可以拿出证据来证明这习俗已经存在一千多年之久了。

但是，基督徒说，你们的行为经得起法律的考验吗？

形式主义者和虚伪说，既然这习俗已经有一千年以上的历史，毫无疑问，任何公正的法官都会认为它是合法的；况且，他们说，如果我们已经走到这路上来了，当初究竟怎么来的又有什么关系？我们要是已经来到这条路上，不就得啦；你也不过是走在这条路上，虽然据我们晓得，你是从那扇小门进来的；而我们这两个越墙过来的，岂不是也在这条路上走着；那么，请问你有什么比我们强呢？

他看见两个人越墙过来。

基督徒说：我是按照主人的规则行事的；你们却是依从你们自己不可靠的想法行事。你们已经被这条路的主人认为是贼了；所以即使你们走到这条路的终点，恐怕也不能算数。你们没得到他的指示自己走来，也就会得不到他的怜悯自己离去。

他们对这番话不作什么答复；只是对他说，请他还是少管闲事吧。然后我看见他们自顾自地走路，不再交谈，那两个人只对基督徒说，对于律法和仪式，他们敢说他们跟他同样谨慎地遵守。所以，他们说，除了你身上穿的那件衣服以外，我们看不出你和我们有什么区别，那衣服，据我们猜想，是你的邻居给你遮身体用的。

基督徒说：依靠律法和仪式你们是不会得救的，因为你们没有从那扇门进来。至于我身上穿的这件衣服，是我要去的那地方的主人给我的，就像你们说的，给我遮身体用的。我把它看做祂对我的恩典，因为过去我除了破衣衫，什么都没有。并且，一路上我还可以这样安慰自己。我想，我到达城门口的时候，那儿的主人一定会永远认识我，因为我身上穿的是那天他把我身上的破衣衫脱下来时，白白地赐给我的一件衣服。此外，我前额上还有一个记号，你们也许没有注意到，它是我主人最亲信的心腹侍从在我的负担从肩上脱落的那天打在我额上的。我还要告诉你们，当时我还拿到一卷打了印的书卷，让我在路上看了可以得到安慰；他还吩咐我到达天门的时候，就把它交出来，作为准可以放我进去的证据；我恐怕这些东西你们都没有，因为你们不是从那扇门进来的。

他们对这番话都不作答；只是相视而笑。然后我看见他们都往前走去，可是基督徒走在前面，他不再和他们谈话，只顾自言自语着，有时候带着叹息的口吻，有时候露着自慰的语气；他还常常翻阅那发亮的人给他的那卷书卷，读过以后，他顿时精神百倍。

然后我看见他们都走到艰难山下面，在山脚边有一个泉源。那儿除了从那扇门直达的一条路之外，还有两条路；顺着山脚一条向左转弯，一条向右转弯，但是窄的一条路一直通到山上去，登山的这条路就叫做艰难。基督徒这会儿走到泉水旁边去喝水，恢复了精神；然后开始上山，边走边唱着——

山虽然高，我一心想要攀登——
困难绊不住我的脚跟；
因为我看到生命之路就在这里。
来，鼓起勇气，别畏惧，也别泄气！
纵然艰难，你最好还是走正路，
邪路虽然平坦，到头来依旧是悲苦。

这时那两个人也走到了山脚下；他们看见那山既陡又高，同时又看见另外还有两条路，他们以为这两条路会跟基督徒走的那条路在山后会合——因此他们就决定走这两条路。一条路叫做危险，另一条叫做灭亡。于是一个人走那条名叫危险的路，给引进一座大森林里；另一个直接走上那条名叫灭亡的路，给引到一个被层层阴暗的山峦包围着的旷野上，他在那儿一失足，倒下去，再也爬不起来了。

然后我朝基督徒看，望着他登山，由于山路陡峭，他先是奔跑，继而慢步，最后双手着地爬行起来了。山腰里有一个美好的亭子，这是山主人建造起来供辛苦的旅客们休息的。因此基督徒到了那儿便坐下休息。接着他从怀里掏出那卷书卷来读，从里面获得安慰；他又重新细看他在十字架旁边得到的那件外衣。他这样自鸣得意了一会，终于打起瞌睡来，后来就睡熟了，可是这一睡就睡到傍

由于山路陡峭，他先是奔跑，继而慢步，最后双手着地爬行起来了。

晚，天快黑了；在酣睡中他的书卷从手里掉了下来。他睡得正香的时候，来了一个人，把他唤醒，说："懒惰人哪，你去察看蚂蚁的动作，就可得智慧[①]。"基督徒一听这话就惊跳起来，赶忙上路，迈开大步加快速度走到山顶。

他到达山顶的时候，有两个人急速迎面跑来；一个叫做胆怯，一个叫做疑惑。基督徒对他们说，先生们，怎么回事？你们跑的路不对啊。胆怯回答说，他们原来是到锡安城[②]去的，而且已经走过那艰难的地方；不过，他说，我们朝前走，碰到的危险越来越多；因此我们掉过头，往回走了。

一个叫做胆怯，一个叫做疑惑。

对，疑惑说，因为就在我们前面的路上躺着两只狮子，它们是睡着还是醒着，我们不知道；我们总认为，要是我们走近它们的身边，

① 参看《圣经·旧约·箴言》第6章第6节。

② 指天国。

他终于打起瞌睡来，后来就睡熟了，可是这一睡就睡到傍晚，天快黑了；在酣睡中他的书卷从手里掉了下来。

它们会立刻把我们撕得粉碎。

于是基督徒说，你们这些话叫我害怕起来了；可是我到哪儿去才安全呢？要是我回到老家去，那儿是准备给硫磺火烧掉的，那我准得灭亡啦。要是我能到达天国，在那儿一定是安全的。我得冒险走去。走回头路只有死亡；向前走虽然有死亡的恐惧，可是到后来可以得到永生。我还是向前走吧。于是疑惑和胆怯奔下山去，基督徒继续往前走去。不过，他又想起了他们说的话，伸手到怀里去取他的书卷，想拿出来念念，安慰安慰自己；可是他摸来摸去，找不到它。

于是基督徒大为恐慌，不知所措；因为他需要那个过去常常给他安慰的东西，那个作为他进天国去的通行证的东西。因此他感到心慌意乱，走投无路。最后他想起他在山坡上那个亭子里睡过觉；于是他就跪下去，请求上帝原谅他这种愚蠢的行为；然后掉头下山寻找他那卷书卷去了。谁能充分道出基督徒在走回头路时内心所感到的痛苦呢？他有时叹息，有时流泪，不断地责备自己做了这件傻事，那个地方仅仅是为了让他疲劳的时候进去休息一会儿而建造的，而他竟在那里睡大觉。他就这样又悔又急地走下山去，一路上小心地望着路的两旁，希望能找到在旅途上多次给他安慰的那卷书卷。他这样走着，后来他望见他在那儿睡过觉的那个亭子了；可是见了亭子反而使他痛哭得更厉害了，因为这使他重新想起他在那儿睡觉的邪恶行为。因此他一路走着，为自己这场罪恶的睡眠失声痛哭，他说：我真该死啊！竟然在白天睡着！竟然在困难中睡着[①]！

① 参看《圣经 · 新约 · 帖撒罗尼迦前书》第 5 章第 6、7、8 节。

竟然这样放纵自己的肉体，利用那个休息处所来达到肉体的舒服，而山主人盖这个亭子只是供旅客们在那里恢复一下精神的啊！

我白走了多少路啊！以色列人由于他们的罪恶也遭到这种情形；他们又得经过红海回来[①]；而我现在就得痛苦地走着，要是没有那一趟罪恶的睡眠我就可能很愉快地踏着步子的。要是没有睡着，我这会儿已经走了多少路了呀！本来只需要走一趟的路，现在得走三趟；不仅如此，现在我又要陷入黑暗中了，因为天快黑啦。哦，我刚才没有睡着就好啦！

这会儿他又来到了亭子里，在那儿坐下来哭了一会；但是就像他所希望的那样，他终于伤心地朝高背长靠椅下面张望，看到了他的书卷；他颤抖着赶忙把它拾起来，放进怀里。谁也无法形容这个人拾到了他的书卷后是多么地快活呀！因为这卷书卷就是他的生命和能够进入他所渴望的天国的保证。因此他把它放在

他颤抖着赶忙把它拾起来，放进怀里。

① 参看《圣经·旧约·创世记》和《出埃及记》关于以色列人如何因饥荒移居到埃及，后来又如何因受埃及人的虐待而由摩西率领经过红海回到迦南。

怀里，感谢上帝指引他的眼睛朝它横着的那地方望去，然后带着欢喜的眼泪又开始赶路了。

啊，这一段上山的路他走得多轻快呀！可是，他还没有走到山顶，太阳就下山了；这又使他想起了那场睡眠的荒谬；因此他又悲伤起来：哦，罪恶的睡眠，由于你，我才会在旅途中陷入黑暗！我得在夜里赶路，我的脚得在黑暗里奔走；由于我的罪恶的睡眠，我得听那些阴惨的动物的叫声。现在他又记起了疑惑和胆怯讲的事情，他们看到了狮子多么害怕。于是基督徒又自忖道，这些野兽在夜里漫游，猎取食物；要是我在黑暗里碰到它们，有什么办法逃避它们呢？我怎么样避免给它们撕得粉碎呢？他这样一路走着。但是当他正为了他那倒霉的错误行为而痛哭时，抬头看见前面有一座雄伟的宫殿，它叫做美丽，就在路旁。

我的脚得在黑暗里奔走；由于我的罪恶的睡眠，我得听那些阴惨的动物的叫声。

我在梦里看见他加快脚步向前走去，希望有可能的话就在那儿住宿。他还没有走多远，就走进一条很窄的小路，这小路离开那门房还有八分之一英里的路。他一面走，一面留心张望着，终于看见路上有两只狮子。他想，

他看见路上有两只狮子。

现在我看到了把疑惑和胆怯吓退的危险物了（狮子是给锁住了的，但是他看不见铁链）。接着他怕起来，也想照他们的样子退回去，因为他认为前面只有死路一条。但是名叫警醒的看门人在门房里瞧见基督徒停下来，好像要回头走的样子，就喊他，说，你的胆量这么小吗？别害怕狮子，因为它们是给锁住了的，故意放在那儿来考验有信心的人，同时也可以发现没有信心的人。走在路当中就不会受到伤害。

接着我看见他继续往前走，不过因为害怕狮子浑身直发抖；可是由于他注意看门人给他的指示，他只听见它们吼叫，而并没有受到它们的伤害。于是他拍着手，一直走到大门前看门人站的地方。他就对看门人说，先生，这是什么房子？我可以在这里过夜吗？看门人回答说，这房子是这座山的主人修建的，他是为了旅客的安全和休息而造的。看门人又问他从哪儿来，上哪儿去。

基督徒说：我是从毁灭城来的，要到锡安山去；因为太阳已经下山了，我希望，要是可能的话，在这儿过夜。

看门人问：你叫什么名字？

基督徒说：我现在的名字是基督徒，本来的名字是邪恶；我是雅弗的后裔，上帝要使他的后裔住在闪的帐棚里[1]。

看门人说：你怎么这么晚才来呢？太阳已经下山了。

基督徒说：我本来会早一点儿到这儿来的，可是，我真该死！我在山腰上的亭子里睡着了；不，尽管这样，如果我没有在睡眠中

---

① 参看《圣经·旧约·创世记》第 9 章第 27 节。

这个人从毁灭城来，到锡安山去。

丢了我的证件，我还是很早就会到这儿的，我走到山顶的时候，摸了一下才发觉丢了，于是不得不伤心地回到我睡觉的地方，找到了它再到这儿来。

看门人说：好，我要把这地方的一个贞女请出来，如果她听你谈过以后，觉得满意，她会按着这一家的规矩，带你去见其余的人。于是警醒的看门人打了一下铃，铃声响后，一个端庄美丽、名叫谨慎的少女从房子里走出来，问看门人为什么叫她。

看门人回答道：这个人从毁灭城来，到锡安山去，因为觉得疲倦而且天又黑了，他问我能不能让他在这儿过夜；我对他说我要请你出来，等你跟他谈过以后，按照这一家的规矩，认为应该怎么办就怎么办。

于是她问他从哪儿来，上哪儿去，他都一一回答了。她又问他怎么走上这条路的，他也告诉了她。然后她问他在路上看到了和遇到了什么事情，他也说了。最后她问他叫什么名字，他就说，我叫做基督徒，我特别希望在这儿过夜，因为据我知道，这地方是这座山的主人为了安慰旅客们并保障他们的安全而建造的。她微笑着，同时眼睛里含着泪水；她顿了一顿说，我去喊两三个家里人来。她就跑到门口把贤慧、虔诚和仁爱三个人叫了来，她们跟他谈了一会儿后，把他当作自己人看待；她们在门口迎接他，说，请进来，你这位被主人祝福的人；这房子是这座山的主人特地为招待这样的旅客而造的，于是他鞠了一躬，跟着她们走了进去。他到了里面坐下来以后，她们请他喝了一些东西，大家都同意，在晚饭还没有准备好以前，为了尽量利用时间起见，她们中间有些人应该特别跟基督徒谈谈；她们选出了虔诚、贤慧和仁爱跟他谈话；她们就这样开始谈话了：

他到了里面坐下来以后，她们请他喝了一些东西。

虔诚说：喂，好基督徒，既然我们对你这么友爱，今天晚上在我们房子里接待你；要是对我们有帮助的话，让我们谈谈你旅途中所遇到的一切事情。

基督徒说：我非常愿意，你们这样有兴趣，我很高兴。

虔诚说：最初是什么使你投身于天路旅客的生涯？

基督徒说：我耳朵里有一种可怕的声音驱使我离开我的家乡；就是说，如果我在原来的地方待下去，我就不可避免地要遭到毁灭。

虔诚说：可是你怎么会这样离开家乡的？

基督徒说：是照着上帝的意旨做的；因为我害怕遭到毁灭，又不知道往哪儿去好；我正在颤抖、哭泣的时候，碰巧来了一个叫做宣道师的人，他指点我到那扇小门那儿去（不然的话，我决计找不到那扇小门的），我就这样被引到这条把我直接带到这房子来的路上。

虔诚说：难道你没有经过解释者的住宅吗？

基督徒说：有，在那儿还看到些我一辈子也忘不了的事情；尤其是那三件事情——那就是，尽管有撒旦的破坏，基督依然一直在人心里维持着恩典的工作；那个人怎样继续犯罪，弄到没有希望得到上帝的怜悯的地步；还有那个在睡眠中以为审判的日子已经来到的人所做的梦。

虔诚说：怎么，他把他的梦告诉了你吗？

基督徒说：是的，而且我认为那是一个足够可怕的梦。在他告诉我的时候，我吓得心惊肉跳；可是现在我倒觉得很高兴能听到那个梦。

虔诚说：你在解释者家里所看到的就是这些吗？

基督徒说：不，他还带我去看一座雄伟的宫殿，里面的人都穿着黄金般的衣服；我还看见一个大胆的人来到宫殿门前，有一批穿戴盔甲的人站在门口不让他进去，他在他们中间冲了过去，后来他给请进宫去，赢得了永恒的荣耀。我觉得那些情景使我全心向往！我本来可以在那个好人的家里待上一年，但是我知道我得赶路。

虔诚说：你在路上还看到什么吗？

基督徒说：看到什么！咳，还没有走多远，我就看见一个人，就像我所想象的那样，挂在十字架上直淌着血；一见到他，我的负担顿时就从背上落了下来；我本来给重担压得直呻吟，可是那时候它从我身上滑了下来。这在我身上是件奇妙的遭遇，因为我从来没有碰到过这种事情；我正抬头看的时候（因为那时我没法不看），三个全身发亮的人向我走来。其中一个见证说我的罪已经得到赦免；另一个脱掉我身上褴褛的衣服，给我穿上这件你现在看到的绣花的外衣；第三个在我额上印了这个你现在看见的记号，还给我这个盖了印的书卷（说着他从怀里把它掏出来）。

虔诚说：不过你看到的还不止这些吧，对不对？

基督徒说：我告诉你的都是最精彩的；我还看到一些别的事，

譬如——我看见三个人，愚蠢、懒惰和傲慢，当我一路走来的时候，见他们都上了脚镣睡在路旁边不远的地方；可是你想我能把他们叫醒吗？我还看见形式主义者和虚伪越墙而来，他们自称是要到锡安去的；可是他们不久就迷路了，我事先就告诉他们会有那样的结果，但是他们不相信。不过，所有这些事中最重要的是我发觉上这座山非常吃力，在那两头狮子身边走过也不简单，说真的，要没有那个好人，那个站在大门口的看门人，说不定我终究还会掉转头走掉了哩；可是现在谢谢上帝，我到了这儿，我感谢你们的接待。

于是贤慧认为应该问他几句话，要他作答。

贤慧说：你有时候会不会想起你的家乡？

基督徒说：我会想起的，不过是带着惭愧和憎厌的心情——“我若想念我所离开的家乡，我并非没有再转回去的机会。但是我所羡慕的乃是一个更美的家乡，那就是在天上的[①]。”

贤慧说：你有没有带走一些你那时候爱好的东西？

基督徒说：有，不过，并不是我愿意那样做；尤其是我内心那些肉欲方面的意念，所有我的乡亲，连我自己，都喜欢这种思想；可是现在这些念头却成了我的痛苦；我宁可再也不想起这些事；可是我愿意为善的时候，便有恶与我同在[②]。

贤慧说：有时候你有没有觉得好像你已经克服了那些念头，可是有的时候它们又把你迷惑住了？

---

① 参看《圣经·新约·希伯来书》第 11 章第 15、16 节。

② 参看《圣经·新约·罗马书》第 7 章第 21 节。

基督徒说：确有这种情况，不过也不常有；那种时候对我是太宝贝了。

贤慧说：你记不记得你有时候怎样才会觉得好像那些烦恼都克服了？

基督徒说：记得的，当我想到在十字架上看见了什么，就会使我有那样的感觉；望着我绣花的外衣的时候，我就有那样的感觉；看到怀里带着的那卷书卷的时候，也会使我有那样的感觉；当我想到我要去的地方感到很兴奋的时候，那种感觉也会涌上我的心头。

贤慧问：什么使你这么热切地要到锡安山去呢？

基督徒说：唔，我希望看到那个挂在十字架上已经死了的人在那儿活着；我希望在那儿可以摆脱所有那些到今天还纠缠着我的东西；他们说在那个地方没有死亡，在那儿我可以跟我最喜欢的人住在一起。因为，说真的，我爱祂，因为祂卸去我的负担；我灵魂的疾病使我厌烦极了。我很高兴到那个不再受到死亡的威胁的地方去，跟那帮不断地喊着“圣哉，圣哉，圣哉！”的人生活在一起。

于是仁爱对基督徒说，你有没有家眷？你结了婚没有？

基督徒说：我有一个妻子和四个小孩。

仁爱说：那么你为什么没有把他们带来？

这时候基督徒哭了起来，说，哦，我多么想把他们带来呀！可是他们都竭力反对我走这条路。

仁爱说：不过你应当说服他们，设法向他们指出如果他们不跟你走，要遭到怎样的危险。

基督徒说：我是这样做了；并且也告诉了他们上帝已经把我们这个城市要遭到毁灭的事启示我；可是他们当我开玩笑[①]，不信我的话。

仁爱说：你有没有向上帝祈祷，请求祂祝福你向他们所作的忠告？

基督徒说：有，而且非常热情地祷告；因为你一定想象得到我是多么爱我的妻子和我那几个可怜的孩子。

仁爱说：你有没有把你内心的痛苦和对毁灭的恐惧告诉他们？因为我想，在你看来，那场毁灭是够实在的事。

基督徒说：有，我对他们讲了又讲，不知讲了多少遍了。他们也可以从我的脸色、我流的眼泪以及由于害怕那即将临到我们头上的审判而引起的颤栗，看出我的恐惧；可是这一切都不足以打动他们的心，使他们跟我一道走。

仁爱说：但是他们有什么理由不肯来呢？

基督徒说：唔，我的妻子怕失去这个世界，我的孩子们都耽迷在年轻人那种无聊的欢乐中；所以，又是这个原因，又是那个原因，结果他们就让我独个儿这样流浪着。

仁爱说：你有没有，由于你空虚的生活，削弱了你用话语劝他们跟你同走的力量？

基督徒说：的确我的生活没有什么值得嘉许的地方，因为我自己也知道有许多缺点。我也晓得，一个人一心为了人家的好处，竭

---

① 参看《圣经·旧约·创世记》第 19 章第 14 节。

力用辩论或劝告要使他们相信的话，很容易受到他自己行为的摧毁。不过我可以说，我非常小心，不让自己做出任何不适当的举动，使他们有理由反对走天路。而且也就因为这样，他们说我太认真了，说我为他们牺牲了许多东西，在他们看来，那些东西并没有什么害处。不仅这样，我想我还可以说，要是有什么事情叫他们看见了会不愿意走天路，那就是我在得罪了上帝或对不住邻居时所感到的极大痛苦。

仁爱说：不错，该隐恨他的兄弟，就因为他自己的行为是恶的，他兄弟的行为是善的[①]；要是你的妻子和儿女因此跟你生气，那就表示他们不肯为善；你却救自己脱离了罪恶[②]。

我在梦里看见他们这样坐在一起直谈到吃晚饭的时候。他们准备好以后，就坐下来吃饭。桌子上尽是些佳肴美味，还有上好的酒。他们的话题始终离不了关于这座山的主人的事；谈到他做过的事情，他为什么那样做，他为什么造了这所房子。从他们的谈话里，我知道他过去是个伟大的战士，冒着很大的危险，跟那个掌握死亡的权柄的[③]有过搏斗，并且杀了他，这使我更爱他了。

基督徒说，因为正像他们所说的，并且我也相信，他为了那场搏斗流出许多血；但是，正是因为他的动机是纯粹出自对祖国的热爱，他的所作所为才有那么崇高的荣耀。而且，这一家人当中有的在他死在十字架上以后还跟他待在一起过，并且还谈过话；他们证

---

① 参看《圣经·新约·约翰一书》第 3 章第 12 节。
② 参看《圣经·旧约·以西结书》第 3 章第 19 节。
③ 参看《圣经·新约·希伯来书》第 2 章第 14 节。

实他亲口说过，从天涯到海角都找不到一个像他这样可怜的热爱天路旅客的人。

他们还为他们所讲的话举了个例子，那就是，为了拯救可怜的人类，他撇下他的荣耀；

那间房间叫做安乐。

他们还听他确实说过："他不要单独住在锡安山。"他们还说，他曾经使许多天路旅客成为王子，虽然他们本来是叫花子，粪堆是他们出身的地方[1]。

他们这样一直谈到深夜；他们把自己委托给上帝保护之后，就各自歇息去了。她们把天路旅客安置在楼上一间大房间里，那儿的窗户朝向东方，那房间叫做安乐；他在那儿睡到天亮，一觉醒来，唱道——

我现在在什么地方？这是否基督
对天路旅客所表现的爱心和眷顾？
这样准备好一切，使我得到赦免，
我住的地方已经和天堂毗连！

---

① 参看《圣经·旧约·诗篇》第113篇第7节。

早上他们都起了身；又谈论了一番之后，她们对他说，等她们给他看过那地方的珍贵物件后，他再动身。首先她们领他到书房里去，给他看非常古老的案卷；据我记得，在梦中她们先给他看山主人的家谱，他是上帝的儿子，出自不朽的一族。这里还详细地记载着他的行为，和几千个为他服务的人的姓名；以及他怎样把他们安置在不会因悠久的时日或朽腐的本质而毁坏的住所。

然后她们念给他听山主人的仆人们的可贵的作为，诸如他们怎样“制服了敌国，行了公义，得了应许，堵了狮子的口，灭了烈火的猛势，脱了刀剑的锋刃，软弱变为刚强，争战显出勇敢，打退外邦的全军①”。

然后她们又把案卷中的另一部分念出来，说到她们的主人多么愿意恩待所有的人，不论是什么人，尽管他们过去曾经侮蔑他和他的作为。在这里基督徒还看到好多其他有名事迹的记载，诸如古老的和近代的事迹，以及一定会实现的预言，这一切可以使敌人惊惧，也可以使天路旅客得到安慰。

第二天她们领他到武器库去，给他看主人为天路旅客准备的各种各样器械，例如剑、盾牌、盔、胸铠，在所有情况下都可以用的祷告和穿不坏的鞋子。这些东西的数量足够配备像天上星星那样多的人给主人服役。

她们还给他看主人的仆人们用以施行奇迹的工具。她们给他看

---

① 参看《圣经 · 新约 · 希伯来书》第 11 章第 33、34 节。

然后她们念给他听山主人的仆人们的可贵的作为。

摩西的杖[①]，雅亿用来钉死西西拉的橛子和锤子[②]，基甸用来使米甸人逃跑的号角、瓶子和火把[③]。然后她们给他看珊迦用来杀死六百人的赶牛用的棍子[④]，她们还给他看参孙用以表现强大能力的驴腮骨[⑤]，还有大卫用以杀死迦特人歌利亚的石子和机弦[⑥]，以及将来罪人升上天来就擒的时候，主人要用来杀他的剑。此外，她们还给他看许多无比美好的东西，基督徒非常高兴。这以后，他们又去安歇了。

然后我在梦里看见，第二天他起床后打算动身，可是她们又留他再住一天；她们说，要是天气好的话，她们会领他去看快乐山。她们说，看了那几座山会使他得到更多的安慰，因为它们比他现在待的地方更靠近那个他所渴望的安身之所；因此他就答应再逗留下来。

第二天早晨，她们带他到屋顶上，叫他向南方望去。他照着做了；哎呀，他看见远远的有一片极悦目的群山地带，有树林、葡萄园、各种各样的果子、花草、泉水和喷泉，好看极了。于是他问那地方叫什么名字。她们说那是以马内利[⑦] 的国土，她们说，像这座山一样，它是所有的天路旅客所共有的。你到了那儿，就可以看见天国的门，因为住在那儿的牧人会让你看见。

---

① 参看《圣经·旧约·出埃及记》第 7 章，摩西把杖变蛇给法老看，又用杖击打河中的水，水就变作血。

② 参看《圣经·旧约·士师记》第 4 章第 20 节。

③ 参看同上书第 7 章第 19 至 21 节。

④ 参看同上书第 3 章第 31 节。

⑤ 参看同上书第 15 章第 15 节。

⑥ 参看《圣经·旧约·撒母耳记上》第 17 章第 50 节。

⑦ 指耶稣基督。

这会儿他想上路了，她们也不留他。她们说，不过，首先让我们再到武器库去一趟吧。他们一同去了；他到了那儿之后，她们给他从头到脚配备了坚牢的武装，生怕他在路上会碰到袭击。他这样装备了之后，跟他的朋友们走到门口，问看门人有没有天路旅客从那儿经过。看门人说，有。

她们带他到屋顶上，叫他向南方望去，他照着做了；哎呀，他看见远远的有一片极悦目的群山地带。

基督徒说：请问你认识他吗？

看门人说：我问他叫什么名字，他说叫忠信。

基督徒说：哦，我认识他；他跟我住在一个城里，是我的近邻；他就是从我的出生地来的。你想他可能走到多远啦？

看门人说：这会儿他已经到了山下了。

基督徒说：唔，好看门人，愿上帝与你同在，并且为了你对我所表现的仁爱多多地赐福给你。

她们给他从头到脚配备了坚牢的武装，生怕他在路上会碰到袭击。

于是他开始向前走；谨慎，虔诚，仁爱和贤慧要陪他走到山下。因此他们一面走一面又继续他们的谈话，一直谈到要走下山的时候，基督徒说，上来固然很困难，可是据我看，下山也很危险。贤慧说，对，你说得对；像你现在这样朝下面的屈辱谷走去，难保不在路上滑一跤。她们说，所以我们才陪你下山，于是他开始非常小心地走下山去；但是还是免不了滑了一两次。

我在梦里看见，当基督徒走到山下的时候，这些好伴侣给他一个面包、一瓶酒和一些葡萄干；然后他就上路了。

基督徒跟随着他的一批虔敬的朋友，
她们宝贵的话语足够抵消他的哀愁；
等到她们让他离去，
他从头到脚都披上铠甲，异常坚固。

可是在屈辱谷里，可怜的基督徒可够受了；因为他还没有走多远，就看见一个叫做魔王的凶恶的敌人在田野里迎面而来。基督徒怕起来了，心里盘算着是回头呢，还是坚守阵地。可是再一想，他背上没有甲胄，如果背向敌人，反而给敌人造成有利条件，敌人可以毫不费事地用短矛把他刺穿；因此他决定冒险守住；因为他想，即使我唯一的目的是保全自己的性命，也只有面对敌人才是上策。

于是他继续往前走，魔王向他走来。这怪物可怕极了，他像一条鱼似的满身鳞甲，那是他引以为自豪的东西；他有像龙那样的翅膀，跟熊一样的脚，像狮子一样的嘴巴，他肚子里冒出一股股的烟火。他走到基督徒跟前，用轻蔑的眼色看着他，开始这样问他——

魔王说：你从哪儿来？上哪儿去？

基督徒说：我从那万恶的地方——毁灭城来，上锡安城去。

魔王说：从你的话里我就知道你是我的臣民；因为那一带地方都属于我，我是那地方的君王和神明。那末，你为什么逃避你的君王呢？若不是我还希望你为我服务的话，我就会一下把你打倒在地上的。

基督徒说：我的确是在你的领地上出生的，你的事务实在不好办，而你给的工资又叫人简直没法维持生活——因为罪的工价乃是死[①]；因此我年纪大了以后，像别的有思想的人一样，就注意有什么补救的办法。

魔王说：没有哪个君王肯这样轻易地放弃他的臣民，我现在也不肯失去你；不过你既然提起对你的职务和工资都不满，那末安心回去吧；我现在答应你，我们的国度能供给你什么，我都给你。

基督徒说：可是我已经给另外一个主人雇用了，就是那众王之王；我怎么可以那么不义，又跟你回去呢？

魔王说：在这件事上你是照着那句“越换越坏”的俗语做了，不过那些自命为祂的仆人的人，过一个时期就脱离了祂，回到我这儿来，这是很普通的事。你也这样做吧，一切都会妥当的。

---

① 参看《圣经·新约·罗马书》第6章第23节。

基督徒说：我已经相信祂，并且发誓效忠于祂；我怎么能够背信弃义而不被认为大逆不道以致给绞死呢？

魔王说：你也背叛过我，但是只要你肯回头，我便不咎既往。

基督徒说：我答应你的话是在未成年的时候说的；而且我认为我现在服侍的君王能够赦免我；不仅如此，还会原谅我为了顺从你而干过的罪行。并且，哦，你这个杀人的魔王！说真的，我喜欢替祂做事，拿祂的工资，当祂的仆人，受祂的统治，和祂的仆人们待在一起，我也喜欢祂的国度，可我就不喜欢你的一切；所以别再劝我啦；我是祂的仆人，我要跟随祂。

魔王说：等你的头脑冷静一点的时候，再考虑一下你在你要走的路上会碰到什么。你知道祂的仆人大多数都没有好结果，因为他们冒犯了我和我的所作所为。他们中间有多少人遭到羞辱的死亡啊！而且你还认为祂的差事比我的好；可是祂从来就没离开过祂的住处，把侍奉祂的人从死亡的手中救出来。至于我呢，大家都知道，虽然有一些忠心服侍我的人已经让他们掳去，我曾经多少次用强力或者巧计把他们从祂以及属于祂的人手里搭救出来？所以我也要搭救你。

基督徒说：祂目前容忍着，不即刻去救他们，为的是要考验他们对祂的爱，试验他们会不会跟从祂到底；至于你所说的关于他们所遭遇到的不幸的后果，那对他们来说是最光荣的；因为他们不期望眼前的释放，又因为他们肯等待他们的荣耀；等他们的君王和天使们带着荣耀来的时候，他们就可以得到荣耀。

魔王说：在服侍祂这件事上你已经不忠实了，你怎么还妄想得到祂的工资？

基督徒说：哦，魔王，我在什么地方对祂不忠实呢？

魔王说：你在灰心沼里差点儿给陷溺的时候，你曾经懊悔当初不该出发。你应该等待你的君王给你解除背上的重负，可是你却尝试用了错误的方法去摆脱它。你罪孽深重，竟然睡着了，并且丢了你的宝贝证件。当你一见到狮子的时候，你差点掉头逃走。你谈到你在旅途上所见所闻的事情时，你对自己所讲和所做的一切都怀着自满的情绪。

基督徒说：这全都是实话，而且还有很多你没有讲到的事哩；不过我所侍奉和敬重的君王是慈悲的，祂乐意宽恕人。再说：我是在你的国度里沾染这些弱点的；因为我在那儿染上了那些坏习惯，我在它们的重压下呻吟过，为它们难过，并且得到了我的君王的宽恕。

魔王顿时怒火冲天，说，我是这个君王的仇敌；我痛恨祂本人，祂的法律和祂的人民；我此来特地要跟你为难。

基督徒说：魔王，留心你的一举一动，因为我是在至高者的路上，圣洁的路上；因此你得当心。

于是魔王叉开双脚横跨整个路上，说，在这件事上我一点儿也不怕。你准备死；因为我用阴府的名义赌咒，不准你向前再走一步；我就在这儿把你结果了。说着他向基督徒的胸口投过来一支带火焰的标；但是基督徒手里拿着盾牌，挡住了它，因而脱了险。

于是基督徒拔出他的利剑，因为他看准这该是他发奋的时候了；魔王也同样迅速地向他扑来，标像雨点般向他投来；尽管基督徒竭力闪避，他头上、手上和脚上还是受了伤。他被迫退后了几步；魔王一点也不放松，基督徒再一次壮起胆来，奋勇抵抗。这场猛烈的格斗持续了半天以上，到后来基督徒弄得几乎筋疲力尽；你要知道，由于他的创伤，基督徒必然越来越衰弱了。

那时魔王瞧准机会，开始逼近基督徒，跟他扭成一团，把他狠狠地摔倒在地上；这一下，基督徒的剑从手里飞了出去。这时候魔王说，现在你可逃不出我的手掌了。说着他几乎把基督徒压死，以致基督徒以为自己一定活不成了。但是，仿佛出于天意，正当魔王要给他最后的一击，把这好人结果掉的时候，基督徒敏捷地伸手抓起他的利剑，一面说："我的仇敌啊，不要向我夸耀；我虽跌倒，却要起来[①]。"说着他向对方狠狠地刺了一下，这时魔王像一个受到致命创伤的人那样往后倒退。基督徒看到这种情形，接着再刺一下，说："然而靠着爱我们的主，在这一切的事上，已经得胜有余了[②]。"正说着的时候，魔王倏地展开他的龙鳍，逃之夭夭，基督徒再也看不见他了。

在这场格斗中，除非像我那样亲眼目击了一切情形的人，谁也想象不出魔王在斗争时一直发出的那种叫声和可怕的吼声——他的声音就像龙吟；也没有人想象得出从基督徒心底里发出的那种叹息和呻吟。在他没有看到自己已经用双刃的利剑把魔王刺伤以前，我始终没有看见他有一点轻松的表情；刺伤了魔王之后他才笑了一下，抬起头望着天。那真是我平生所看到的最可怕的一场格斗。

---

① 参看《圣经·旧约·弥迦书》第 7 章第 8 节。

② 参看《圣经·新约·罗马书》第 8 章第 37 节。

我的仇敌啊，不要向我夸耀；我虽跌倒，却要起来。

这场恶斗结束以后，基督徒说，我现在要向把我从狮子的嘴里救出来的恩主道谢，要向帮我战胜魔王的恩主道谢。他就这样做了，口里说着——

大魔王，这个魔鬼的首领，
蓄意要断送我的一生，
因此把他武装起来，派遣他出来到我这里，
跟我格斗，他那一股怒火，凶恶无比。
可是有福的麦依可①帮助我不少，
我很快地就用剑把他赶跑。
因此让我对他永远地赞扬，
感激和颂扬他的圣名，永志不忘。

这时候有一只手拿着生命树上的叶子向他伸来，他接过叶子来，把它们按在交战中受到的创伤上，伤口马上就好了。他又在原来的地方坐下来吃面包，喝酒，这些东西是不久以前人家送给他的；恢复了精神之后，他手里拿着拔出来的剑准备上路了；因为他说，我不知道附近还有没有敌人。但是他走过了整个山谷，没有碰到魔王再来侵犯。

走完这个山谷，又是一个叫做死荫谷的山谷；基督徒必须要从这儿经过，因为到天国去的路就在它中间穿过。这山谷是个非常冷

① 麦依可（Michael）：空中的天使长。

这时候有一只手拿着生命树上的叶子向他伸来。

落的地方。先知耶利米对它这样形容过："一片旷野，一片沙漠有深坑之地，一片干旱和死荫之地，一片无人（除了基督徒）经过、无人居住之地[①]。"

基督徒在这儿遭遇到比刚才跟魔王交锋时更窘的事，就如你在下文中会看到的。

这时我在梦里看见，当基督徒走到死荫谷的边界的时候，有两个人向他走来，他们是来报好地方的恶信的人的子孙[②]，他们急急忙忙走回来；基督徒对他们说了这样的话——

基督徒问道：你们上哪儿去？

他们说：回去！回去！我们也要你回去，如果你重视性命和安全的话。

基督徒问道：怎么，到底怎么回事？

他们说：怎么回事？我们顺着你走的这条路走，已经不敢再往前走了；说真的，我们差点儿不能回来了；因为如果我们再往前走一点路，我们就不会在这儿把消息报告你了。

基督徒问：你们到底遇到了什么事？

---

① 参看《圣经·旧约·耶利米书》第 2 章第 6 节。
② 参看《圣经·旧约·民数记》第 13 章。

他们说：啊，我们差不多走进死荫谷[1]了；幸亏我们无意中朝前面一望，看见了将要遇到的危险。

基督徒问：你看见了什么呢？

他们说：看见什么！啊，就是看见那个山谷，里面一片漆黑；在那儿我们还看见从深坑里来的小鬼、妖怪和龙；我们还听见从山谷里传出来的连绵不绝的号哭声和嚷叫声，就像上了手铐脚镣的人们在极端痛苦中悲伤地坐在那儿发出来的声音一样；在山谷的上空笼罩着混乱得使人沮丧的云块；死亡也老是在那上面展开它的翅膀[2]。总之，是个混乱到了极点的混沌，

他们说："回去！回去！"

① 参看《圣经·旧约·诗篇》第 44 篇第 19 节。
② 参看《圣经·旧约·约伯记》第 3 章第 5 节，又第 10 章第 22 节。

一切的一切都叫你毛骨悚然。

于是基督徒说，从你们的话语中，我还看不出这不是把我引到我所渴望的天堂的路。

他们说：就算是你的路吧，我们可不要选择这条路。

说着他们就这样跟基督徒分手了；基督徒继续走他的路，手里仍旧握着剑，生怕自己会再受到袭击。

这时我在梦里看见，沿着整个山谷的右边有一条很深的沟道；多少年代以来，瞎子给瞎子领路，结果都掉进这条沟里去，都悲惨地丧命了。啊，在左边也有一个非常险恶的泥沼，即使一个好人跌了进去，双脚也踏不到河底；大卫王就曾经跌进去过一次，要不是有全能的上帝把他拉出来的话，他毫无疑问会在里面闷死①。

这儿的路也非常狭窄，因此好基督徒感到格外困苦；因为在黑暗中，要避开那条沟，他就很容易掉进泥沼里去；要躲开泥沼，如果不十分小心，他又大有可能会摔进沟里去。他这样继续向前走，我听见他痛苦地叹着气；因为除了上文所提到的危险以外，这儿的路一点也看不见，当他举起脚往前走的时候，他常常不知道下一步会踏在什么东西上面。

我看见地狱的入口在山谷的中央，而且就在路旁边。我这可怎么办呢？基督徒想。熊熊的火焰和一股股的浓烟不时从里面喷出来，火花四射，还带着骇人的声音（这些东西不像前一会儿魔王那样，会怕基督徒的剑），他不得不收起他的剑，换上另一种武器，那叫做

① 参看《圣经·旧约·诗篇》第 69 篇第 14 节。

我看见地狱的入口在山谷的中央。

可是那些恶鬼好像越来越近了。

全心祷告；于是我听得见他喊着："耶和华啊，求你救我的灵魂①。"

有好一会儿工夫他这样往前走，可是火焰仍然朝着他伸出舌头；他还听见悲惨的声音和什么东西到处乱窜的声音，以致有时候他以为自己会给撕得粉碎，或者像街上的泥泞那样给人家践踏在脚下。有好几英里路他一直看见这可怕的情景，一直听见这些令人不寒而栗的声音；后来走到一个地方，他以为自己听见有一帮恶鬼朝他走来，他站住了，考虑着怎样去对付他们。有时候他几乎想回头走；但是再一想，他也许已经在山谷里走了一半的路

① 参看《圣经·旧约·诗篇》第 116 篇第 4 节。

了。他又记起，他已经克服了许多危险，回头走可能比往前去更危险；因此他决定勇往直前。可是那些恶鬼好像越来越近了。但是当他们几乎要碰到他的时候，他力竭声嘶地喊道："我要靠上帝的能力行走。"于是他们都退去，不再走拢来了。

有一件事我不愿意遗漏掉：我注意到这会儿可怜的基督徒非常惊慌，他竟然听不出自己的声音了。我看到的是这样情形：正当他走到有火燃烧着的地狱入口的边上时，一个邪灵溜到他后面，轻轻地挨近他，低声地向他提出许多可恶的亵渎神的话，他还以为那是从自己心里产生的念头呢。一想到自己竟然毁谤自己过去那么敬爱的上帝，这比任何一件他所遇到的事情都更使他烦恼；要是他办得到的话，他决不肯那样做；可是他既没办法使耳朵不听，又没有办法知道那些亵渎神的话是从哪儿来的。

基督徒在这种忧郁的心境中走了好一阵子以后，他觉得好像听见在他前面有一个人的声音说："我虽然行过死荫的幽谷，也不怕遭害；因为你与我同在①。"

然后他感到很愉快，这是由于下面的原因——

第一，因为他从而知道，除他以外，还有敬畏上帝的人在这个山谷里。

第二，因为他发觉，虽然在黑暗和凄惨的环境中，上帝还跟他们在一起。那么，他想，岂不是也跟我在一起吗？虽然由于这地方的种种阻碍，我看不见祂跟我在一起。

① 参看《圣经·旧约·诗篇》第23篇第4节。

过了一会儿天亮了；基督徒就说，上帝“使死荫变为晨光”。

第三，因为他希望，要是能够追上他们，以后就有伴侣了。

于是他继续走着，他喊叫在他前面走的人，但是那个人不知道怎么回答，因为他也以为在山谷里只有他自己一个人。过了一会儿天亮了；基督徒就说，上帝“使死荫变为晨光①”。

天亮之后，他回过头去看，并不是想回去，而是要在白天中看一看他在黑暗里所经历的艰险，因此他更清楚地看到一边的沟和另一边的泥沼；同时也看见它们之间的道路是多么狭窄；他这会儿还瞧见地狱里的小鬼、妖怪和恶龙，不过它们都离开他很远了；因为天亮以后，它们不再走近他，可是他看到了它们，就像《圣经》上记载的：“他将深奥的事从黑暗中彰显，使死荫显为光明②”。

基督徒由于自己在寂寞的旅途中从种种的危险里被救了出来，内心深深地受到了感动；虽然他过去很怕那些危险，但是这会儿他对它们看得更清楚了，因为白天使它们显得更触目。这时候，太阳正在上升，这对基督徒来说又是一个恩赐；因为你会注意到，虽然死荫谷的前一半路很危险，可是他还得走的那后一半路更危险，比他已经走过的路危险得多了；因为从他现在站的地方一直到山谷的

① 参看《圣经·旧约·阿摩司书》第5章第8节。
② 参看《圣经·旧约·约伯记》第12章第22节。

尽头，沿途到处布满了陷阱、圈套、机关和罗网，就是陷坑、深穴和突然下倾的路面，要是这会儿天色也像他走前一半路时那样黑的话，即使说他有一千个灵魂，一个也不会留下，也不能算是夸张；不过，就像我说过的，这会儿太阳正在上升。于是他说："祂的灯照在我头上，我借祂的光行过黑暗[①]。"

于是他在白天里走到山谷的尽头。这时候我在梦里看见那儿有血迹、骨头、尸灰和残尸断骸，这些都是以前走过这条路的天路旅客的尸体；我正在默想这是什么缘故，我看见前面离我不远的地方有一个洞穴，古时候有两个巨人住在那儿：一个叫教皇，另一个叫邪教徒，他们借着自己的权势，横施暴虐，好些人被残酷地处死，横在那儿的，就是那些人的骸骨、血迹和灰尘等。但是基督徒走过这地方没有遇到危险；我对这一点弄不大懂；不过后来我才知道邪教徒早已死了；至于教皇呢，虽然他还活着，但是由于已经上了年纪，又由于他年轻时跟人家有过不少猛烈的大小冲突，现在变得衰老不堪，骨节都硬了，只能坐在洞口，露出牙齿对过往的天路旅客笑着，一边啃着自己的指甲，因为他没有能力伤害他们了。

我看见基督徒只顾走着路；可是一看见坐在洞口的老头儿，他不知道该怎么想好，尤其是因为那老头儿，虽然不能走近他，却对他说，要等到你们更多的人给烧死以后，你才会改过。但是基督徒不答腔，而且拿定主意不开口；因此就这样走过去了，也没有受到

① 参看《圣经·旧约·约伯记》第 29 章第 3 节。

我看见前面离我不远的地方有一个洞穴，古时候有两个巨人住在那儿：一个叫教皇，另一个叫邪教徒。

伤害。然后基督徒唱道——

哦，奇妙的事可太多啦！（我不能不这样说）
我在这儿经历了多少的困厄，
于今我终于摆脱艰险，保全性命！
哦，救我脱险的那只手有福分！
我在山谷里的时候，地狱，罪恶，魔鬼，
以及黑暗里种种的危险，把我紧紧包围：
我的路上还布满了圈套，罗网，陷阱，深坑，
像我这样一个分文不值、愚昧不堪的人，
很可能掉进去给绊住，并且跌倒：
可是我既然活着，这都归于耶稣的荣耀。

基督徒继续走路，来到一个高坡，那块地是有意堆高的，好让天路旅客看得见前面的路。于是基督徒就往上走；向前一看，看见忠信在他前面走。基督徒就大声喊起来，喂！喂！停住，我要跟你做伴。忠信听见了就回过头来；基督徒朝他喊道，停住，停住，等我一起来。可是忠信回答道，不，我现在有性命的危险，嗜血的报仇者就在我后面。

听了这句话，基督徒多少受了感动，于是他拼命赶路，很快就追上了忠信，并且还追过了他；因此原来在后面的反而在前面了。基督徒自豪地笑起来，因为他已经走在他弟兄的前面了；可是由于走路不留心，他突然绊了一跤，跌倒了，直到忠信走来搀扶，他才爬起来。

他突然绊了一跤，跌倒了，直到忠信走来搀扶，他才爬起来。

于是我在梦里看见他们友爱地一路走着，一边亲热地交谈着他们在旅途中所遇到的事情；基督徒这样开头：

基督徒说：敬爱的兄弟，忠信，我因为追上了你，又因为上帝已经锻炼了我们的心灵，使我们能够在这个愉快的旅途上做伴，我很高兴。

忠信说：亲爱的朋友，我原以为从我们的城里出发就有你做伴，但是你先走了；因此我只得单独地走了这么远的路程。

基督徒问：在我走了以后，你在毁灭城还耽了多久才出发？

忠信说：一直到我不能再耽下去了；因为你走了之后不久，大家都说我们的城市在短时期里就会给天上的火烧个干净。

基督徒问：啊！你的邻居们这样说吗？

忠信说：是的，有一个时期大家全这么说。

基督徒问：那么，除你以外就没有人逃出来避难的吗？

忠信说：虽然像我刚才说的，大家都那么讲，可是我认为他们都不十分相信；因为在谈论最热烈的时候，我听见有些人嘲笑地说起你和你那险恶万分的旅程（他们就是这样称呼你的旅程的）。但是，我相信，现在仍旧相信，我们城市的结局是免不了要被从天而降的硫磺火烧掉；因此我逃了出来。

基督徒说：你没有听到关于邻居柔顺的事吗？

忠信说：有，基督徒，我听说他跟你一直走到灰心沼，有的人说他跌了进去；不过他不愿意让人家知道这件事；可是我敢说他一定全身沾满了泥污。

基督徒问道：邻居们对他说了些什么？

忠信说：自从他回来以后，他成了所有人嘲笑的对象；有的人拿他开玩笑，瞧不起他，几乎没有人肯给他工作。他现在的情况比他没有离开那城市以前还要坏七倍哩。

基督徒问道：既然他们也鄙视他所舍弃的道路，为什么他们还这样歧视他？

忠信说：哦，他们说，把他绞死，他是个叛徒；他嘴里一套，心里又一套！我想由于他弃绝了那条正路，上帝甚至把他的仇敌都激动起来去攻击他，使他成为众人的话柄。

基督徒问道：你离开以前，没跟他说过话吗？

忠信说：有一次我在街上碰到他，可是他就像一个对自己做的事感到惭愧的人一样，眼睛望着别处，避免和我打招呼；因此我也就没有跟他说话。

基督徒说：啊，我出发的时候，对他还抱着希望；可是现在恐怕他会跟那城市一起灭亡。因为那句古话已经在他身上应验了："狗所吐的它转过来又吃，猪洗净了又回到泥里去滚[1]。"

忠信说：我也担心他会这样；但是要发生的事情谁能阻止呢？

---

① 参看《圣经·新约·彼得后书》第 2 章第 22 节。

基督徒说：唔，邻居忠信，我们不去管他吧，还是谈谈直接跟我们有关系的事情吧。现在把你一路上遇到的事情讲给我听；因为我知道你遇到了些事情，不然的话，那就可以称做奇迹了。

我碰到一个名叫淫荡的人，我几乎受了她的害。

忠信说：我躲过我看见你掉进去的那个泥沼，没有经过那个险就来到小门前；不过我碰到了一个名叫淫荡的人，我几乎受了她的害。

基督徒说：幸亏你逃脱了她的圈套：她磨难过约瑟，不过他就像你那样逃脱了；可是几乎丧失他的性命①。不过她对你做了些什么？

忠信说：你真想不到（不过你也知道一点）她花言巧语的本领有多大；她一定要我跟她去，答应我可以得到各种各样的满足。

基督徒说：不，她可没有答应你良心上的满足吧。

忠信说：你知道我指的是所有肉欲的满足。

基督徒说：谢天谢地，你逃过了她；上帝所憎恶的必坠入她的壕沟②。

① 参看《圣经·旧约·创世记》第 39 章第 11 至 13 节。

② 参看《圣经·旧约·箴言》第 22 章第 14 节。

忠信说：不，我不知道我有没有完全逃过她。

基督徒说：怎么，我相信你没有接受她的请求？

忠信说：没有，我可不肯让自己给玷污了；因为我记起以前看到过的一句古老的话：“她的脚步踏住阴间①。”因此我闭上眼睛，因为我不愿意被她的美貌迷住。于是她破口大骂，我就只顾走我的路。

基督徒问道：你一路上还遇到别的袭击吗？

忠信说：我走到艰难山山脚的时候，碰到一个年纪很大的人，他问我是做什么的，往哪儿去。我告诉他我是个天路旅客，往天国去。于是老头儿说，你看上去倒是个老实人；我给你工价，你肯不肯跟我住在一起呢？我就问他的名字叫什么，住在什么地方。他说他的名字叫亚当第一，住在欺骗城。我问他他做的是什么工作，他要付的是怎么样的工价。他对我说他的工作是许多欢乐；他付的工钱是我最终会成为他的继承人。我又问他的家是什么样的，还有其他什么样的仆人。他说他家里吃的是世界上所有的山珍海味，他的仆人全是他自己生的。然后我问他有几个孩子。他说他只有三个女儿：“肉体的情欲，眼目的情欲和今生的骄傲②”；要是我愿意的话，可以跟她们结婚。于是我问他，他要我跟他一起住多久。他说要住到他死为止。

基督徒说：唔，你们两个人谈话的结果怎么样的呢？

---

① 参看《圣经·旧约·箴言》第 5 章第 5 节。

② 参看《圣经·新约·约翰一书》第 2 章第 16 节。

忠信说：啊，起先我倒有点想跟他去，因为我认为他说得很公道；可是我跟他谈话的时候，一面望着他的前额，我看见那上面写着，“要脱去从前行为上的旧人①。”

基督徒问道：那又怎么样呢？

忠信说：然后我猛地想起，不管他怎么讲，怎么讨好我，等我到了他家里，他会把我当作奴隶卖掉。因此我请他不要再讲下去了，因为我不会走近他的家门的。于是他辱骂我，对我说，他会派一个人来追我，那个人会使我在旅途中痛苦不堪。于是我就离开了他；可是正当我转身要走的时候，我感觉到他一把抓住我的肉，狠狠地拉了一下，使的劲是那么大，我还以为我身体的一部分给他拉走了呢。这使我喊出来：“我真是苦呀！”然后我就走上山。

当我走到半山的时候，回头一望，看见一个人像一阵风似的从后面飞快地赶来；后来他就在放长椅子的地方追上了我。

可是正当我转身要走的时候，我感觉到他一把抓住我的肉，狠狠地拉了一下，使的劲是那么大，我还以为我身体的一部分给他拉走了呢。

基督徒说：我就在那地方坐下休息的；而且睡着了，以致把我怀里的这卷书卷弄丢了。

忠信说：哎，好弟兄，听我说完罢。他

① 参看《圣经·新约·以弗所书》第4章第22节。

一追上我，一言不发，向我拳足交加；他把我打倒在地上，而且还以为我死了。等我清醒了一点，我问他为什么这样对待我。他说因为我暗地里倾向于亚当第一；说完他又在我胸口狠狠地捶了一下，我又被击倒了下去；因此我像刚才那样死人似的躺在他的脚前。我第二次醒过来的时候，就向他求饶；可是他说，我不知道怎么发慈悲；说着又把我击倒。要不是有个人走过，叫他住手，毫无疑问他会结束了我的生命的。

基督徒问道：叫他住手的那个人是谁?

忠信说：起先我不认识他；不过，他在我跟前走过的时候，我看见他手上和肋旁的窟窿；于是我知道他是我们的恩主。后来我走上山去。

基督徒说：追上你的那个人是摩西。他对谁也不留情；对违犯他的律法的人，他也不知道怎样发慈悲。

忠信说：我知道得很清楚，我碰到他不是第一次了。我还安安稳稳住在家里的时候，就是他来对我说，要是我再耽下去，他就会把我的房子烧掉。

基督徒问：在你碰到摩西的山坡上，你没有望见那山顶上的房子吗?

忠信说：看见的，在没有走到那儿之前还看见狮子哩；至于那些狮子，我想它们都在睡，因为那是中午时分；由于时间很早，我就从看门人那儿经过，下山来了。

基督徒说：他确实告诉我说他看见你从那儿走过；不过你没有进去拜访，我觉得很可惜，因为如果你进到屋里，他们会给你看

追上你的那个人是摩西，他对谁也不留情；对违犯他律法的人，他也不知道怎样发慈悲。

许多珍贵的东西，那些东西会使你一辈子也忘不掉——不过请告诉我，你在屈辱谷里难道一个人也没有遇到？

忠信说：遇到的；我遇到一个叫做不知足的人，他很想劝我跟他一起回去，他的理由是：那山谷里根本就没有荣耀。他还对我说，到那儿去就是不听从我所有朋友的一种举动，因为要是我傻到如此地步，竟然拼命要走过这山谷，就像他说的，他知道骄傲、自大、自夸、虚荣以及别人都会非常生气的。

基督徒说：那末你怎么回答他的呢？

忠信说：我对他说，虽然他所说的那些人都跟我认亲戚，而且他们那样做也没错（因为他们的确是我的骨肉至亲），但是自从我做了天路旅客，他们就不承认我，而且我也拒绝了他们，因此现在在我看来，他们跟我从来就不属于同一血统。我还告诉他，至于这个山谷，他完全把它误传了；因为“先谦卑，后荣耀”，“先骄傲，后跌倒”。因此，我说，我情愿走过这山谷赢得最智慧的人所珍重的荣誉，我可不情愿选择他认为最值得我们喜爱的那些东西。

基督徒说：你在山谷里没有碰到别的事情吗？

忠信说：有的，我遇到知耻；不过我认为，我在旅途中碰到的所有人当中，要算他的名字跟他最不相称。其他的人经过一番辩论和别的什么情形以后，都会认错；可是这个厚脸皮的知耻却决不肯这样做。

基督徒问：怎么，他对你说了些什么？

忠信说：说了些什么？他竟然反对宗教哩。他说，一个人信奉宗教是件凄惨、下流、卑鄙的事情。他说，一颗温柔的良心不是一个大丈夫所该有的东西；一个人对话语、行动要那样小心，以致使自己受到种种的束缚，不能像历代的英雄豪杰所习惯的那样为所欲为，这样做准会使他贻笑万世。他还说，过去也只有少数有权势、有钱或者聪明的人有跟我同样的见解；而且在他们还没有成为傻瓜的时候，他们中间没有一个人会愿意为了一个不明不白的目的而不顾一切地去冒险。他也讨厌历代天路旅客那种卑微低贱的地位和境遇，也不赞成他们对所有自然科学的一无所知的那种情况。不仅如此，除了我已经告诉你的这些事以外，他在其他许许多多的事情上都同样坚持自己的意见；譬如，他认为听讲道的时候，坐在那儿啜泣伤心，是件可耻的事情；回家的时候，又叹息，又呻吟，也是可耻；为了小小的错误向邻居请求原谅，或者把从人家那儿拿来的东西归还原主，也是可耻。他还说，为了大人物的一些缺点（他用很漂亮的名词称呼这些缺点），宗教使一个人跟他们疏远起来；同时为了教门里的友爱，承认和尊重了下等人；他说这还不可耻吗？

基督徒说：你对他怎么说呢？

忠信说：说什么？开头我不知道说什么好。不但如此，他使我非常为难，我的脸都涨红了；就是这个知耻使我这样，他几乎弄得我完全答不上话来了。但是最后我渐渐想到，人所尊贵的是上帝认为可憎恶的①。我又想，这个知耻告诉我人类是怎么样的；他不告诉我上帝或者祂的道怎么样。并且我想，在施行最后的审判那天，我们不是按照世界上那帮虚张声势的幽灵的意思，而是按照上帝的智

① 参看《圣经·新约·路加福音》第 16 章第 15 节。

慧和法律来定生死之罪。因此我想，上帝说的话是至善无比的，尽管全世界的人都反对它。上帝是爱祂的教会的；上帝是欢喜温柔的良心的；那些为了天国而当了傻瓜的人是最聪明的，并且一个爱基督的可怜虫比一个恨基督的大人物更富有；因此我说，知耻，走开吧，你是我得救的阻碍！难道我会反对我至高的主来接待你吗？那样，在祂来的那一天，我有什么脸面看祂呢？要是我现在把祂的道和祂的仆人当作可耻的，我怎么能期望得到祂的祝福呢？但是知耻这个人确实是个大胆的恶徒，我几乎无法把他打发走；他老是缠住我，不断在我耳边低语着，不是提到宗教的这个坏处，就是提到那个坏处。最后我告诉他在这件事上再多花工夫也是枉然；因为他瞧不起的东西，正是我认为最荣耀的东西；这样，我终于从这个讨厌的家伙身边走过。我摆脱了他以后，就开始唱道——

顺从上天召唤的人们，
所遭遇的诱惑数说不清，
这些诱惑投合肉欲的爱好，
它来了又来，来的次数不知多少；
所以不仅在现在，就是在将来别的际会，
我们都可能被它逮住，战胜，毁灭。
哦，旅客们，旅客们要小心，
一举一动都要像个堂堂的男人。

基督徒说：好弟兄，你这样勇敢地抗拒这个坏蛋，我真高兴；

就像你所说的，我认为在所有的人当中，他的名字最不恰当；因为他敢于在街上跟随我们，要使我们在众人面前受辱；也就是说，要使我们以上好的事情为耻。要不是他自己脸皮厚的话，他决不会做出他所做的事。不过我们还是抗拒他吧；因为，尽管他百般夸耀，他升擢的是愚昧人，只是愚昧人。“智慧人必承受尊荣，”所罗门说，“愚昧人高升也成为羞辱[1]。”

忠信说：我认为我们得求祂来帮我们抵御知耻，祂要我们在世上为真理奋勇斗争。

基督徒说：你说得对；可是你在山谷里没碰到别人吗？

忠信说：没有，我没有；因为在后来的旅程中，并且在我走过死荫谷的时候，一路上天气都是晴朗的。

基督徒说：那对你很好；我可倒霉呢。一走进屈辱谷，我就跟那个可憎的仇敌魔王恶斗了好长一段时间；是的，我真以为他会把我杀死哩，尤其是当他把我按在地上，把我压在下面，好像要把我压得粉碎的时候；因为他把我摔倒，我的剑从手里飞出去——他还对我说，我已经在他的手掌里了；可是我求告上帝，祂听见了我，把我从灾难中救出来。然后我走进死荫谷，在那儿几乎有一半的路程是在一片乌漆麻黑中摸索前进的。我屡次以为自己会死在山谷里；可是终于天亮了，太阳出来了。在以后的路上，我就觉得容易走得多，心里也安宁多了。

我在梦里还看见，他们往前走的时候，忠信偶然向旁边一望，

---

① 参看《圣经·旧约·箴言》第3章第35节。

看到一个叫做多话的人在离开他们旁边不远的地方走着；因为这儿路面很阔，他们可以并排行走。他个子很高，远远地看过去比靠近看去更漂亮。忠信对这个人这样说——

朋友，你到哪儿去？你是不是上天国去？

多话说：我是上那儿去。

忠信说：那很好；那末我希望我们可以有你做伴。

多话说：我非常愿意跟你们做伴。

忠信说：那末，来吧，我们一块儿走，让我们谈些有益的事情来消磨时间。

多话说：我愿意跟你或者任何人谈论有益的事情；我碰到喜欢这种高尚消遣的人，心里非常高兴；因为，说真的，很少人在旅途上欢喜这样消磨时间，他们宁可谈些无益的事情；这使我感到烦恼。

忠信说：这的确是件可叹的事情；因为有什么事情像天上的上帝的事情这样值得世上人使用他们的舌头和嘴唇呢？

多话说：我非常喜欢你，因为你的话具有很大的说服力；我要加上一句，有什么事情像谈论上帝的事情这样愉快、这样有益呢？有什么事情这样愉快呢？——那就是说，如果一个人对奇妙的事情感到兴趣的话。譬如说：如果一个人喜欢谈论历史或者事物的奥秘，或者喜爱谈论神迹、奇迹或预兆，他上哪儿去找像《圣经》里记载得那么有趣，写得那么美丽的事情呢？

忠信说：这倒是真的；不过我们的主要目的是要从谈论这种事情中得到益处。

多话说：我就是这样讲；因为谈这种事情最有益处；因为这样谈论，可以使一个人得到很多知识；譬如说，关于世上东西的空虚和天上东西的好处这种知识。一般说来是这样，尤其是通过了这种谈论，一个人能认识到重生的必要，认识到我们靠行为是无济于事的以及对基督的正义的需要，等等。并且这样做能使一个人认识到悔改、信仰、祈祷、忍耐或其他这类事是怎么一回事；这样做，一个人还会知道什么是福音的伟大诺言和慰藉，这会给他安慰。这样做，一个人还可以学会怎样拒绝不正确的见解，拥护真理以及教导无知的人。

忠信说：你所说的都很对；听见你说这些话，我很高兴。

多话说：哎呀！就是因为缺少谈论，所以很少人懂得，为了要获得永生，需要有信心，也需要恩典在他们灵魂里作工；可是他们愚昧地生活在律法里，而那样做他们决得不到天国的。

忠信说：但是，对不起，这种至上的知识是上帝的恩赐；谁也不能靠自己的勤劳或者光靠谈论它们就可以得到这种知识。

多话说：这我全知道；因为除非上天赐给他，一个人什么也不会有；一切都是靠恩典，而不是靠行为得来的。为了证明这一点，我能举出一百句《圣经》里的话。

忠信说：那末，我们现在要谈的是什么呢？

多话说：随你说吧；只要对我们有好处，无论是天上的事情，地上的事情，有关道德的事情，或者有关福音的事情，神圣的事情，或者亵渎的事情，过去的事情，或者将来的事情，外面的事情，或者家里的事情，比较重要的事情，或者偶然的事情，我都愿意谈。

这会儿忠信开始觉得惊奇。他向基督徒走去（因为在这一段时间里基督徒一直是单独走着），轻轻地对他说：我们有个多么勇敢的伴侣！这个人一定会成为一个非常出色的天路旅客。

基督徒听了，谦虚地笑笑，说：你这样喜欢的这个人会用他的舌头去欺骗所有对他的为人不了解的人。

忠信问：那么你了解他吗？

基督徒说：了解他？当然了解，比他了解他自己还清楚。

忠信说：请告诉我，他是什么人？

基督徒说：他叫做多话，住在我们的城里。我觉得奇怪，你怎么会不认识他；不过我想我们的城相当大。

忠信说：他是谁的儿子？他住在哪儿？

基督徒说：他是好口才的儿子，住在闲扯街；所有认识他的人都知道他是闲扯街的多话；尽管他口才好，他只是个无聊的人。

忠信说：啊，他看上去很像样。

基督徒说：对他认识不十分清楚的人，会觉得他很像样的，因为他在外面表现得好到了极点；在家乡一带可表现得够丑恶了。你说他很像样，这使我想起我在画家的画上所看到的情况，它们远看非常好，走近一看却不那么好看。

忠信说：不过我想你一定在说笑话，因为你在笑呢。

基督徒说：虽然我笑了，可是在这件事上我决不打诮，我也决不随便指责人。我再告诉你一点关于这个人的事。他跟谁都合得来，什么话都讲得出；他现在跟你这样谈，他在酒店里也照样会这样谈；酒喝得越多，话也越多。在他的内心、在他的家庭里、在他的话语里都没有宗教；他的一切都在舌头上，他的宗教只停留在他利用舌头发出的声音中。

忠信说：真的吗？那我可上了这个人的大当了。

基督徒说：上当！当然上了当啦。记住那句俗语："他们能说不能行[①]。"可是上帝的国不在乎言语，而在乎权能[②]。他谈到祈祷、忏悔、信心和重生，可是他只知道说说罢了。我到过他的家，看到他在家里和在外面的情况，我知道我所说关于他的事情是实话。他家里没有宗教，就如同蛋白没有味道一样。那儿没有祈祷，也没有悔罪的迹象；是的，在某种程度上，野兽比他更能为上帝服务。所有知道他的人都认为他是宗教界的奇耻大辱；由于他是这样一个人，在他住的城市的那一头对宗教简直就没有一句好话。一般知道他的人都这样说："在外是一个圣人，在家是一个魔鬼。"他那可怜的家人也这样觉得；他的脾气是那么坏，那样爱骂他的仆人，对待他们那样不讲理，他们不知道该为他做些什么、该对他说些什么话了。跟他有过接触的人说，宁可跟土耳其人来往，可不愿意跟他打交道，因为在土耳其人手里还可以做到公平一点的交易。这一个多话（要是办得到的话）还会压倒他们、诱惑他们、欺骗他们、占他们的便宜。他还把他的儿子们教养得跟他一样；如果他发现哪一个儿子现出愚蠢的羞怯，他就管他们叫笨蛋和傻瓜，并且决不让他们

---

① 参看《圣经·新约·马太福音》第 23 章第 3 节。

② 参看《圣经·新约·哥林多前书》第 4 章第 20 节。

跟谁都合得来，什么话都讲得出；他现在跟你这样谈，他在酒店里也照样会这样谈；酒喝得越多，话也
多。

「在外是一个圣人，在家是一个魔鬼。」他那可怜的家人也这样觉得；他的脾气是那么坏，那样爱骂他的人，对待他们那样不讲理，他们不知道该为他做些什么，该对他说些什么话了。

做什么事，也不在别人面前称赞他们。至于我，我认为由于他那不道德的生活，他使很多人堕落；如果上帝不防止的话，他还会使更多的人沉沦。

忠信说：啊，我的兄弟，我一定相信你，不但因为你说你知道他的底细，还因为你像个基督徒，对人有调查研究。我不能相信你讲这些事是出于恶意，因为事实的确像你所说的那样。

基督徒说：要是我对他了解得不比你清楚，或许我对他也可能有像你起初那样的看法；不仅如此，如果我只从反对宗教的那些人那儿听到关于他的事情，我会认为那是诽谤——那是坏人常常加在好人的名字和职业上的定论。但是根据我所知道的，我能证明所有这些事情都是实在的，并且他还有更多同样恶劣的事情呢。而且，好人为他感到羞耻——他们不能以弟兄称呼他，也不能称他为朋友；要是他们知道他为人是怎么样的话，在他们中间只要提起他的名字，他们就会不由得脸红起来。

忠信说：啊，我明白了，说话跟行动是两回事，今后我要更加注意这个区别。

基督徒说：它们的确是两回事，就像灵魂跟肉体那样不相同；因为正如肉体没有灵魂只是个空壳一样，光在嘴上说说的话语也是个空壳。宗教的精神注重于实行：“在上帝我们的父面前，那清洁没有玷污的虔诚，就是看顾在患难中的孤儿寡妇，并且保守自己不沾染世俗①。”这个多话不明白这一点；他以为光凭听和讲就可以做

① 参看《圣经·新约·雅各书》第1章第27节。

个好基督徒；他也就这样欺骗了自己的灵魂。听只是像播种子；讲不足以证明一个人在心里和生命里已经结了果子。我们可以放心，在最后的审判那天，每个人是根据他所结的果实受审判的。那时候，不会问你，你过去相信不相信？而要问的是，你有没有付诸行动，或者光是讲讲罢了？人们是根据这个情况受审的。世界末日好比我们的收割庄稼；你知道在收割的时候，人们只关心果实。这并不是说不从信心来的也能被接受，我这样讲是要为了让你知道，多话所讲的话到那一天会显得多么没有价值。

忠信说：这使我想起摩西曾经讲过的，怎样的野兽才算洁净[①]。凡是蹄分两爿、倒嚼的才洁净；光是分蹄，或光是倒嚼的都不洁净。兔子倒嚼，可是不洁净，因为它不分蹄。这真像多话，他倒嚼，他追求知识；他嚼话语，可是他不分蹄。他不离开罪人的道路；他像兔子，保持着像狗或熊一样的脚，因此不洁净。

基督徒说：就我所知，你讲出了《圣经》里这些句子的真正意义；我要补充一点：保罗把某些人，把那些很会说话的人叫做“鸣的锣和响的钹”；他在另一个地方把他们叫做有声无气的物[②]。没有生命的东西，也就是说，没有出自真理的真正信心和恩典的东西；因此就决不能跟有生命的一起放在天国里；尽管他们讲话的时候，他们的声音就和天使的说话的声音一样。

忠信说：啊，我一开头就不怎么喜欢跟他做伴，现在可讨厌极

---

① 参看《圣经·旧约·利未记》第 11 章。

② 参看《圣经·新约·哥林多前书》第 13 章第 1 至 3 节及第 14 章第 7 节。

了。我们有什么办法把他打发走？

基督徒说：听我的忠告，照我的话做去，你会发现他不久也会讨厌你的，除非上帝感动他的心，使他改变。

忠信说：你要我怎么做？

基督徒说：到他那儿去，跟他认真地谈一谈关于宗教的力量；直截了当地问他（等他同意了之后，因为他一定会同意的），在他的内心里、家庭里或者行为中有没有它。

于是忠信又走过去，对多话说，喂，你好吧？这会儿怎么样？

多话说：谢谢，很好；我原以为到这会儿我们可以谈了很多话呢。

忠信说：啊，要是你愿意的话，我们现在可以开始谈；既然你让我提问题，那我就提这样一个问题：上帝的救恩在人心里有什么表现？

多话说：我看出我们要谈的是关于力量的问题。啊，这是很好的问题，我愿意回答你；我的回答简单地说来就是这样：第一，心里有了上帝的恩典，它就会使人大声反对罪恶。第二——

忠信说：且慢，停住；让我们一次考虑一件事。我认为你应该说，它表现在它使灵魂痛恨罪恶。

多话说：怎么，大声反对罪恶和痛恨罪恶有什么不同？

忠信说：哦！有很大的区别。一个人可能为了要弄策略而大声反对罪恶；可是，除非出于真正的厌恶，他是不会痛恨它的。我听见过很多人在讲道坛上大嚷大叫反对罪恶；可是他们在内心里、家庭里，并且在交际中都很能够忍受它。约瑟的主妇大声喊叫，好像她非常贞节似的，可是尽管这样，她很愿意跟他私通[1]。有些人大声疾呼地反对罪恶，就像母亲大声骂她怀里的孩子，说她是贱货，又说她是专爱闹别扭的女孩，然后又紧抱着她，吻她。

多话说：我看你在吹毛求疵。

忠信说：不，我没有；我只是要把事情弄清楚罢了。不过你要用来证明恩典在心里作工的第二件事是什么？

多话说：对福音里奥秘的详尽知识。

忠信说：这种现象应该最先有：不过，最先也好，最后也好，这也是靠不住的；因为一个人可以从福音里的奥秘获得知识，详尽的知识，然而在他的灵魂里却没有恩典[2]。是的，即使一个人有各种的知识，他可能算不上什么，因此也不是上帝的儿子。当基督说，“这一切事情你们知道吗”的时候，门徒们回答说知道，于是祂加上一句：“你们这样做有福了。”祂不把祝福加在知道那些事的人身上，祂祝福的是把那些事付诸行动的人。因为有一种知识跟实践根本毫无关系的：“他知道他主人的意旨，然而并不遵照那意旨行事。”一个人可能像个天使，什么都知道，可是并不是个基督徒；因此，你所说的现象是靠不住的。的确，爱讲话和爱夸口的人喜欢知道；可是上帝喜欢人去做。这并不是说，没有知识，心灵也可以称得上完美，因为没有它，心灵就算不了什么。因此，知识有两种—— 一种是基于对事物的空洞的思考的知识，一种是伴有信心

① 参看《圣经·旧约·创世记》第 39 章第 12 至 15 节。
② 参看《圣经·新约·哥林多前书》第 13 章第 2 节。

和爱心的天惠的知识，这种天惠使一个人真心诚意地按上帝的意旨行事：前一种知识很合空谈家的胃口；可是，如果没有后一种的知识，真正的基督徒是不会满足的。“求你赐我悟性，我便遵守你的律法，且要一心遵守①。”

多话说：你又在吹毛求疵了；这并没有启发作用。

忠信说：那么请你再举出一个恩典作工的现象。

多话说：我可不；因为我知道我们不会同意的。

忠信说：啊，你既然不肯举出，能不能让我来举？

多话说：随你的便。

忠信说：恩典在灵魂里做工，表现在两方面，在本人方面和在旁观者方面。

在本人方面是这样的：它使他悔罪，尤其会使他觉悟到自己天性的污秽，以及不信的罪恶，如果他不通过相信耶稣基督来取得上帝的怜悯的话，他必定会因不信而被定罪。这种看法和意识使他内心对罪恶感到痛苦和可耻；并且他发现救世主在他心里启示，而他绝对需要一辈子追随祂；这样做的时候，他发现对祂的渴慕；而这种渴慕的心等等都有希望得到满足。他会感到多么欢乐和平安，他对圣洁的喜爱程度以及他在追求对救主认识得更清楚些和要在世上为祂服务这两件事上有多么心切，都是以他对救主的信心的强弱而定。但是虽然我说恩典在他身上会这样表现出来，可是他往往不知道这是恩典在做工；因为他目前的败坏和他被妄用的理智使他在这

① 参看《圣经·旧约·诗篇》第119篇第34节。

件事上有了错误的判断。因此一个有恩典在他心里做工的人需要有非常健全的判断力，才能毫不犹豫地断定这是恩典在做工。

在别人方面，可以看到这样的表现——

第一，一种试验性的对基督的信心的表白，第二，一种符合于这种表白的生活；也就是说，圣洁的生活——内心的圣洁，在家庭里的圣洁（如果他有家庭的话），以及处世为人的圣洁；一般说来，这使他从心底里痛恨他自己的罪，因此也就私下里痛恨着自己；这使他在家庭里防止罪恶，在世间发扬圣洁，不只是用话语，像伪善者或多嘴的人那样，而是抱着信心和爱心在实际行动上服从基督的权柄。现在，先生，对这一番关于恩典做工的简短叙述，以及它的表现方面，你要是有反对的意见，请发表；要是没有，请准许我向你提出第二个问题。

多话说：不，我现在不好反对了，我只有听的份儿；所以，让我听你谈你的第二个问题吧。

忠信说：是这样；你有没有体验到像这一篇关于恩典做工的叙述中前一部分的那种情况？你的生活和行为能不能为它作证？或者是不是你的宗教只停留在话语里或者舌头上，跟行动和实际没丝毫关系？要是你愿意回答我这个问题，那么，除了你知道上帝会赞同的话以外，不要多说一句，也别说任何你良心不能为你作证的话："因为不是自我赞扬的人，而是上帝赞扬的人才能得到承认。"并且当我的行径表现我在说谎，同时我所有的邻居也都说我在说谎，而我自己却说我是这样那样的人，这是非常邪恶的。

起初多话脸渐渐红了起来；后来又恢复原状，他这样回答：你现在谈到体验、良心和上帝；并且为了证明你所说的话的正确性，你诉诸上帝。我没有料到会有这种谈论，我也不打算回答这些问题，因为我认为我没有必要这样做，除非你自命为宣道师；即使你这样做，我还可以不承认你是裁判员。不过请告诉我，你为什么问我这些问题？

因此，再会吧。

忠信说：因为我看到你挺会说话，而且我不知道你是不是除了意见以外，别的什么都没有。并且，老实告诉你，我听说你只在口头上谈谈信仰，你的行为却恰恰跟你所讲的话相反。人家说你是基督徒中的污点，而且由于你不义的行为，宗教受到损害，已经有些人因你邪恶的行为而跌倒了，更多的人因你而遭遇到沉沦的危险；你的宗教跟酒店、贪婪、不洁净、赌咒、说谎和无益的人做伴等这些事物相结合起来。用在娼妓身上的俗语对你正适用，那就是："她是所有女人的耻辱。"你也是所有教徒的耻辱。

多话说：你既然这样随便听信人家的话，又这样轻率地下判断，我也只好断定你是个坏脾气或者性情忧郁的人，不适宜跟人交谈；因此，再会吧。

于是基督徒走上前去跟他的兄弟说，我不是早告诉你是这么回事吗？你的话跟他的贪欲格格不入。他宁可离开你而不情愿改变他的生活。就像我刚才说的，他走了；让他去，别人没有蒙受什么损失，受到损失的是他自己。他那样做了就省得我们把他丢开；因为如果他一直坚持他的老作风（我认为他会那样的），他会成为我们的污辱；并且，使徒说："离开这种人。"

忠信说：不过我们跟他交谈过，我倒很高兴；也许有一天他会回想起这件事来；无论如何，我对他很坦白，他如果灭亡，我是没有责任的。

基督徒说：你跟他那样坦白地谈，是做得对的。现在像这样老老实实对待人的作风实在少有，因此很多人唾弃宗教；因为他们是好说话的傻瓜，他们的信仰只在口头上，行为既放荡又虚伪，又由于他们跟正义的人常在一起，他们使世人觉得费解，他们玷污基督教，并且使诚实的人痛心。我希望所有的人能像你那样对付这种人；那末他们不是会变得遵奉宗教，就是无法再跟圣洁的人待在一起。然后忠信说——

起初多话得意洋洋！
他的话多么漂亮！

他自以为可以压倒一切人！
可是忠信一谈到内心修行，
他就像一轮圆月渐渐亏缺；
唯有懂得修行的人才和他有所分别。

他们这样走着，一面谈着他们在路上所看见的事物，这样使得本来一定会显得很沉闷的旅途变得轻松；因为他们正走过一片旷野。

他们快要走出旷野的时候，忠信无意中回头一看，看见一个人在后面随着他们走来，他认识那个人。忠信对他的弟兄说，哦！那儿谁来啦？于是基督徒回过头去看，说，是我的好朋友宣道师。忠信说，也是我的好朋友；因为是他指点我踏上通向那个小门的道路。这会儿，宣道师已经走到他们旁边，向他们招呼——

宣道师说：祝你们平安，亲爱的；祝你们的助手平安。

基督徒说：欢迎，欢迎，我的好宣道师；看见了你就使我想起，你过去为了我永远的好处所施给我的仁爱以及不倦的辛劳。

忠信说：欢迎，欢迎，一千个欢迎；哦，亲爱的宣道师，我们可怜的天路旅客有你做伴可多好啊！

宣道师说：我的朋友们，自从我们最后一次分手以后，你们可好吗？你们遇到了什么？你们的行为怎样？

于是基督徒和忠信就把他们在路上所遇到的一切事情告诉了他；也谈了他们怎样经过多少困难才到达现在这个地方。

宣道师说：我非常高兴，并不是为了你们遇到考验，而是因为你们胜利了，并且尽管你们有许多弱点，你们直到今天仍旧继续在这条路上走。

哎呀，这件事使我真高兴，为了我自己，也为了你们。我撒了种子，你们收割了；将来有一天“叫撒种的和收割的一同快乐①”——这是说，如果你们坚持到底；“若不灰心，到了时候，就要收成②。”冠冕就在你们前面，而且它是不朽的；“你们也当这样跑，好叫你们得着奖赏③。”有些人争取这冠冕，已经走了很远的路，可是它却给别人拿了去：“你要持守你所有的，免得人夺去你的冠冕④。”你们还在魔鬼的射程之内；“跟罪恶挣扎，你们还没有抗拒到底。”把天国一直摆在你们前面吧，坚定地相信那些看不见的东西；别让世界上的东西逮住你们，尤其要注意你们的心灵和欲望，因为它们“非常邪恶，最靠不住”。下定决心；你们有天地间所有的权力做你们的后盾。

于是基督徒因他的劝告向他道谢，并且对他说，他们希望他再多讲一些，好让他们在以后的旅途中得到那些话的帮助；因为他们知道得很清楚，他是个先知，能告诉他们可能遇到的事情，

基督徒因他的劝告向他道谢。

① 参看《圣经·新约·约翰福音》第4章第36节。
② 参看《圣经·新约·加拉太书》第6章第9节。
③ 参看《圣经·新约·哥林多前书》第9章第24节。
④ 参看《圣经·新约·启示录》第3章第11节。

也能告诉他们应该怎样抵抗和克服它们。忠信也赞同这个请求。因此宣道师开始讲了以下的话：

我的孩子们，你们听见过，用福音的真理的话语来说，你们得“经过许多苦难才能进天国”；还有，“在每一个城市里，镣铐和痛苦等候着你”。因此你们不要以为在旅途上能够长久不遇到不是这样就是那样的灾难。你们多少已经发现这些话的真实性，你们马上就要有更多的发现；因为这会儿，你们也知道，你们快要走完这片旷野了，因此你们不久就要走进一个市镇，再过一会儿你们就会看见它在你们眼前；在那儿你们会给敌人紧紧围住，他们会拼命要杀害你们：你们中间有一个人，或者你们两个人都得用血封住你们手里的《圣经》；可是你们得至死忠诚，国王才会给你生命的冠冕。那个死在那儿的人，尽管他死于非命，痛苦万状，却比他的同伴强；不但因为他最早到达天国，还因为他可以逃过他的伙伴在以后的路程上所要遭遇的许多灾难。当你们到了那市镇，发现我在这里说的话应验的时候，你们要记住你们的朋友，行动要像个大丈夫，“把你们的灵魂交托给善良的上帝，就像交托给一个可靠的创造者那样”。

这时我在梦中看见他们走出旷野，他们走了不久就看见前面有一个市镇，它名叫浮华，镇上有个市集叫做浮华市集。那个市集终年不散。它所以名叫浮华市集，是因为那市镇比浮华还要轻浮，还因为那儿买卖的东西没有一件不是浮华的。就像哲人所说的，“所要来的都是虚空[1]”。

---

① 参看《圣经·旧约·传道书》第11章第8节。

那个市镇的名字叫浮华，镇上有个市集叫做浮华市集。

这市集并不是新近设立起来的，而是老早就有了的；让我把它的起源告诉你们。

差不多五千年以前就有旅客像这两位忠实的人一样到天国去；魔王、魔鬼和众喽啰从旅客所走的路线看出，浮华市是他们到天国去的必经之地，他们就设法在那儿建立一个市集——在市集上卖的是各种各样浮华的东西，并且终年不散。因此市集上卖的尽是这样的东西：房子、地皮、职业、位置、荣誉、升迁、爵位、国家、王国、欲望、快乐以及各种享受，如娼妓、鸨母、丈夫、儿女、主人、奴仆、生命、鲜血、肉体、灵魂、金银、珍珠、宝石，等等。

并且在市集上随时都可以看到变戏法的、骗子、斗技、赌博、小丑、仿效人的人、无赖、恶棍等，无所不有。

这儿还可以一钱不花地看到偷窃、谋杀、通奸、假发誓的人，令人触目惊心。

就像在别的比较不重要的市集上那样，那些市集上有大小街道，它们那些独特的路名表明了它们所卖的货色；在这儿也有独特的地方、街、路（就是说，国家和王国），在那些地方可以很快找到这市集上的货物。这儿有英国街、法国街、意大利街、西班牙街、德国街，出售着各种浮华的物品。不过就像别的市集那样，有一种货物是那个市集上的主要货色，在这个市集上罗马的货物和商品特别受到推荐；只有英国和有些国家的成品在那儿不受欢迎。

就像我说过的，到天国去的路必定要经过这个设有繁华市集的市镇；谁要不经过这个市镇到天国去，就得离开这世界。基督本人在世的时候，也曾经经过这市镇往祂自己的国度去，而且正值开市的日子；不但如此，我想，就是市集的大老板魔王请祂去买浮华的东西；而且只要祂经过市镇的时候对魔王表示崇敬，他就会让祂做市集的主人；是的，因为祂是个这样体面的人，魔王带祂走遍所有的街，在短时间内把世界上所有的王国都给祂看，他希望，可能的话，引诱基督贬低身价来买他的浮华货品。可是祂不中意那些东西，因此一个子儿也没花就离开了那市镇①。所以这是个很古老的市集，由来已久了，并且规模很大。

他们走进市集的时候，那儿所有的人，而且好像整个市镇，在他们四周起了骚动。

就像我说过的，这些旅客得由这市集经过。啊，他们就这样做了；可是，哎呀，他们走进市集的时候，那儿所有的人，而且好像整个市镇，在他们四周起了骚动，这是由于下列的原因：

第一，旅客们穿的衣服跟市集上出卖的任何一种都不同。因此那

① 参看《圣经·新约·马太福音》第4章第8、9节。

儿的人都注视他们：有的说他们是两个傻瓜[1]；有的说他们是疯子；有的说他们是外地的人。

第二，就像对他俩的服装觉得奇怪那样，他们对他们俩讲的话也同样感到奇怪；因为他们中间很少人听得懂他们俩的话。旅客们当然讲的是天国的话；可是市集里的人都是世俗的人；因此从市集这一头到那一头，他们彼此都觉得好像对方是野蛮人。

有的说他们是两个傻瓜；有的说他们是疯子。

第三，使商人觉得好笑的是，这些旅客非常瞧不起那些货物。他们连看都不看一眼；要是商人向他们兜揽，他们就用手指头塞住耳朵，喊着："求你叫我转眼不看虚假[2]；眼睛朝天看，表示他们的买卖和交易是在天上[3]。"

---

① 参看《圣经·新约·哥林多前书》第4章第9节。
② 参看《圣经·旧约·诗篇》第119篇第37节。
③ 参看《圣经·新约·腓立比书》第3章第20节。

有一个人看见他们的样子，偶然嘲笑地对他们说，你们要买什么？可是他们严肃地望着他说，我们“买真理[①]”。这一来人家更有理由轻视他们了，有的嘲弄，有的侮辱，有的责骂，有的叫别人殴打他们。最后市集上起了一阵哄闹和大骚动，甚至秩序完全混乱了。消息立刻传到市集主人那儿去，他马上跑来，派一些最可靠的朋友代表他去审讯那两个人，因为他们的市集几乎给搞得翻天覆地了。于是那两个人给带去受审讯；审问他们的人问他们，从哪儿来，往哪儿去，穿着这种稀奇古怪的衣服在那儿干什么。那两个人说，他们是旅客，在世上是寄居的[②]，他们到自己的家乡去，也就是到天上的耶路撒冷去；而且还

然后把他们关进一个笼子，让市集上所有的人尽情取笑。

① 参看《圣经·旧约·箴言》第23章第23节。
② 参看《圣经·新约·希伯来书》第11章第13节。

说他们认为市民和商人没有理由这样辱骂他们，妨碍他们行路，除非当有个人问他们要买什么时，他们说要买真理这件事可以算作一个理由。可是被派来审讯他们的人认为他们是疯子，狂人，不然的话就是有意来捣乱市集。因此他们把那两人带去揍了一顿，还用泥土涂满他们全身，然后把他们关进一个笼子，让市集上所有的人尽情取笑。因此他们就这样在里面耽了些时候，而且成了所有人玩弄、虐待或者报复的对象；市集的主人仍旧笑着，眼看他们所遭遇的一切。可是那两个人很耐心，“不用咒骂来报答咒骂，而相反的用祝福来回答”，用温和的话来报答恶毒的话语，用仁爱来报答侮辱。市集里有些比其他的人更谨慎、更没有偏见的人开口了，他们阻止并且责怪那些下流人那样不停地谩骂那两个人。那些人却怒冲冲地破口大骂起来，认为他们跟笼子里的人一样坏，说他们似乎是同党，应该同样受难。另一方回答说，据他们所看到的，那两个人温和稳重，对任何人都没有恶意；还说，在市集上有许多做买卖的人比他们所骂的人更应该给关进笼子里去，甚至应该上颈手枷。双方这样互相辱骂着（在这期间那两个人的态度始终非常明晰、沉着），后来竟然殴打起来，双方都受了伤。于是那两个人又给带到审判官前面，被判应负市集上最近一次骚动的责任。因此可怜他们又挨了打，给戴上脚镣、

因此可怜他们又挨了打，给戴上脚镣、手铐，被他们用铁链牵着在市集上走来走去。

手铐，被他们用铁链牵着在市集上走来走去，借以达到惩一戒百的目的，免得再有人起来替他们讲话，或者跟他们联合起来。可是基督徒和忠信的态度显得更得体，他们非常温顺耐心地忍受了人家加在他们身上的侮辱和羞耻，这使得市集上有几个人对他们有了同情(虽然跟其余的比起来，人数还是很少)。这一来对方更加冒火了，甚至认为非把那两个人处死不可。他们威吓说，他们不再用笼子和手铐脚镣来对付他们了，为了他们顶撞并欺哄了市集上的人，他们该得死罪。

于是他们又给押回笼子里去，等候以后的命令。人家把他们关进去，他们的脚上了足枷。

因此，这时候他们又记起他们忠实的朋友宣道师的话，由于他事先告诉了他们以后所要遭遇到的事情，在苦难中他们的态度更坚定了。他们现在彼此安慰说，谁在命中注定要受难，谁的结果最好；因此两个人都暗地里希望自己能获得升迁。虽然这样，他们还是把自己交托给统管一切的全智的上帝，他们对自己的处境处之泰然，听天由命。

然后，为了定这两个人的罪，他们择定一个适当的时间，把那两个人带去受审。到了那时候，他们给带到敌人面前受审问。法官的名字是憎善。他们的诉状实质上是一样的，虽然形式上稍微有点不同。内容如下——

“那两个人反对并且扰乱他们的买卖；他们在镇上引起骚动和纷争，而且蔑视他们王子的法律，竟使一批人同意他们那具有严重危害性的见解。”

这时候忠信回答说，他只反对那反对至高的上帝的人。至于扰乱治安，我可没有，因为我是个爱好和平的人；同情我们的人是由于看到我们的诚实和无罪才同情我们的，而他们是从坏变好了。至于你们所说的国王，因为他是魔王，是上帝的敌人，我不承认他和他所有的仆从。

然后法庭宣告，谁要替他们的主人——国王——出面反驳法庭上的犯人，请站出来作证。于是有三个证人走进来，那就是，嫉妒、迷信和马屁精。法庭上问他们认不认得这受审的犯人，以及他们为了他们的主人国王，有没有什么反对犯人的话要说。

于是嫉妒站出来，说了这样的话：大人在上，我认识这个人很久了，我愿意在这个庄严的法庭上发誓证明他是——

嫉妒、迷信和马屁精。

法官说：停住，让他宣誓。

他们就给他宣誓。然后他说，法官大人，尽管这个人的名字很好听，却是我们家乡最坏的人；他既目无国王和人民，又不尊重法律和风俗，他想尽方法用他那种不忠诚的想法去影响所有的人，他一般把那种想法叫做信心和圣洁的原则。特别是有一次我听他说过，基督教和浮华市的风俗势不两立，无法妥协。他的话，法官大人，不但谴责了所有我们那些值得赞扬的行为，同时还谴责我们那样做。

于是法官对他说，你还有别的话说吗？

嫉妒说：法官大人，我可以说的话很多呢，但是我不愿意在法庭上多噜苏。不过，如果在其他两位先生作证以后，还缺乏证据，因而不能处他死刑的话，我愿意再做补充。于是法官就请他站到旁边去。

然后他们传唤迷信，吩咐他望着受审的犯人；他们也问他有什么反驳犯人的话要替主人说。于是他们给他宣誓；接着他开始说——

法官大人，我跟这个人不大熟识，也并不愿意跟他更熟识些。不过我知道他是个非常危险的人，这印象是从那一天跟他在城里谈话的时候得来的；因为在谈话中我听见他说，我们的信仰一钱不值，因为一个人决不能因它而取得上帝的喜悦。法官大人，您知道得很清楚，他那话的必然结论是什么，那就是，我们的崇拜仍旧是一场空，我们还是有罪，最终会沉沦；这就是我要说的。

然后他们给马屁精宣誓，请他替他们的主人国王说反对犯人的话。

马屁精说：法官大人，诸位先生，这个人我认识很久了，听见他说过一些不该说的话；因为他骂过我们尊严的国王魔王，还轻蔑地谈起魔王的高贵的朋友，也就是魔鬼爵士、肉欲爵士、奢华爵士、爱虚荣爵士、好色老爵士、贪婪爵士以及我们所有的贵族。他还说，如果所有的人跟他一样想法（要是可能的话），这些贵族中间没有一个人能在这城里待下去。并且他也不怕得罪您，大人——现在被委任做他的审判官的您，他把您叫做邪恶的恶棍，还用诸如此类的名称诽谤这城里大部分的上等人。

马屁精讲完之后，法官对犯人说，你这叛徒，异教徒，卖国贼，你有没有听见这些老实人对你所作的见证？

忠信说：我可以不可以说几句话替自己辩护？

法官说：喂，喂，你不配再活下去了，应该即刻处死；可是为了让大家看到我们对你是仁慈的，我们就听一听你这下贱的叛徒要说的话。

忠信说：第一，对嫉妒先生所说的话，我的回答是这样：我只说过，凡是违反上帝之道的规则、法律、风俗或人们跟基督教都绝不相容。要是我这话说错了，指出我的错误，我准备当着你们收回前言。

至于第二点，就是

奢华爵士。

肉欲爵士。

关于迷信先生和他对我的控告，我只说了这样一句话：崇拜上帝需要一个非凡的信心，但是如果没有上帝意旨的神妙的启示，就不会有非凡的信心。因此，如果在崇拜中有任何不符合神妙的启示的东西，那完全是出自无益于永生的凡人的信心。

第三，至于马屁精先生所说的，我说（在这里我要避免用任何名称，免得你们说我骂人等等），这城市的王子以及他的乌合之众，或者像这位先生所讲的，他的跟班，只配到地狱去，而不配待在这市镇和四郊；因此求上帝怜悯我！

这时候法官对陪审员（他们始终在一旁倾听、注意着）说，陪审委员团的先生们，你们看到了在这城里引起大骚动的人；你们也听见了这些可敬的先生们对他所作的见证；你们也听见了他的回答和自白；现在你们有决定他生死的权柄；不过我认为有必要向你们解释我们的法律。

在我们王子的仆人，法老大帝的时代有一条法令说，为了避免不同信仰的人数增加，力量扩大，因而于他不利，应该把他们的男子丢到河里去①。他的另一个仆人尼布甲尼撒大王，在他的朝代中也

① 参看《圣经·旧约·出埃及记》第1章第22节。

立了一条法令，那就是，凡是不俯伏敬拜他的金像的人一律给扔到烈火的窑中[①]去。在大利乌王的时代也立了一条禁令，不拘何人向王以外的任何神求什么，就必须给扔进狮子坑中[②]。这个叛徒实质上违犯了这些法令，不但在思想上（那已经够叫人受不了了）；而且在话语中和行动上，这是绝对不能容忍的。

至于法老的法令，它是为了防止危害的发生而定下的，但是当时并没有什么显著的犯罪行为；可是这儿有了明显的犯罪行为。关于第二和第三，你们看到他反对我们的信仰；他既已承认这叛逆的罪行，他就该受死刑。

陪审委员团委员盲目先生、无用先生、恶意先生、纵欲先生、放荡先生、任性先生、傲慢先生、敌意先生、说谎先生、残暴先生、恨光明先生和执拗先生都走了出去。他们个个都评判他有罪，后来全体一致决定在法官面前评定他有罪。起初他们在商量的时候，陪审长盲目先生说，我看得清清楚楚这个人是个邪教徒。接着无用先生说，世界上不需要这种人！恶意先生说，对，我看见他就讨厌。接着纵欲先生说，我决不能容忍他。放荡先生说，我也不能，因为他将来一定会老责备我的作风的。任性先生说，把他绞死，把他绞死！傲慢先生说，一个可怜的平凡无用的东西。敌意先生说，我从心底里讨厌他。说谎先生说，他是个无赖。残暴先生说，绞刑还便宜了他。恨光明先生说，我们赶快把他处决了吧。接

① 参看《圣经·旧约·但以理书》第 3 章第 6 节。

② 参看同上书第 6 章第 7 节。

他就该受死刑。

敌意先生 纵欲先生 执拗先生 傲慢先生 恨光明先生 说谎先生 放荡先生 盲目先生 残暴先生 无用先生 恶意先生 任性先生 陪审团

着执拗先生说，即使拿全世界给我，我也不能跟他妥协，我们立刻判他死罪吧。他们就这样做了；因此他不久被判了罪，庭上吩咐把他从法庭带回到他原来的地方去，在那儿受可能想象得到的最残酷的死亡。

因此他们带他出来，按照他们的法律处治他；首先他们鞭打他，然后他们拳击他，接着他们用刀刺他；以后又用石头掷他，再用剑刺他；最后他们在火刑柱上把他烧成灰烬。忠信就这样死去。

这会儿我看见在群众后面有一辆马车和两匹马等着忠信，他的敌人一把他弄死，他就进了那辆马车，立刻给带到云端，还有号筒的声音，这是到天门去的最近的路径。至于基督徒，他得到缓刑的处理，又给带到监牢去，他在那儿又待了一个时期。可是统管一切、掌握所有力量的上帝使基督徒那一次逃出来，继续他的旅行。他一面走，一面唱着——

啊，忠信，你忠实地向你的主表明，
你会有跟祂在一起的福运，
而不忠实的人，尽管有他们虚枉的欢乐，
现在却在地狱的苦境中悲哭。
歌唱吧，忠信，引吭高歌吧，让你的名字永不衰败，
因为，虽然他们杀死你，你仍旧健在。

这会儿我在梦中看见基督徒不是单独走着；因为有一个叫做盼望的（由于看到基督徒和忠信在市集上受苦难时的话语和行动而

最后他们在火刑柱上把他烧成灰烬。忠信就这样死去。

有一个叫做盼望的，他接近了他。

有了盼望），他接近了他，跟他结为兄弟，说要做他的伴侣。这样，一个人为了替真理作见证而死去，另一个人从他的灰烬里起来做基督徒旅途中的伴侣。盼望对基督徒说，市集里有许多人慢慢地都会跟着来的。

于是我看到他们从市集走出来以后，不久就追上一个在他们前面走的、叫做私心的人；他们问他，先生，你是哪儿人？往哪儿去？他告诉他们，他从花言巧语市来，往天国去，可是不肯说出自己的姓名。

基督徒说：从花言巧语市来！住在那儿的有好人吗[①]？

私心说：有，我希望有。

基督徒说：先生，请告诉我你的尊姓大名。

私心说：我们彼此都不认识；要是你也走这条路，我很高兴做

① 参看《圣经·旧约·箴言》第26章第25节。

你的伴侣，不然的话，我也只好满足。

基督徒说：我听说过花言巧语市；据我所记得，他们说那个地方很富有。

私心说：是的，我可以向你保证是这样情形；在那儿我有很多有钱的亲戚。

基督徒说：恕我冒昧，请告诉我哪些人是你的亲戚？

私心说：几乎全城的人都是我的亲戚；尤其是我的激进主义爵士，我的随波逐流爵士，我的花言巧语爵士，这城市的名字就是从他的祖先来的；还有圆滑先生，两面派先生，无所谓先生；我们教区牧师骗人先生是我的舅舅；老实说，我已经成为上流绅士；可是我的曾祖父不过是个船夫，一边张望，一边划船，我也是从同样的职业获得了大部分的财产。

他们追上了一个在他们前面走的，叫做私心的人。

基督徒问：你结了婚没有？

私心说：结了，我的妻子是个非常贤惠的女人，是个贤淑女人的女儿；她是做作夫人的女儿，因此出身名门，她受到的教养非常高超，她知道怎样在任何人面前占上风，不论是王子还是农民。我们在信仰方面的确跟那些比较严格的人多少有些不同，不过那也只是在两个枝节上：第一，我们从不反抗潮流。第二，当宗教盛行的时候，我们总是非常热诚；要是天气晴朗，而且人家都称赞他，我们就很喜欢跟他一起在街上走。

接着，基督徒走到旁边跟他的同伴盼望说，我想起来了，这个人是花言巧语的私心；如果真是他的话，那我们可有了住在这一带的真正的恶棍做我们的伴侣啦。于是盼望说，问他好啦，我想他不至于对自己的名字感到可耻。因此基督徒又走到私心跟前说，先生，听你讲话，好像你比全世界的人知道得都多；如果我没有看错的话，我想我大概猜到你是谁了。你岂不是花言巧语的私心先生吗？

私心说：那不是我的名字，那是一些跟我合不来的人给我的绰号；我只好平心静气地忍受这个耻辱，就像在我之先别的好人也曾经做过的那样。

基督徒问：不过，你从来没有理由让人家叫你这个名字吗？

私心说：没有，从来没有！他们之所以有理由给我这个名字，充其量也不过是因为我总是及时地投入到时代的潮流中去，不管它是怎么样的潮流；而且我运气很好，总是没有错；如果我因此得到了各种名声，我认为那倒是福气；所以人们别恶意地责备我吧。

基督徒说：我的确认为你是我所听说过的那个人；坦白告诉你，我倒觉得这名字用在你身上很恰当，也许你不愿意我们认为是这么恰当吧。

私心说：啊，你要这样想，我也没有办法；假如你还让我做你的朋友的话，你会发现我是个好伴侣的。

基督徒说：你要是跟我们同路，那你就得反抗潮流；可是我看得出你不肯这样做。你还得承认宗教，不管他是衣衫褴褛还是大出风头的时候；不论他戴上脚镣手铐，或者在街上到处受人称赞的时候，你都得支持他。

私心说：你不得干涉我的信仰；我有我的自由，让我跟你一起走。

基督徒说：再同走一步都不行，除非你照我建议的那样做。

私心说：我决不能放弃我原有的原则，因为那是无害而有益的。如果我不能跟你一起走，我就得像在你没有追上我的时候那样——单独地走，直到有人追上我而愿意跟我做伴。

这会儿我在梦中看见基督徒和盼望丢开了他，在他前面保持着一段距离行走；可是他们当中有一个回头去看，看见私心后面还有三个人；而且他们赶上私心的时候，私心向他们鞠了个九十度的躬，他们也向他还礼。他们的名字是：恋世先生，爱钱先生，吝啬先生。私心先生从前就认识他们；因为他们小时候都是同学，他们的校长是求利城的支配人先生，那是北方贪财州的一个市镇。这位校长传授他们搜刮的技术，不论是利用强力、欺骗、谄媚、谎话或者披上宗教外衣的手段，他全都教给他们。这位校长的技术大部分都传给这四位先生，因此他们每个人都有能力办这样一所学校了。

他们，像我说过的，互相招呼了之后，爱钱先生问私心先生，在我们前面走的是谁？因为他们还看得见基督徒和盼望。

私心说：他们是两位远乡的人，用自己的方式奔走这条天路。

爱钱说：哎呀！他们为什么不停下来，那样我们就可以有很好的伴侣。因为我想他们，我们，还有你，先生，都在走天路。

吝啬先生。

私心说：我们的确是；但是前面那些人可真严格，思想又顽固得不得了，并且非常不尊重别人的意见，不管一个人多么好，只要跟他们不完全一致，他们就拒不为伍。

吝啬说：这可不行。我们看到有些人过分正直；这种人的严峻使他们专爱判断人，责人严而责己宽。不过，请告诉我，你跟他们不同的意见在哪方面，有几点?

私心说：他们顽固地断定，不论什么天气他们都得拼命赶路，而我是要看风势。他们轻而易举地愿意为上帝冒一切危险；而我要利用一切机会保住我的生命和财产。他们要坚持己见，尽管所有的人都反对他们；而我只在时势和我的安全跟信仰不发生冲突的时候才赞成它。他们支持宗教，即使他衣衫褴褛、受人蔑视；而我只在他衣冠楚楚、在风和日暖受人喝彩的时候才拥护他。

恋世说：啊，等一等，好私心先生；至于我，我只能认为他是个傻瓜，他有自由保住他所有的，却那么傻，竟把它丢掉。让我们像蛇一样狡猾，乘机行事是上策。你看蜜蜂在冬天怎样伏着不动，只在它能得到好处和娱乐的时候，才出动。上帝有时赐雨水，有时赐阳光；若是他们这种傻瓜要在雨里走路，我们就在晴天走走算了吧。至于我，我最喜欢那种会保住上帝赐给我们的好东西的宗教；因为哪一个有理智的人会以为，既然上帝赐给我们今生的好东西，祂会不让我们为了祂保住它们？亚伯拉罕和所罗门在信仰中发了财；约伯说，一个好人“得鄙弃珠宝如尘土”。不过他一定不像我们前面那两个人那样，要是他们正如你所说的那样。

吝啬说：我想我们在这一点上是完全同意的，因此没有多讲的必要了。

爱钱说：的确对这事没有多谈的必要；因为一个既不相信《圣经》又不相信理智的人（你知道这两样在我们这一边都兼有了），就不知道自己有什么权利，也不替自己的安全着想。

私心说：弟兄们，你们都知道，我们是走天路的；为了避开不

爱钱先生。

好的事情来做更好的消遣，请准许我向你们提出一个问题——

假定一个人，一个牧师，或者一个商人，或者其他什么人，有机会得到世上的好东西，可是，如果他在某些信仰问题上不曾具有极大的热诚，他是无论如何得不到那些东西的——，至少他得在外表上对这种过去他从不接触的问题具有极大的热忱；那么，他是不是可以为了要达到他的目的，利用这个方法，同时又仍旧是个正直忠实的人呢？

爱钱说：我看出你这问题的真谛；如果这几位先生允许的话，我就试作答复。首先，拿这问题对一个牧师来说。假定一个牧师——一个可敬的人，只有很菲薄的圣俸，而在他的心目中却有一个好得多、圣俸大得多的差事；他现在有机会取得它，只要他更努力、更经常、更热诚地传道，而且为了迎合人家的脾胃，只要他变更一下他的某些原则；在我看来，我可看不出一个人为什么不能这样做（只要他有理由），而且做更多的事情，同时仍旧是个忠实的人。因为——

1. 他对一个较优厚的圣俸的渴望是合法的（这是无可否认的），因为这是上天的意思把它放在他面前的；因此他可以设法得到它，不必顾到良心的问题。

2. 况且，由于他对那圣俸的向往，他可以成为更努力、更热诚的宣道师或者什么的，因而使他变成一个更好的人，是的，这会使他的学问进步；这是合乎上帝的旨意的。

3. 至于他为了迎合人们的脾胃，为了为他们效劳而放弃某些原则，这说明：(1) 他的性情是不自私的；(2) 他的态度是温和、讨人喜欢的；(3) 因此他更适合于他的牧师职位。

4. 因此我断定，对一个从圣俸低微的职位转到圣俸较高的职位的牧师，我们不该由于他这样做就认为他是贪财；既然他在才能和勤劳方面因而都有了进步，我们应该认为他是一个执行天职并且乐意利用行善机会的人。

现在谈到问题的第二部分，也就是关于你所提到的商人的问题。假定这样一个人的生意很清淡，可是只要采取虔诚的态度，他就可以扩大买卖，或者找一个有钱的妻子，或者招揽更多更好的顾客。我呢，我可看不出他有什么理由不能这样做。因为——

1. 虔诚是个美德，不管一个人用什么方法使自己变得虔诚。

2. 娶个有钱的妻子，或者招揽更多的顾客到店里来并不是什么不正当的事。

3. 况且一个人由于虔诚而取得这些，他得到的是好的，由于他自己变好，他取得的也是来自好人；因此他有好妻子、好顾客和好利润，而他之所以得到这些东西是由于他变虔诚了，这也是好的；所以为了要得到这些东西而变得虔诚是又好又有利的企图。

大家都非常赞成爱钱先生对私心先生提出的问题所作的答复；他们的结论是：大体说来，这是非常有益、有利的事。他们认为没有人能反驳他们这番话，同时又由于基督徒和盼望还离他们不远，他们全体同意，一起追上那两个人，就向他们提出这个问题；特别是因为那两个人曾经反对过私心先生。于是他们就呼唤他们俩，那两个人停下来，站着等他们走过来；可是他们一面走一面商谈，他们决定不让私心先生而让恋世先生向那两个人提出问题；因为他们认为，那两个人对他的答复不会带有刚才私心先生跟他们分手时所引起的怒火的余烬。

于是他们走上去，双方互相打了招呼之后，恋世先生向基督徒和他的伙伴提出那问题，请他们回答。

接着基督徒说，即使一个初信的人也能回答一万个这种问题。如果为了面包而追随基督已经是不对的[①]，那么利用祂和宗教作为取得世间物质享受的口实，更是多么可鄙！我们发现只有异教徒、伪善者、魔鬼和女巫才有这种想法。

1. 异教徒：因为当哈抹和示剑垂涎雅各的女儿和牲畜，而且知道除了受割礼以外没有其他的办法可以把她和牲畜弄到手的时候，

① 参看《圣经·新约·约翰福音》第 6 章第 26 节。

他们就对他们的同伴说："假使我们中间所有的男丁，都要受割礼，和他们一样，那么，他们的群畜、货财和一切的牲口岂不都归我们了吗？"他们所想得到的是他们的女儿和牲畜，而宗教是他们用来达到目的的借口。请看整个故事[①]。

2. 伪善的法利赛人也相信这一套；他们用冗长的祷告来虚饰门面，可是他们一心只想取得寡妇的房屋，这些人要受更重的天罚[②]。

3. 犹大——魔鬼的化身也有这样的宗旨；他崇拜钱包，因为他可以得到里面的东西；可是他完蛋啦，他给抛弃了，永远沉沦了。

4. 术士西门也抱这样的宗旨；因为他要圣灵，为的是要取得钱财；因此彼得定了他的罪[③]。

5. 我总认为，如果一个人为了世事而信宗教，他也会为了世事而丢开宗教；因为犹大就是为了世界上的东西才变得虔诚，所以他也为了世界上的东西出卖他的信仰和他的主。因此，对这个问题作肯定的答复，像我看见你们已经做了那样，并且认为这答复是正确的，那是邪教的、伪善的、魔鬼似的作为；而你们所要得到的报应是以你们的行为为准的。

于是他们都站着，目瞪口呆，想不出话来回答基督徒。盼望也赞同基督徒合理的答复；因此他们都默然不语。私心先生和他的伙伴也非常吃惊，不向前走，暗中希望基督徒和盼望往前走去。接着基督徒对他的同伴说，要是这些人在人们的宣判面前都站不住脚，

---

① 参看《圣经·旧约·创世记》第 34 章。

② 参看《圣经·新约·路加福音》第 20 章第 46、47 节。

③ 参看《圣经·新约·使徒行传》第 8 章第 18 至 23 节。

将来碰到上帝宣判的时候怎么办？要是凡人对付他们，他们都哑口无言，将来烈火的火舌斥责他们的时候，他们怎么办？

然后基督徒和盼望又走在他们前面，后来到了一个叫做安闲的幽美的平原，他们在那儿愉快地走着；不过那平原很狭小，他们很快就走过去了。在平原的那边有个叫做金钱的小山，山上有个银矿，从前有人在这条路上走的时候，转道去看那个银矿，因为它是很希罕的东西；可是他们走得太靠近矿坑的边缘，而那儿在表面上看不出有什么危险的地面塌了下去，因此他们都丧命了；有的变成残废，至死不能恢复健康。

接着我在梦中看见底马[①]（一副绅士派头）站在路旁不远的银矿边缘上，招呼旅客们过去看；他对基督徒和他的同伴说，喂！到这儿来，我给你看件东西。

底马站在路旁不远的银矿边缘上。

基督徒说：有什么东西值得我们特意走过去看的？

底马说：这儿有个银矿，可以来发掘财宝。你如果来的话，只要稍微花上一点儿工夫就可以成为百万富翁。

于是盼望说，我们

① 参看《圣经 · 新约 · 提摩太后书》第 4 章第 10 节。

过去看看吧。

基督徒说：我可不去。我以前听说过这个地方，多少人在那儿丧了命；至于财宝，对于追求它的人来说，是个圈套，因为它妨碍他们的旅程。

然后基督徒朝底马喊道：那地方不是很危险吗？它岂不妨碍过许多人的旅程吗？

底马说：不怎么危险，除非人家不小心。可是他讲话的时候，涨红了脸。

于是基督徒对盼望说：我们一点不能动摇，还是走我们的路吧。

盼望说：我可以向你保证，当私心来到这儿的时候，如果他也像我们这样被邀请，他准会上那儿去看的。

基督徒说：毫无疑问，因为凭他的原则，他会走过去看的，而且他十有八九会死在那儿。

接着底马又喊他们说：你们不要过来看看吗？

于是基督徒直截了当地回答说：底马，你是反对这条路的主人的正确道路的，并且为了离开正路已经被他的法官定了罪；为什么你也要我们同样地被定罪？况且，我们一离开正路，我们的主——国王，一定就会知道，他会当场叫我们感到羞惭，而我们会在他面前无地容身。

底马又喊道，他也是他们同一个团体里的人；要是他们肯逗留一会儿，他也会跟他们一起走的。

接着基督徒问，你叫什么名字？是不是就是我刚才喊你的那个名字。

底马说：是，我的名字是底马；我是亚伯拉罕的子孙。

基督徒说：我知道你的底细；基哈西[①]是你的曾祖父，犹大是你的父亲，而且你步了他们的后尘。你要的只是邪恶的鬼把戏：你的父亲为了做叛徒被绞死，你也不配有更好的报应。你可以放心，我们见到国王的时候，会把你的行为告诉他。说罢，他们就继续往前走去。

这时候私心和他的伙伴们又走进我的视线了，他们一听到底马的呼喊就走过去。至于他们是由于在矿坑边从上往下望而掉了进去的呢，还是到下面着手采掘，或者是被矿底下经常往上升的毒气闷住了呢，这我可不清楚；不过我注意到，他们从此就没有出现了。于是基督徒唱道：

私心和银矿上的底马意见一致：
一个呼唤，另一个奔上前去，
要分享到他的钱财；因此这两人
给世界逮住了，不再往前进。

这会儿我看见在平原的那一边，天路旅客来到一个地方，那儿紧靠着大路旁边有一座经历了不少风霜的纪念碑，他们两人见了那块碑都很注意，因为那纪念碑的形状很特别；它挺像是从一个女

① 参看《圣经·旧约·列王纪下》第5章第20至27节。

门俩都断定这是罗得的妻子变成的盐柱。由于她避难逃出所多玛的时候，贪心地回头张望，才变成了这羊子。

人变成的柱子。因此他们站住看了又看，可是一时弄不懂到底是什么。最后盼望发现在顶上有字体不平凡的笔迹；他因为不是学者，就喊基督徒（他很博学）来，看他是不是看得懂；他于是来了，经过了一番研究之后，他看出上面写的是："记住罗得的妻子。"他就读给同伴听；然后他们俩都断定这是罗得的妻子变成的盐柱。由于她避难逃出所多玛的时候，贪心地回头张望，才变成了这个样子①。这个突然的奇观引起了他们以下的谈话。

基督徒说：啊，我的兄弟！我们在这时候看到这个东西真是适宜。在底马请我们去看金银山之后，让我们看见它，实在再适宜不过了；要是当时我们照他的希望走了过去，就像你所打算的那样，我的兄弟，我们也许就会像这个女人一样，变成供后人观看的展览物了。

盼望说：我真懊悔当时竟会那么傻，这会儿没有变成像罗得的妻子那样，真是万幸；因为我的罪跟她的罪有什么不同呢？她只不过回头看一看，而我刚才还想走过去看呢。天恩浩荡，我心里竟有这种思想，可真丢脸啊。

基督徒说：为了对我们将来有帮助，让我们把在这儿看到的好好记住。这个女人逃过了一个审判，因为她没有跟所多玛一起灭亡；可是，就像我们看到的，她在另一个审判中灭亡了；她变成了一根盐柱。

盼望说：对，她这事可以促使我们提高我们的警惕，同时也

---

① 参看《圣经·旧约·创世记》第 19 章第 26 节。

给我们教训；说到警惕，我们会因此避免犯她所犯的罪；或者会由于看到这个关于缺乏这种警惕性的人会受到怎样的审判的预示而得到警诫；因此可拉、大坍、亚比兰和同党的二百五十人在罪恶中死亡这一事实①也给了别人一种预示和教训，叫人注意谨防。不过我特别想到一件事，那就是，底马和他的伙伴怎么那么大胆地站在那儿，一心想去找财宝，而罗得的妻子仅仅为了回头一看就变成了盐柱（因为照我们从书上所读到的来看，她并没有挪开过一步）；尤其是他们举目就可以看见她受到的裁判所给他们的教训；因为，只要他们一抬起头来，就无法不看见她。

基督徒说：这的确是件费解的事，这说明他们已经到了不顾一切的地步；除了那些在法官面前行窃或者在绞刑架下面偷钱的人，我不知道拿什么样的人来跟他们相比才适当。据说所多玛的人“罪大恶极”，因为他们“在上帝面前”是罪人——这就是说，在祂看来，他们是罪人，尽管祂曾经施慈悲给他们；因为所多玛的地就像以前的伊甸园②。这使祂更震怒，祂使他们的灾祸猛烈到天上的火所可能做到的地步。因此我们可以非常合理地断定，这些人，就是祂眼里的这些罪人，这些人尽管不断受到谆谆警诫，叫他们不要那样做，而他们却置之不顾，这是一定会受到严厉处罚的。

盼望说：毫无疑问你已经把真理说出来了；你没有，尤其是我也没有，被树立作为给别人的警诫，这真是万幸！我们有理由感谢

① 参看《圣经·旧约·民数记》第26章第9、10节。
② 参看《圣经·旧约·创世记》第13章第10至13节。

上帝，在祂面前战战兢兢，并且永远记住罗得的妻子。

然后我看见他们向一条清澈可爱的河流走去，那条河被大卫王称为“上帝的河”；可是约翰却叫它“生命之水的河[①]”。他们的路正沿着河岸，因此基督徒和他的同伴很高兴地走着；他们还饮河里的水，那水味美，而且使他们疲劳的精神振作了起来。在两边河岸上有长着各种各样果子的绿树；吃了树上的叶子，可以防止饮食过饱以及旅行中暑所引起的种种疾病。河两边都是草地，一年到头一片青翠，百合花把草地点缀得出奇地美丽。他们就在草地上躺下去睡觉，因为他们在这儿可以安全地躺下[②]。他们醒来的时候，又去摘树上的果子，喝河里的水，然后再躺下睡觉。他们这样过了好几天。于是他们唱——

你们看这水晶似的河流流得多么平静，
它安慰着多少过往的旅人。
绿草地发出阵阵的芬芳，
还供给他们甘美的食品；你只要知道这些树上
长的是多么优美的果子和叶子，
你就会情愿卖掉你的一切来买下这片地。

当他们打算继续走路的时候（因为他们还没有到达目的地），

① 参看《圣经·新约·启示录》第22章第1节。
② 参看《圣经·旧约·诗篇》第23篇第2节。

他们向一条清澈可爱的河流走去，那条河被大卫王称为“上帝的河”；可是约翰却叫它“生命之水的河”。

他们吃了，喝了，之后，就离开了那地方。

这会儿我在梦中看见他们还没有走多远，那条路暂时和河边隔离了，他们心里相当难过；可是他们又不敢离开那条路。这条路现在崎岖不平，而他们的脚由于徒步旅行变得很容易受伤；因此这条路使他俩垂头丧气。他们一面走，一面希望有条平坦一些的路。前面不远，在路的左边有一块草地，穿过一个栅栏就可以到达那儿，

那人的名字叫做自负。

这草地叫做小径草地。接着基督徒对他的同伴说，要是草地是沿着这条路的，我们就走过去吧。于是他走到栅栏旁边察看，见篱笆那一边果然有一条小路沿着大路伸展过去。完全跟我所希望的那样，基督徒说。这儿非常好走；来，善良的盼望，我们过去吧。

盼望说：可是，要是这小路离开了正路，那可怎么办呢？

基督徒说：那不大可能。你看，它不是跟

大路平行的吗？于是盼望给他的同伴劝动了心，跟着他越过栅栏。他们过去了，踏上那小路以后，他们发觉走在那条路上的确很舒服；这时候他们朝前一看，发现有个人也跟他们一样在小路上走，那人的名字叫做自负；于是他们喊他，问他小路通到哪儿去。他说通到天门。瞧，基督徒说，我不是对你讲过吗？可见我们并没有做错事。于是他们就跟在他后面走。可是，哎呀，天黑下来了，后来变得一片漆黑；因此后面的人看不见前面的人。

在前面走的人（名叫自负）由于看不见路，跌进一个深坑里去，跌得粉身碎骨，这深坑是这地带的王子故意安排在那儿，用来捕捉自负的傻瓜。

基督徒和他的同伴听见他跌倒的声音，他们喊叫起来，要知道是怎么一回事；可是没有人回答他们，他们只听见一阵阵的呻吟声。于是盼望说，我们这会儿在哪儿呢？他的同伴默不作声，心里起了怀疑，不知道自己有没有把他带错了路；这会儿开始下雨了，雷电交加，非常可怕，同时水在急速上涨。

于是盼望心里暗自叹息，说，但愿我没有离开正路！

基督徒说：谁想得到这小路会把我们带到另一个方向去呢？

盼望说：一开头我就怕会这样，因此我婉转地给了你警告。要不是因为你年纪比我大，我就会更直截了当地说了。

基督徒说：好兄弟，别生气。我把你带错了路，并且使你处在这样岌岌可危的境地，我很难过。好兄弟，请原谅我，因为我不是出于恶意。

盼望说：我的兄弟，别放在心上，我会原谅你的；而且我还相信这件事对我们会有益处的。

基督徒说：我跟这样一个仁慈的兄弟在一起，真高兴。不过我们可别站在这儿；我们还是想办法走回去吧。

盼望说：好兄弟，让我走在前面。

基督徒说：不，对不起，让我先走，这样，要是有危险，我就首当其冲；因为是我把你带错了路。

盼望说：不，你不能先走；因为你心境不好，可能又带错了路。接着，他们听见一个声音鼓励他们说："你要留心向大路，就是你所走的原路：你当回转[1]。"可是这时候水已经涨得很高，因此在走回头的路上危险重重。（于是我想起，在正路上要走错路很便当，而走错了路以后要想再回到大路上去就不那么容易了。）然而他们还是冒着险走回去；可是天又黑，水又高，他们在回去的路上差点儿惨遭灭顶，达九次或者十次之多。

尽管他们绞尽脑汁想办法，他们当夜还是回不到栅栏那儿的。因此他们终于在一小块有掩蔽的地上歇下来，一直坐到天亮；可是由于疲倦，他们睡着了。离开他们躺下的地方不远，有个堡垒，叫做怀疑堡垒，它的主人是绝望巨人。他们睡的地方正是他的领域。绝望巨人一早起身，在自己的领地里散步，看见了基督徒和盼望在他的领地上睡觉。于是他用冷酷而严厉的声音把他们唤醒，问他们从哪儿来，在他的领地上干什么。他们告诉他，他们是走天路的旅客，走迷了路。然后巨人说，你们今夜侵犯了我，踩坏我的园地，

---

① 参看《圣经·旧约·耶利米书》第31章第21节。

还躺在我的领地上，因此你们得跟我走。他们不得不跟他走，因为他是个健壮非凡的巨人，他们远不及他。他们没有什么话可说，因为他们知道自己做错了事。巨人把他们押到他的堡垒中去，把他们关在一间乌漆麻黑的地牢里，那地方肮脏透顶；臭气熏人。他们在那儿从星期三早晨待到星期六晚上，既没有啃一口面包，也没喝一滴水，既没有灯，又没人来问他们怎么样；因此他们处在非常不幸的情况下，举目无亲。基督徒在这儿有双重的悲痛，由于他不智的劝告，他们才陷入这样的危境。

他看见基督徒和盼望在他的领地上睡觉。

绝望巨人有个妻子，名叫猜疑。当他上床就寝的时候，他把他所做的事情告诉了她；说他逮住两个犯人，由于他们侵犯了他的领地，他把他们关进地牢里去。接着他还问她，他应当怎么处置他们。于是她问，他们是怎么样的人，从哪儿来，上哪儿去；他一一告诉了她。她对他说，他第二天早晨起身以后，应当毫无怜悯地把他们痛揍一顿。因此他起身后就弄来了一根沉重的山楂木棍子，带到地牢里去。起先，尽管他们没说一句得罪他的话，他还是把他们当作狗一样谩骂了一通；然后他开始攻击他们，狠狠地打他们，打得他们无法招架，遍体鳞伤，动弹不得。这以后，他退出去，让他们去惋惜他们的痛苦，哀悼他们的灾难；所以他们那一整天什么也没做，连连叹息，痛哭不止。第二天她又跟她丈夫谈起他们，知道他们还活着，就要丈夫去劝他们自杀。因此第二天早晨，他像前一天那样粗暴地来到他们跟前，看见他们前一天挨他一顿毒打后受到的创伤还很严重，就对他们说，既然他们永远没有可能离开那地方，他们唯一的办法是干脆把性命结果了，用利刃也好，用绞索也好，用毒药也好：因为，他说，既然活着这样痛苦，你们为什么还要活？可是他们要求他放他们走。听了这话，他恶狠狠地瞧着他们，向他们直扑过去；要不是他宿疾发作(他有时候在晴天会发病)，他的手一时动弹不得，毫无疑问他准会把他们结果了。因此他退了出去，像以前一样让他们自己去考虑怎么办。接着两个犯人互相商量要不要听从他的劝告；他们就这样开始讨论——

基督徒说：兄弟，我们怎么办？我们现在的日子可够惨了。至于我，我不知道还是这样活下去好呢，还是立刻死去好。“我宁肯噎死，胜似留我这一身的骨头[1]”，躺在坟墓里比待在这个地牢里要

① 参看《圣经·旧约·约伯记》第7章第15节。

绝望巨人。

好受些！我们还要受这巨人的管束吗？

盼望说：我们目前的境遇的确很可怕，与其永远这样活下去，还不如死了的好。可是我们得想一想，我们要去的那地方的主人说过，“不得杀人”——不能杀别人，那么我们更不得听从他的话把自己杀掉。况且，杀别人的人只杀掉他的肉体，而自杀的人却同时把自己的灵魂也杀死了。并且，我的兄弟，你谈到坟墓里的安逸；你有没有忘掉杀人的要下地狱？有“杀人者不得永生”这类的箴言昭然俱在。我们再想想，绝望巨人并不是万能的；据我所知，别人也曾经像我们这样落到他的手中，可是他们逃出了他的掌握。谁敢说创造世界的上帝不会叫绝望巨人死去，或者使他有一天忘记上锁，或者不久之后会再当着我们发一次病，不能自由使用他的手？要是再有这种事情发生的话，我决定鼓起勇气，尽我的力量逃出他的魔掌。我以前没有这样做，真傻透了；哎，我的兄弟，无论如何我们还是再忍耐着些，再忍受一个时期。可能有那么一天我们可以脱离苦海；我们可不能作自己的刽子手呀。这时候盼望这番话使他兄弟的心境平和了一些；因此他们继续在黑暗里待下去，在痛苦悲惨的境况中挨过了一天。

黄昏时分，巨人又来到地牢里，想看看他们有没有听从他的劝告；他走进屋时，发现他们还活着。他们的确仅仅活着；由于没吃没喝，再加上挨打时受到的创伤，他们几乎只有呼吸的能力了。但是，哎，他发现他们还活着；不由怒火中烧，他对他们说，由于他们拒绝了他的劝告，他要给他们厉害看，叫他们觉得还不如当初没有生下来的好。

听了这话，他们浑身簌簌直发抖，我想基督徒吓得昏了过去；可是等他略微苏醒过来的时候，他们又谈论起巨人的劝告，琢磨着究竟是不是照他的意思做最好。现在基督徒又想自杀了，可是盼望作了第二次的答复——

黄昏时分，巨人又来到地牢里，想看看他们有没有听从他的劝告。

盼望说：我的兄弟，你不记得自己到目前为止是多么勇敢吗？魔王打不垮你，你在死荫谷里看到、听到、感到的一切都压不倒你。你有过多么艰苦、恐怖和惊奇的经历，而你现在却畏惧起来？你看我跟你一起在地牢里，而我比起你来，在性格方面要懦弱得多；并且巨人不只打伤了你，也打伤了我，也不给我吃喝，我跟你一样没有灯，一样痛苦。不过让我们再耐心一点；回想一下你在浮华市集的时候表现得多么勇敢，既不怕铁链，不怕铁笼子，也不怕惨死。因此我们还是尽量耐心忍受吧（至少要避免不宜于一个基督徒的丢脸的事）。

这会儿，夜又来临了，巨人和他的妻子都上了床，她向他打听犯人的情况，探询他们有没有听从他的劝告。他回答说，他们是刚毅的恶徒，情愿忍受一切艰苦也不肯自杀。于是她说，明天把他们带到院子里去，让他们瞧你结果了的那些人的骸骨，同时叫他们相信，不到一星期，你也要叫他们粉身碎骨，就像对待在他们以前来的同党一样。

第二天早上，巨人又到他们那儿去，把他们带到院子里，照他妻子的吩咐让他们看了那些骸骨。这些人，他说，跟你们一样，都是走天路的旅客，也跟你们一样，侵犯了我的领地；我拣了适合的时候——把他们粉身碎骨了；不出十天我也要同样对待你们。现在，回到你们的洞窟里去；说着把他们一路打回去。因此，在星期六那天，他们跟以前一样，凄凄惨惨地躺了一整天。夜里，当猜疑夫人和她丈夫都上了床，他们又开始谈论他们的囚犯；并且老巨人觉得很奇怪，他的殴打和劝告竟都不能叫他们送命。他的妻子回答说，我恐怕他们还希望有人来搭救他们，要不然就是他们身边有撬锁工具，希望利用它来达到逃跑的目的。巨人说，亲爱的，你这样想吗？明天早上我要去搜他们的身。

星期六约莫午夜时分，他们开始祈祷，一直祈告到天蒙蒙亮。

在曙光将现的时候，好基督徒像一个半受惊的人，发出激动的话语：当我可以自由行动的时候，他说，我却还待在这臭气熏人的地牢里，我是多么傻的一个大傻瓜呀！我怀里有把钥匙叫做允诺，我相信它能打开怀疑堡垒里的任何一把锁。于是盼望说，这是好消息，好兄弟，拿出来试试。

接着，基督徒从怀里拿出钥匙，开始试开地牢的门，他一转动钥匙，门的插销就向后移动，门轻而易举地给打开了，基督徒和盼望都走了出来。然后他走到通往院子里去的外面一扇门，再用钥

门给推开的时候，发出叽叽嘎嘎的声音，把绝望巨人惊醒了，他急忙起身要去追赶他的囚犯；但是觉得
的四肢不中用了。

匙打开它。这以后，他走到大铁门旁边，因为这扇门也得打开。可是那把锁非常难弄，但是终于也给打开了。于是他们推开门，飞奔着逃走了；可是大门给推开的时候，发出叽叽嘎嘎的声音，把绝望巨人惊醒了，他急忙起身要去追赶他的囚犯；但是觉得他的四肢不中用了，因为他又犯病了，因此他也就无法追踪他们。于是他们走着，又来到大路上，他们现在安全了，因为他们已经逃出了巨人的管辖区域。

这会儿他们已经穿过栅栏，他们开始思索在那儿应该做些什么才能防止继他们而来的人也落到绝望巨人的手中。因此他们同意在那儿竖立一根柱子，在上面刻这样几句话："越过这栅栏是通到绝望巨人的怀疑堡垒的道路，他蔑视天国的王，图谋杀害祂的天路旅客。"因此许多后来的人看了这几句话就逃过了危险。他们做完之后，唱道：

我们走离大路，然后发现
踏上禁地是多么危险：
让后来的人多多留神，
免得他们再步我们的后尘；
免得他们由于侵犯他的领地，成了他的囚犯，
他的堡垒名怀疑，他的名字叫绝望。

他们一直向前走，后来走到了快乐山，这些山属于我们以前讲过的那小山的主人；他们就上山去看花园和果园，葡萄园和喷泉；

他们在那儿喝了水，洗涤一番，把葡萄吃个痛快。在山顶上有牧人在牧羊，他们站在路旁。因此天路旅客走上去，用手杖撑住身子（疲劳的旅客在旅途上站住跟人家谈话的时候常常是这副模样），问道，这些快乐山是谁的？在吃草的羊是谁的？

在山顶上有牧人在牧羊，他们站在路旁。

牧人说：这些山是上帝的土地，从祂的城里看得见它们；羊也是祂的，祂为它们断送了性命[1]。

基督徒问：这是往天国去的路吗？

牧人说：你们正走在通往天国的路上。

基督徒问：离那儿还有多远？

牧人说：对于的确会到达那儿的人，路程是不太远的。

基督徒问：这条路上是安全的，还是危险的？

牧人说：对于那些该享到安全的人，它是安全的；可是“罪人却在其上跌倒[2]”。

---

① 参看《圣经 · 新约 · 约翰福音》第 10 章第 11、15 节。

② 参看《圣经 · 旧约 · 何西阿书》第 14 章第 9 节。

基督徒问：对于疲倦乏力的旅客，路上有没有解除痛苦的设备？

牧人说：山主人吩咐我们“不可忘记用爱心接待客旅[①]”；因此你们将要享到这地方的幸福。

我在梦里还看到，当牧人听说他们是过路人时，也向他们发问(他们就像以前在别处时一样，一一作答)，如：你们从哪儿来？你们怎样走上这条路的？你们用什么方法坚持到底的？因为很少有愿意上这儿来的人在这些山上露面。牧人听到他们的答复后，很高兴，亲切地望着他们说，欢迎你们到快乐山来。

我说的牧人们的名字是知识、经验、警醒和诚恳，他们牵着他们的手，领他们到帐篷里去，请他们分享已经准备齐全的美肴。牧人们还说，我们希望你们能多待一些时候，跟我们熟悉一下，同时多多享用快乐山的好东西。于是他们答应待下来。因此那晚上他们去歇息了，因为时已深夜。

然后我在梦里看见，第二天早晨，牧人们邀请基督徒和盼望跟他们在山上散步。因此他们跟牧人们出去，走了一会儿，只见周围景色优美宜人。牧人们互相商量着，我们要不要给客人们看些奇迹呢？后来他们决定请客人观看奇迹，牧人们先把他们领到一座叫做错误的小山顶上，这山的那一面非常陡峭，牧人们叫他们往底下看。他们往下一看，看见好几具残肢断臂的尸体，是那些从山上摔下去的人的残骸。然后基督徒问道，这是什么意思？牧人说，难道

---

① 参看《圣经·新约·希伯来书》第 13 章第 2 节。

你们没有听说到那些由于听许米乃和腓理徒[①]所说关于对复活的信心而犯了错误的人吗？他们说，听说过。接着牧人说，你们看见那几个粉身碎骨、躺在山脚下的人就是这帮人；就像你们看到的，他们至今还没有被埋葬，为的是要借以教训别人，使人家注意别爬得太高，或者别走得太靠近这座山的边缘。

这座小山顶叫做错误。

然后我看见他们又带他们到另外一座山顶上去，这山叫警诫，牧人叫他们往远处看；他们一看，就像他们以为的那样，看见了好几个人在坟堆中走来走去；他们看出那些人都是瞎子，因为他们有时候冲到坟上去，并且无法走出那个坟堆。于是基督徒问，这是什么意思？

于是牧人回答说，你们没有看到在这些山稍低的地方靠大路的左边有一个通往一块草地的梯磴吗？他们说，看到的。牧人接着

① 参看《圣经·新约·提摩太后书》第 2 章第 17、18 节。

他们看见好几个人在坟堆中走来走去。

说，在梯磴那儿有一条小路直接通往怀疑堡垒，它是由绝望巨人看守着的，这些人（指着在坟堆中的人）跟你们现在一样，在没有来到梯磴以前，曾经在天路上走。由于正路在那一段很不好走，他们决定离开正路到草地上去，结果给绝望巨人逮住，关进怀疑堡垒里去；在那儿他们给关在地牢里一些时候之后，巨人最终把他们的眼睛挖出来，领他们到坟堆上，让他们在那儿一直徘徊到今天，因此圣贤的话可以得到证实："迷离通达道路的，必住在阴魂的会中①。"于是基督徒和盼望互相望着，眼泪夺眶而出，可是对牧人们什么也没说。

然后我在梦中看见牧人又领他们到山底下的一个地方，那儿的山坡上有一扇门；牧人把门打开，叫他们朝里面看。因此他们朝里面看去，只见里面一团漆黑，烟雾弥漫；他们还认为听见一阵好像烈火燃烧的轰隆声，以及受折磨的人的呼号声；他们还闻到硫磺的气味。于是基督徒问，这是什么意思？牧人们说，这是上地狱去的侧道，伪善者都从这儿走过——就是跟以扫一样卖掉长子名分的人；跟犹大一样出卖主子的人；跟亚历山大一样亵

这是上地狱去的侧道，伪善者都从这里走过。

① 参看《圣经·旧约·箴言》第21章第16节。

渎福音的人；以及跟亚拿尼亚和他的妻子撒非喇一样谎话连篇、假冒为善的人[①]。

于是盼望对牧人说，我看出他们每个人，就像我们现在一样，以前都有过走天路的表现；是不是？

牧人说：是，并且也坚持了很长一段时间。

盼望说：尽管他们这样凄惨地被抛弃了，他们当初在旅途中走了多远？

牧人说：有的走得远些，有的还没走到这些山。

接着客人互相说道，我们需要向上帝呼求力量呀。

牧人说：对，而且你们有了力量以后，还用得着它呢！

这时候两个客人要继续往前走，牧人们也希望他们这样做；因此他们一起走到山的尽头。接着牧人彼此之间说，如果客人会使用我们的望远镜，我们就让他们看天国的大门吧。客人亲切地接受了他们的提议；因此牧人把他们带到一座叫做清晰的山顶上，把望远镜递给他们。

于是他们试看着，可是因为脑际还印着牧人给他们看的最后那件事，他们的手簌簌发抖；由于这个阻碍，他们不能稳定地从望远镜望出去；但是他们认为他们看见了一件像大门的东西，还看到了那地方一些壮丽的景色。然后他们走开，唱着这首歌——

牧人就这样把一些奥秘揭露，

① 参看《圣经 · 新约 · 使徒行传》第 5 章第 1 至 10 节。

其他的人都看不透这奥秘的面目；
因此，倘若你要看深奥、隐秘
和神妙的东西，就请来到牧人这里。

当他们将要离开的时候，一个牧人给他们一张关于旅途的笔记。另一个牧人吩咐他们谨防阿谀献媚的人。又一个请他们留神别在着魔之地睡觉。第四个祝他们一路平安。于是我从梦中醒来。

我睡着了，又做梦，并且看见这两个天路旅客正沿着大路下山，朝天国走去。在较低的山坡上靠左边是自高地区，从那儿有条曲曲折折的小路通到天路旅客在上面行走的大路。因此他们在这儿碰上一个从那地区来的神采奕奕的青年，他名叫无知。基督徒问他从哪儿来，上哪儿去。

无知说：先生，我生长在左边那个乡下，现在上天国去。

基督徒说：可是你想怎么进天国的大门？因为你在那儿可能会遇上困难的。

无知说：别人怎样进去，我也怎样进去。

基督徒说：可是你到了那儿有什么东西出示，可以使大门为你打开？

无知说：我知道上帝的意旨，而且我一向是规规矩矩地过日子的；我没对不起任何人；我祈祷，禁食，付什一税，施舍，背井离乡，前往我现在正要去的地方去。

基督徒说：可是你没从这条路头上的那个小门进来啊；你却从那条弯曲小路到这儿来；因此，不管你自己怎么想，我恐怕你不但不能进天国，并且在审判那一天，你会得到盗贼的罪名。

无知说：先生们，你们跟我完全不相识——我根本不认得你们；请你们满足于信奉你们家乡的信仰吧，我可要信奉我自己家乡的信仰。我希望一切都会很好。至于你们说的那个小门，所有的人都知道它离开我们家乡很远。我想我们那一带的人连到那儿去的路都不认得；他们也不在乎自己认不认得，因为就像你看见的，从我们的家乡有一条又好又美的绿荫小径通到这儿来，它是通往大路的另一条路。

当基督徒看到那个人很懂得骄傲自满的时候，他悄悄地对盼望说，“愚昧人比他更有指望[①]”；还说，“并且愚昧人行路，显出无知，对众人说，他是愚昧人[②]”。怎么样，我们还是继续跟他谈呢，还是暂时走到他前面去，让他去思考他刚才听到的话，过后我们再停下来等他，看我们能不能逐步对他有所帮助？于是盼望说：

让无知把我们刚才说的话
稍稍思量，但愿他
不要拒绝接受忠告，
免得对最主要的利益仍然毫不通晓。
上帝说，没有理解力的人，
尽管祂创造了他们，也不会拯救他们。

---

① 参看《圣经·旧约·箴言》第 26 章第 12 节。
② 参看《圣经·旧约·传道书》第 10 章第 3 节。

他又加一句说，我认为把一切的话一下子全对他说是没有用的；你愿意的话，我们还是走在他前面，等他“接受得了”的时候，再跟他谈。

因此他们往前走，无知在后面走。他们赶过他不远，来到一个黑暗的小巷，在那儿他们碰到一个人，他被七个魔鬼用七根坚韧的绳子绑着，正被押往他们刚才在山坡上看见的那扇门那儿去[①]。这会儿好基督徒开始颤抖起来，他的伙伴盼望也直哆嗦；可是当魔鬼把那个人带走的时候，基督徒想看看他认不认得那个人；他以为很可能是住在背教城的变节。但是那个人的脸，他看不清楚，因为他像一个被人发觉的小偷一样低垂着头。不过当那人在他身边走过以后，盼望目送着他，见他背上有一张纸，上面写着：“反复不定的信徒，该死的背教者。”

于是基督徒对他的伙伴说，我这会儿想起我听到过的关于一个好人在这儿附近遇到的事情。他的名字叫小信；可是是一个好人，住在诚恳市。事情是这样的：在这条巷的入口处另有一条巷通到阔门，名叫死人巷，因为在那条巷里常常发生暗杀，所以取了这个名字；这个小信就像我们现在这样奔走天路，他正好在那儿坐下，并且睡着了。那时候碰巧从阔门来了三个强壮的歹徒，他们是三兄弟，叫做胆小鬼、疑惑和犯罪；他们瞧见小信在那儿，赶忙向他奔来。这时那个好人正好醒来，正站起身来打算继续赶路。他们

① 参看《圣经 · 新约 · 马太福音》第 12 章第 45 节，及《圣经 · 旧约 · 箴言》第 5 章第 22 节。

那时候碰巧从阔门来了三个强壮的歹徒，他们是三兄弟，叫做胆小鬼、疑惑和犯罪。

一窝蜂拥到他跟前，用威胁的话语叫他站住。小信见了，顿时面无人色，既无力抵抗，又无法脱逃。于是胆小鬼说，交出你的钱包，可是他并不马上交出（因为他很不愿意失掉他的钱），疑惑走上前去，伸手到他口袋里，掏出一包银子。这时他喊了起来："强盗，强盗！"这一来，犯罪举起手里的大棍子朝小信的头打去，把他打倒在地上，血流如注，就像一个可能因流血过多致死的人。三个贼始终站在一旁，但是终于听到路上有人声，生怕来人是住在坚信城的大惠，因此拔腿就逃，让那好人自己去想办法。过了一些时候，小信苏醒了过来，站起来，磕磕绊绊地尽力继续赶路。故事就是这样的。

盼望说：他们是不是把他所有的都拿走了？

基督徒说：不；他们没有搜到他放珠宝的地方；因此他保住了那些。但是我听说，那好人因他的损失感到非常伤心，因为强盗们把他大部分的现款都拿走了。就像我说过的，没有被抢走的只是些珠宝；他还有一些零钱没给抢走，但是不够他旅途上的花费。要是我听到的消息没有传错的话，他一路上不得不行乞来维持生活，因为他不能出卖他的珠宝；可是尽管他沿途行乞，并且想尽种种方法维持生计，他还是饿着肚子奔走了其余大部分的路程。

盼望说：不过，他们没有拿走他用以进天门的证件，岂不是奇事吗？

基督徒说：的确奇怪；可是他们没拿到它，虽然并不是由于他的机灵，他们才没找到；因为他们袭击他时，他已经吓得魂不附体了，既没力量，也没本领隐藏任何东西；因此那是出于天意而不是由于他的努力，他们才没有拿到那件宝贝[①]。

盼望说：他们没拿走他的珠宝，对他来说一定是个安慰。

基督徒说：如果他像他该做的那样利用了那些珠宝，那可能对他是个很大的安慰；可是，讲这故事给我听的人说，他在后来的旅途中很少用到它，并且那是因为他的钱给拿走之后，他很沮丧。事实上，大部分的时间，他把它都忘了；并且，每次当他想起了它，开始得到安慰的时候，他又想起他的损失，而这种思想就占有了他。

盼望说：啊，可怜的人！这对他只能是个很大的痛苦。

基督徒说：痛苦？是啊，的确痛苦。如果我们也有像他那样的遭遇，被抢走了东西，受了伤，又是在一个举目无亲的地方，我们岂不同样会觉得痛苦吗？他竟没有悲伤致死也真怪，可怜的人！我听说后来他一路上除了说不完的悲伤和沉痛的怨言之外几乎什么话都不说；他向赶上他的人诉说，也向给他赶上的人诉说，告诉他们他在那儿如何被抢，谁抢了他，他损失了什么；他怎样受伤，怎样死里逃生。

盼望说：他竟然没有因为需要，把一部分的珍宝出卖或者当掉，使自己在旅途中可以减轻一些痛苦，这倒是奇事。

基督徒说：你讲话倒像个至今还不懂事的人。他把它们当掉来换什么呢？他把它们卖给谁呢？在他被抢的地区他的珍宝算不了什么；他也不要那地方所能给他的安慰。况且，如果到了天国的门口时找不到他的珍宝，他就不能继承那儿的产业（这他知道得很清楚）；那会比一万个强盗的出现和作恶更糟呢。

---

① 参看《圣经·新约·提摩太后书》第 1 章第 14 节。

盼望说：你为什么这样尖刻，我的兄弟？以扫为了红豆汤把他长子的名分卖掉[①]，而那是他的至宝：如果他能这样做，为什么小信不能这样做？

基督徒说：以扫的确卖掉了他长子的名分，许多其他人也这样做，因而失去主要的祝福，就像这个卑鄙的人一样，不过以扫跟小信是有分别的，他们的情况也不同。以扫的继承权是独特的，小信的珍宝却不是。以扫太重视他的肚子，小信可不那样。以扫的需要是满足他的肉欲，小信的可不是。并且以扫的眼光只能看到他肉体的满足："我将要死，"（他说，）"这长子的名分于我有什么益处呢[②]？"可是小信，虽然他的信心不大，他却能靠着那一点信心免于这种放肆的行为，并且还能重视他的珍宝，不至像以扫那样把它们卖掉。你不论在哪一方面都看不出以扫有信心，没有，连一点点也没有；因此当他整个人受到肉欲的支配时（一个没有信心来抵御的人就会这样），要是他把继承权、灵魂和一切都卖给地狱的魔鬼，那也不足为奇；这种人跟野驴一样，"起性的时候，谁能使他转去呢[③]"？当他们一心只想满足自己的欲望时，不管得付出什么代价，也在所不惜，总是非要达到目的不可。但是小信又是一种性情；他一心只想天上的东西；他是靠超世俗的东西而活着的；因此，这样的人把他的珍宝卖掉（假使有人收买的话）去换取精神上的空虚，又有什么意义呢？一个人会花钱去把肚子塞满干草吗？或者你能劝斑鸠像

---

① 参看《圣经·旧约·创世记》第 25 章第 29 至 31 节。

② 参看同上书第 25 章第 32 节。

③ 参看《圣经·旧约·耶利米书》第 2 章第 24 节。

乌鸦那样去吃腐烂的尸体吗？尽管没有信心的人为了肉欲会典当、抵押或者卖掉他们所有的，连他们自己也一起卖掉，可是具有信心（能拯救自己的信心）的人，虽然信心并不大，他也不会那样做。因此，我的兄弟，你就错在这一点上。

盼望说：我承认；可是你严厉的谴责几乎使我生气。

基督徒说：怎么，我只不过把你跟有些活泼的人对比，他们头上戴上了壳子在没有人迹的路上奔来奔去。不过，别管这些，还是考虑我们在讨论的问题吧，你我之间不会有什么意见的。

盼望说：我从心底里相信那三个家伙都是胆小鬼；不然的话，你想他们会像他们所做的那样，一听见路上有人声拔腿就逃吗？小信为什么不能再勇敢一点呢？我想他可以应付他们一阵，等到没有办法的时候再投降。

基督徒说：许多人都说他们是胆小鬼，但是轮到自己受考验的时候，很少人会那样想的。至于勇气，小信可没有；我看得出，我的兄弟，要是你做了当事人，你也只能抵抗一下，然后就投降了。的确，他们现在离我们有一段路，你当然心情很好，要是他们像对他那样出现在你面前，你就可能会改变主意了。

不过，再想一想，他们也不过是拦路强盗；他们在地狱的王手下工作，必要的话，地狱的王本人还会来帮忙，他的声音就像狮子的吼叫[①]。我自己也遇到过像小信所遭遇到的同样的事情，那真可怕得很哪。当时这三个歹徒攻击我，我像个基督徒那样开始抵抗，他们只

---

① 参看《圣经·新约·彼得前书》第 5 章第 8 节。

发出一个喊声，他们的主人马上就来了。就像俗语所说的，我认为“我这条命轻如鸿毛”，可是，按照上帝的旨意，我身上披有坚固的铠甲。是的，可是，虽然我这样武装着，我发现要表现得像个大丈夫还是很困难。除非自己经历过这种战斗，没有一个人知道这场斗争有多惊险的。

一个大惠要来了。

盼望说：唔，可是你看，当他们只不过以为一个大惠要来的时候，他们就已经拔腿逃跑了。

基督徒说：的确这样，只要大惠一出现；他们跟他们的主人往往逃之夭夭，不过这也不足为奇，因为他是国王的战士。不过我想你不能拿小信跟国王的战士相提并论。所有国王的臣民并不都是战士；遇到考验的时候，他们也不能像他那样大显身手。希望一个小孩能像大卫那样对付哥利亚[①]，或者一只鷦鷯能有一只公牛的力气，

① 大卫用石子打死巨人哥利亚事见《圣经·旧约·撒母耳记上》第17章。

岂不是不合情理的吗？有的人坚强，有的人软弱，有的人信心大，有的人信心小；这个人是软弱的，因此受人欺侮。

盼望说：但愿换个大惠来给他们颜色看。

基督徒说：即使是他的话，他也可能应付不了；因为我得告诉你，虽然大惠精通武艺，只要他拒他们于一剑之外，他可以，也能够应付他们绰绰有余，可是一旦他们闯近他身边，不管是胆小鬼、疑惑或者其他的人，那就很难不被他们摔倒了；你知道，一个人倒在地上的时候，还有什么办法呢？

任何人仔细瞧大惠的脸都看得见那些疤痕和伤迹，它们足以证明我的话。是的，有一次我还听到他说（那是在搏斗的时候）："我们没有活命的希望了。"这些强壮的歹徒和他们的同党曾经使大卫呻吟、悲叹和吼叫得多凄惨啊！不仅如此，虽然希幔[1]和希西家[2]当年都是不可一世的勇士，当他们受到攻击的时候，也不得不拿出全副力量来呢；但是，尽管这样，他们还是受到了痛击。彼得曾经去试过一次，为了要弄明白自己究竟是不是对付得了他们；虽然人家说他是众使徒的堂堂首领，可还是让他们折磨得使他后来见到一个可怜的女孩子也会心惊肉跳了。

况且，他们的王一喊即到；他总是待在听得见他们的喊声的地方；如果在任何时候他们招架不住了，他，可能的话，总来帮他们的忙。关于他，人家说了这样的话："人若用刀、用枪、用标枪、

① 参看《圣经·旧约·列王纪上》第4章第31节。
② 参看《圣经·旧约·列王纪下》第18、19章。

用尖枪扎他，都是无用。他以铁为干草，以铜为烂木。箭不能恐吓他使他逃避，弹石在他看为碎秸。棍棒算为禾秸：他嗤笑短枪飕的响声[①]。”遇到这种情况，一个人有什么办法呢？的确，如果一个人随时都有约伯的马，并且有能力和勇气去驾驭它，他可能作出了不起的事情；因为“它颈项上挓挲挲的鬃，是你给它披上的么？是你叫他跳跃像蝗虫么？它喷气之威使人惊惶。它在谷中刨地，自喜其力，它出去迎接佩带兵器的人。它嗤笑可怕的事，并不惊惶，也不因刀剑退回。箭袋和发亮的枪，并短枪，在它身上铮铮有声。它发猛烈的怒气将地吞下，一听角声就不耐站立。角每发声，它说，呵哈，它从远处闻着战气，又听见军长大发雷声，和兵丁呐喊[②]”。

不过像你我这种人，还是不要希望碰到什么敌人的好，当我们听到别人失败的时候，我们也不要夸耀我们会比他们强；也不要以为我们是大丈夫，沾沾自喜，因为受到考验的时候，这样往往会打败仗。只要看我前面提过的彼得；他夸口，是的，他会那样；他那虚荣的心灵使他说自己比别人强，比所有的人都忠于他的主人；可是有谁像他那样给那些歹徒击败和撞倒呢？

因此，当我们听见在国王的大路上发生这类抢劫的事情的时候，我们应当做两件事——

第一，我们要披上盔甲，还一定得拿着盾牌出去；就是为了

---

① 参看《圣经·旧约·约伯记》第41章第26至29节。

② 参看同上书第39章第19至25节。

缺少这个，所以那个拼命攻击巨大海兽的人不能使那海兽屈服；因为，的确，要是没有盾牌，我们的敌人一点也不怕我们的。因此，有本领的人说：“此外又拿着信德当作盾牌，可以灭尽那恶者一切的火箭①。”

同时我们应该要求国王护送我们，不仅如此，要他亲自跟我们同行。当大卫在死荫谷的时候，他庆幸有国王同行；摩西宁肯站而待毙，也不情愿离开上帝一步。哦，我的兄弟，只要有祂同行，我们还用怕与我们为敌的万军之众吗？但是，要是没有祂，骄傲的助手也要扑倒在被杀的人以下②。

至于我，我过去曾经交战过；虽然由于上帝的慈悲，你看见我现在还活着，可是我不能夸耀我的刚毅。如果我不再碰到这种事件，我就很高兴，可是恐怕我们还没有脱离险境呢。不过，既然狮子和熊都还没有把我吞掉，我希望上帝也会把我们从下一个没有受割礼的非利士人手中救出来。说到这里基督徒歌唱起来了：

可怜的小信！碰到了盗贼？
受到了他们的抢劫？
记住：谁有信心，并且信上加信，就会战胜
一万人——否则，连三个人都打不赢。

---

① 参看《圣经·新约·以弗所书》第 6 章第 16 节。

② 参看《圣经·旧约·以赛亚书》第 10 章第 4 节。

他们继续走着，无知跟在后面。他们走到一个地方，那儿他们看见有一条路岔到他们的路上来，并且也跟他们走的那条路一样笔直；因此他们不知道走哪一条路好，因为两条路看上去一样直；他们只好停下来考虑一下。他们正在考虑的当儿，来了一个穿着薄薄的袍子、皮肤很黑的人，那人问他们干吗站在那儿。他们回说，他们是到天国去的，可是不知道应该走哪条路。跟我去吧，那个人说；我也是到那儿去的。于是他们跟着他走上那条新出现的路，这条路渐渐拐弯，到后来拐得离开他们要去的地方很远了，过了没一会儿工夫，他们已经不再朝那地方走了；可是他们仍旧跟着他。他们不知不觉地渐渐给他带进一个罗网，陷在里面无法解脱，不知如何是好；这以后那件白衣服从黑人身上落了下来。这时他们才知道他们在哪儿。因此他们躺着哭了好一会，因为他们不能脱身。

可怜的小信！碰到了盗贼？

于是基督徒对他的同伴说，现在我知道错了。牧人们不是叫我们当心谄媚者吗？就像贤者所说的，我们今天才发觉："谄媚邻舍的，就是设网罗绊他的脚①。"

盼望说：为了使我们便于找到路，他们还给了我们一张指点方向的纸条，可是我们忘了去看那纸条，因而没有避开"强暴人的道路"。在这一点上大卫却比我们聪明；因为他说："论到人的行为，我借着你嘴唇的言语，自己谨守，不行强暴人的道路②。"

他们就这样在罗网里痛哭。最后他们看见一个荣光四射的人向他们走来，手里拿着一根用细绳编成的鞭子。他走到他们跟前，问他们从哪儿来，在这儿干什么。他们告诉他，他们是往锡安去的可怜的旅客，让一个穿白衣的黑人带领离开了他们原来那条路，那人叫他们跟他走，说他自己也是上那儿去的。于是拿鞭子的人说，那是谄媚者，"一个装作光明的天使的假使徒"。于是他扯碎那个网，放他们出来。接着他对他们说，跟着我走，我可以领你们回到你们原来走的那条路上去。于是他领他们回到当初他们为了跟随谄媚者而离去的地方。到了那儿他问道：你们昨晚在哪儿过夜的？他们说在快乐山牧人们那儿。他又问他们，牧人们没有给你们一张指示路径的条子吗？他们回答：有。他说：那么，你们不知所措的时候，没有把条子拿出来看吗？他们说，没有。他问，为什么不拿出来看？他们回答说，忘记了。他还问他们，难道牧人们没有叮嘱他们

① 参看《圣经·旧约·箴言》第29章第5节。
② 参看《圣经·旧约·诗篇》第17篇第4节。

最后他们看见了一个荣光四射的人向他们走来，手里拿着一根用细绳编成的鞭子。

要当心谄媚者吗？他们说，有；可是我们没想到这个话讲得很好听的人就是谄媚者。

然后我在梦里看见他叫他们躺下；他们照着他的话做了，他狠狠地责打了他们，教导他们应该走的正确的路。他一面惩罚他们，一面说：“凡我所疼爱的，我就责备管教他；所以你要发热心，也要悔改[1]。”这以后，他吩咐他们再上路，叮嘱他们要留心牧人们其他的指示。于是他们感谢他的仁爱，慢慢地沿着正路走，一面唱着：

来，你们在这条路上奔走的人，
来看看走上歧途的旅客们的命运：
他们陷入了纠结的罗网，
因为他们把好的劝告轻轻遗忘：
的确，他们给救了出来；可是你看，
他们还受了鞭打。让这件事作为你们的警戒。

过了一会，他们看到远远的有个人独个儿慢慢地在路上向他们走来。于是基督徒对他的同伴说，那儿有个人背朝着锡安向我们走来。

盼望说：我看见啦；我们小心一点吧，万一他又是个谄媚者。那个人越走越近，终于来到他们跟前。他叫做无神论者；他问他们往哪儿去。

---

① 参看《圣经·新约·启示录》第3章第19节。

基督徒说：我们到锡安山去。

无神论者哈哈大笑起来。

基督徒问：你这样笑是什么意思呢？

无神论者说：我看见你们这样愚蠢，走这样沉闷的旅程，而结果除了旅途的辛苦以外，多半是一无所得的，所以我才这样笑。

他叫做无神论者。

基督徒说：怎么，老兄，你认为我们不会受到接待吗？

无神论者说：接待！世界上根本就没有你们所梦想的那样一个地方。

基督徒说：但是在死后的世界里有。

无神论者说：当我在自己家乡的时候，我也听到你现在所说的地方，因此我就出去寻找，可是二十年来找来找去，还是跟当日出发的时候一样，什么也没有找到。

基督徒说：咱们两个人都听说，也都相信有这么一个地方。

无神论者说：要不是我在家里时也这样相信，我也不会跑这么远来找了；可是既然找不到（如果有这么一个地方，我一定会找到的，因为我比你们走得还要远呢），我现在回家去；当初为了要得到我所希望的东西，我曾抛弃一切，现在我可要去拿起我抛弃了的一切来安慰自己。我现在已经知道根本没有希望得到那东西的。

基督徒听了这话问他的同伴盼望说，这个人说的是真的吗？

盼望说：当心，他也是个谄媚者；要记住我们曾经由于听了这种人的话而付出的代价。什么话！没有锡安山？我们不是从快乐山上亲眼目睹过天国的大门吗？再说，我们现在不是凭着信心行事吗①？我们还是往前走吧，免得那个拿鞭子的人又追上来。你应该早给我这个教训，我现在把它悄悄讲给你听：“我儿，不可听了教训，而又偏离知识的言语②。”喂，我的兄弟，别听他的话，我们还是相信灵魂能够得救吧。

基督徒说：我的兄弟，我不是因为怀疑我们所相信的真理才问你那个问题，而是为了要考验你，同时要从你那儿取得显示你的心地诚实的证明。至于这个人，我知道他是给魔鬼弄瞎了眼。你我还是往前去吧，既然我们知道我们相信的是真理，并且“没有虚谎是从真理出来的③”。

盼望说：现在我为上帝的荣耀抱着希望，又感到欢乐。于是他们离开那个人；而那人讥笑着他们，径自走了。

接着我在梦里看见他们来到一个郊外，那儿的空气会使一个陌

① 参看《圣经 · 新约 · 哥林多后书》第 5 章第 7 节。

② 参看《圣经 · 旧约 · 箴言》第 19 章第 27 节。

③ 参看《圣经 · 新约 · 约翰一书》第 2 章第 21 节。

生人打瞌睡。盼望开始觉得昏昏沉沉，只想睡觉；因此他对基督徒说，我现在非常瞌睡，几乎眼睛都睁不开了；我们躺下睡一会吧。

基督徒说：绝对不可以；恐怕睡着以后我们再也不会醒过来了。

盼望说：为什么，我的兄弟？对一个做工的人来说，睡眠是甜蜜的；要是睡一会儿，我们可以恢复我们的精神的。

基督徒说：你不记得牧人的话了吗？他叫我们要小心谨防着魔之地。他的意思就是不要我们睡着。“所以我们不要睡觉，像别人一样，总要警醒谨守[1]。”

盼望说：我承认我是错了；要是没有你跟我在一起的话，我会由于沉睡而冒性命的危险。我看出贤者的话是对的，“两个人总比一个人好[2]”。这些日子以来，有你做我的同伴真是我的幸运；你会因你的劳苦而得到上好的奖赏的。

基督徒说：那么，为了避免在这个地方打瞌睡，我们还是好好谈谈吧。

盼望说：我完全同意。

基督徒问：从哪儿谈起呢？

盼望说：从上帝开始找我们的时候谈起。要是你高兴的话，请你先讲。

基督徒说：我先唱一首歌给你听：

---

① 参看《圣经·新约·帖撒罗尼迦前书》第5章第6节。

② 参看《圣经·旧约·传道书》第4章第9节。

你不记得牧人的话了吗？他叫我们要小心谨防着魔之地。

圣徒睡眼惺忪的时候，让他们
来听这两个天路旅客怎样谈心；
让他们向那两个人学习，
无论如何不能让蒙眬欲睡的眼睛合闭。
圣徒们只要能友爱地互助，
就能经常保持清醒，连地狱也不在乎。

然后基督徒开始说，我问你一个问题。你最初怎么会想做你现在所做的事？

盼望说：你的意思是不是说，我当初怎么会关心到自己的灵魂的？

基督徒说：是，我正是这意思。

盼望说：有很长一段时期，我很欣赏在市集上展览并出售的那些东西——我相信，要是至今我还贪爱着那些东西，我现在一定已经陷进沉沦和毁灭的深渊了。

基督徒问：它们是些什么东西呢？

盼望说：世界上所有的珍宝和财富。同时我也很喜欢闹酒、大吃大喝、发誓、说谎、荒唐、不守安息日，等等，这些事情都会毁坏我的灵魂。但是由于听到和思量神圣的事情（我听到你以及在浮华市集因他的信心和良好行为而被杀的忠信的一些事情），我终于发觉“那些事的结局就是死[1]”；并且为了这些事，“上帝的愤怒必

① 参看《圣经·新约·罗马书》第6章第21节。

临到那悖逆之子[1]。”

基督徒问：你当时是不是马上就服服帖帖地悔悟了？

盼望说：不；我并不愿意立刻知道罪的邪恶，也不愿意知道随犯罪而来的永远的处罚；当上帝的道最初开始震动我的心灵的时候，我反而拼命闭住眼睛，不要接触它的亮光。

基督徒说：圣灵开始在你身上做工的时候，你为什么会有这副样子呢？

盼望说：原因是——1. 我不知道这是上帝在我身上做工。我从来没想到上帝首先用对罪的觉悟来改变罪人。2. 当时我的肉体还是觉得罪恶非常甜蜜，我不愿意舍弃它。3. 我不知道怎么跟我的老伴侣分手，因为我非常喜欢他们和他们的行为。4. 我觉悟的时候非常烦恼、非常惊恐，我实在受不了，甚至想起这件事也叫我受不了。

基督徒说：那么，这么说来，你有时能摆脱掉你的烦恼。

盼望说：的确能够；可是它还会回到我心上来，在那种时候我感到跟过去同样痛苦，甚至比过去还要痛苦。

基督徒说：怎么，什么事情会使你又想起你的罪来的？

盼望说：许多事情呢，譬如说：

1. 只要我在街上遇到一个好人；或者

2. 要是我听见什么人读《圣经》；或者

3. 当我头痛的时候；或者

---

① 参看《圣经 · 新约 · 以弗所书》第 5 章第 6 节。

4. 如果人家告诉我，我的邻居生病；或者

5. 当我听见教堂里为死人敲钟的时候；或者

6. 当我想到自己死去的时候；或者

7. 听到别人突然的死亡；

8. 特别是在考虑到自己的问题的时候，想到自己得赶快作出决定才是。

基督徒问：当你通过以上任何的方式感觉到自己有罪的时候，你能不能随时很便当地摆脱犯罪的感觉？

盼望说：不，我不能；因为要是那样做的话，我的良心会更不安；并且，只要我一想到再继续犯罪（虽然我已经决定不这样做），我会感到加倍的痛苦。

基督徒说：那么你怎么办呢？

盼望说：我认为我得改过自新，因为不然的话，我一定会堕入地狱。

基督徒说：你有没有设法改过呢？

盼望说：有；我不但避开罪恶，还避开罪恶的伙伴，同时我还履行宗教上的本分，如祈祷、念经、为罪恶痛哭、对邻居说实话，等等。这些我都做了，还做了许多别的事，多得举不胜举。

基督徒说：那末你认为自己没有问题了吗？

盼望说：是的，有一个时期我有这样的想法；可是终于我的烦恼又来临了，而且总是在我每次改过自新以后。

基督徒问：既然你已经改变了，怎么还会这样的呢？

盼望说：有几件事情促成这个情况，尤其是下面这些格言：

“所有的义都像污秽的衣服[1]”——“凡有血气的，没有一人因行律法称义[2]”——“这样，你们作完了一切所吩咐的，只当说，我们是无用的仆人[3]”，以及许多此类的格言。我开始这样推论：如果我所有的义都像污秽的衣服；如果没有人能因行律法而称义；如果我们一切都做了，还是无用的仆人；那么想靠律法进天堂不过是一种愚行。我还这样想：假定一个人欠一家店铺一百镑，而在欠下了这笔债以后每次到店里买东西都得付现款；但是如果他的旧债没有付清，店主还是可以告他一状，把他送进监牢，非到他付清债款不能恢复自由。

基督徒说：那么，你把这件事怎么应用在你自己身上呢？

盼望说：我是这样想的：由于犯了种种的罪，我欠了上帝一大笔债，即使我现在改过，也不能勾销那笔债；因此虽然我现在一切错误都矫正了，我还这样想：我怎样才能摆脱由于过去犯罪而给自己带来的这个进地狱的危险呢？

基督徒说：应用得非常好，请你讲下去。

盼望说：自从我作了最近一次的悔过以后，另外一件使我烦恼的事是：假如我仔细察看我现在所做的最好的事情，我还看得见新的罪跟那事情混在一起；因此我不得不作出这样的结论；尽管我过去满以为自己很好，已经尽了种种责任，虽然我过去的生活毫无瑕疵，我一天中犯的罪就足够把我送下地狱。

---

① 参看《圣经·旧约·以赛亚书》第64章第6节。
② 参看《圣经·新约·加拉太书》第2章第16节。
③ 参看《圣经·新约·路加福音》第17章第10节。

基督徒问：那么你怎么办呢？

盼望说：怎么办！我没有把心事向忠信倾吐以前，真不知道怎么办呢；我跟他很熟识。他对我说，除非我能得到一个从来没犯过罪的人的义，我自己的和全世界的义都不能拯救我。

基督徒问：你认为他说的是实话吗？

盼望说：要是他在我很满意于我自己的改过的时候这样对我说，我就会送他一个“傻瓜”的称号来报答他这番好意；可是现在我既然看到自己的缺点和附在我最好行为上的罪，我不得不同意他的意见。

基督徒问：当他初次向你建议的时候，你认为有没有这样一个可以正确地说是从未犯过罪的人呢？

盼望说：我得承认，我开头觉得他这话很奇怪；不过，跟他相处一些时候，跟他多交谈一些话以后，我就完全有了信心。

基督徒问：你有没有问他那个人是谁，以及怎样才能靠那人称义？

盼望说：我问了他；他说是坐在至高者右边的主耶稣。因此，他说，你得靠祂称义，深信祂在世的时日所行的一切，以及祂被钉在木头上的时候所受的痛苦。我还问他，那个人的义怎么这样有力量，能够使另外一个人在上帝面前称义。他说，那个人就是大能的上帝，祂那样行事，那样受死，并不是为了祂自己，而是为了我，如果我相信祂的话，祂就成为我的替身，因而祂的所作所为都成为我的，祂那些作为所具有的价值也都归到我身上来。

基督徒问：后来你怎样呢？

盼望说：我讲了些不愿意相信的话，因为我认为祂是不肯救我的。

基督徒问：那么忠信对你怎么说？

盼望说：他叫我试去找祂看看。我说那简直是太冒昧了。他说，不会的；因为祂还请我去呢[1]。说着他给了我一本耶稣的著作，鼓励我更放胆找祂去；关于那本书，他这么说，书里面每一笔字，每一个标题都比天地还要坚定[2]。于是我问他，我到了祂那儿的时候，应该做些什么。他说我得跪下切切恳求天父把祂启示给我。过后我又问他，我应该怎样向祂祈求。他说，去吧，你会发现祂在施恩座上，祂终年坐在那儿，随时准备着饶恕、赦免所有来到祂跟前的人。我对他说，我不知道到了那儿该说什么话。他教我这样说：求上帝对我这样一个罪人发慈悲，使我认识和相信耶稣基督；因为我知道，要是没有祂的义，或者我不相信祂的义，我就会完全毁啦。主啊，我听说您是个慈悲的上帝，并且指定了您的儿子耶稣基督做救世主；而且您愿意把祂赐给我这样一个可怜的罪人（我的确是个罪人）；主啊，因此求您用这个机会，通过您的儿子耶稣基督，在拯救我的灵魂中扩大您的恩典。阿门。

基督徒问：你有没有照他所说的去做？

盼望说：有的，做了又做，不知做了多少次了。

基督徒问：天父有没有把祂的儿子显示给你呢？

---

① 参看《圣经 · 新约 · 马太福音》第 11 章第 28 节。

② 参看同上书第 24 章第 35 节。

盼望说：没有，第一次，第二次，第三次，第四次，第五次都没有，第六次也没有。

基督徒问：那么你怎么办？

盼望说：怎么办？我真不知道怎么办了。

基督徒问：你有没有想不要再祈祷了？

盼望说：有；想过不止一两百次哩。

基督徒问：那么为什么你没有停止祈祷呢？

盼望说：我相信忠信告诉我的是实在的事情，也就是说，如果没有基督的义，全世界都不能救我，因此我想，要是我停止祈祷，我就会死掉，而我只能死在恩典的宝座旁边。同时我又想："虽然迟延，还要等候；因为必然临到，不再迟延①。"因此我继续祈祷，直到天父把祂的儿子显示给我。

基督徒问：祂怎样向你显示的呢？

盼望说：我并不是通过肉眼看见祂，而是用心中的眼睛；事情的经过是这样的：有一天我非常苦恼——我想我平生从来没有那么苦恼过；我之所以那么痛苦是由于我重又看到我的罪是多么严重，多么污秽不堪。我那时除了地狱和灵魂的永远定罪之外，别无期待，忽然间我想我看见主耶稣从天上望着我说："相信主耶稣，你必得救②。"

但是我回答说，主啊，我是个罪大恶极的罪人。祂说："我的

① 参看《圣经·旧约·哈巴谷书》第2章第3节。
② 参看《圣经·新约·使徒行传》第16章第30、31节。

恩典足够你用的。”然后我说，不过，主啊，怎样才算相信呢？接着我从那句话“到我这里来的，必定不饿，信我的，永远不渴[①]”明白了具有信心和来到祂跟前这一举动是一回事；谁来到祂跟前——也就是谁全心全意要靠基督获得救赎——谁就真的相信基督。于是我眼眶里噙满了泪水。又问道，可是，主啊，您真的肯接纳和拯救像我这样一个大罪人吗？我听见祂说：“到我这里来的，我总不丢弃他[②]。”我说，不过，主啊，我到您这儿来的时候，对您应该有个怎样的看法，才算对您有正确的信心？祂说：“基督耶稣降世，为要拯救罪人[③]；律法的总结就是基督，使凡信祂的都得着义[④]：祂为我们的罪而死，又为释我们的罪而复活：祂爱我们，用祂的血洗净我们的罪：祂是上帝和我们之间的中保：祂是长远活着，替我们祈求[⑤]。”我从这些话推断，我得在祂身上寻求正义，靠祂的血来赎我的罪；祂为了服从祂父亲的律法和甘受处罚所作的一切，不是为了祂自己，而是为了任何一个感激涕零地接受祂的救赎的人。这会儿我的心充满了喜悦，眼眶噙满泪水，内心洋溢着对耶稣基督的名字、作风和对祂子民的爱。

基督徒说：这的确是基督对你的显示；不过请你特别仔细地告诉我这个显示对你的精神有什么影响。

---

① 参看《圣经·新约·约翰福音》第6章第35节。
② 参看同上书第6章第37节。
③ 参看《圣经·新约·提摩太前书》第1章第15节。
④ 参看《圣经·新约·罗马书》第10章第4节。
⑤ 参看《圣经·新约·希伯来书》第7章第25节。

盼望说：这个显示使我看出，全世界是处在犯罪的状态中，尽管它有它所谓的义。这个显示使我看出，我们的天父上帝，虽然他是公正的，能够公正地解除来到祂跟前的罪人的罪。它使我以过去的生活的卑鄙为莫大的耻辱，使我对自己的无知感到羞愧；因为以前我从来没有想到耶稣基督是这样美好的。它使我喜爱圣洁的生活，渴望为了主耶稣的名字的光荣而做些事；我还想，要是现在我身体里有一千加仑的血，我也愿意为主耶稣流尽最后一滴。

这时候我在梦里看见盼望往后一看，瞧见给他们赶过头的无知在后面走着。瞧，他对基督徒说，那个年轻人在那么远的地方闲荡着。

基督徒说：是，是，我看到了；他不愿意跟在我们一起。

盼望说：不过我相信，如果他至今还是跟我们走在一起的话，对他也不会有害处。

基督徒说：对呀；不过我敢说他可不以为然。

盼望说：你说得对；不过我们还是等等他吧。（于是他们就停下来。）

接着基督徒对他说，来，老兄；你为什么落在后面这么长一段路？

无知说：我喜欢独个儿走；比起跟人家一起走好得多，除非我喜欢那些伴侣。

于是基督徒轻轻地对盼望说，我不是对你说过，他不愿意跟我们在一起的吗？不过，来，让我们在这冷落的地方谈谈天消磨时间。接着他对无知说，喂，你好吗？你的灵魂跟上帝的关系现在怎么样了？

无知说：我想不错吧；因为我在走的时候，心里经常有好的动机，使我自己得到不少安慰。

基督徒问：什么好动机？请告诉我们。

无知说：唔，我想着上帝和天堂。

基督徒说：魔鬼和沉沦的人也会想这些东西。

无知说：但是我想着他们，还渴望他们。

基督徒说：许多不可能到天堂去的人也这样渴望。“懒惰人羡慕，却无所得[①]。”

无知说：但是我想着他们，为他们抛弃掉一切。

基督徒说：这一点我可不大相信；因为抛弃一切不是件容易的事——是呀，比许多人所认为的要难得多。不过，为什么你会相信，你根据什么相信自己为上帝和天堂抛弃了一切？

无知说：我心里这样想。

基督徒说：贤者说：“心中自是的，便是愚昧人[②]。”

无知说：那是指一个邪恶的心而说的，而我的心是好的。

基督徒问：你怎么证明你的心是好的呢？

无知说：它用对天堂的希望来安慰我。

基督徒说：这也可能是受了你自己的心的欺诈；一个人的心可能使他对一件他根本还没有理由对它存着希望的东西抱着希望，因而得着安慰。

---

① 参看《圣经·旧约·箴言》第 13 章第 4 节。

② 参看同上书第 28 章第 26 节。

无知说：但是我的心跟我的生活是一致的，因此我的希望是有根据的。

基督徒说：谁告诉你，你的心跟生活是一致的？

无知说：我自己这样想。

基督徒说：问我的伙伴我会不会骗你！你自己这样想！在这件事上，除非上帝做你的证人，别的证明一概无效。

无知说：但是，一个好的心准会有好的思想，难道不是这样吗？难道符合于上帝的戒律的生活不是好的生活吗？

基督徒说：是，有好思想的心才是好心，遵守上帝戒律的生活才是好的生活；但是，能做到这样是一件事情，光是这样想想又是另一件事情。

无知说：请问，怎样的思想你才认为是好思想，怎样的生活你才认为是遵守上帝戒律的生活？

基督徒说：有各种各样的好思想——有的是关于我们自己，有的关于上帝，有的关于基督，有的关于别的东西。

无知说：哪些是关于我们自己的好思想？

基督徒说：符合于《圣经》的就是好思想。

无知说：什么时候我们对自己的想法才符合于《圣经》？

基督徒说：当我们像《圣经》那样裁判自己的时候。让我解释一下：关于处在自然状态中的人，《圣经》说："没有一个正义的，没有一个好人。"它还说："终日所思想的尽都是恶①。"又说，"人

① 参看《圣经·旧约·创世记》第6章第5节。

的思想从少年时代就是邪恶的。”因此，当我们对自己有这样的想法，并且认识到自己多么败坏的时候，我们的思想才能算是好的，因为这种想法是跟《圣经》上所说的一致的。

无知说：我决不相信我的心有这样坏。

基督徒说：所以你一辈子对你自己没有过一个正确的想法，不过让我讲下去吧。正如《圣经》对我们的心下裁判，它对我们的行为也下裁判；当我们对我们的心和行为的想法符合《圣经》对它们所下的裁判的时候，它们就是好的，因为它们符合《圣经》的要求。

无知说：请你讲清楚点。

基督徒说：因为《圣经》上说，人的道路是弯曲的——不是正确的，而是邪恶的。它说他们天然不会走正确的道路——他们也不知道[1]。当一个人对自己的行为这样想——我是说，当他贤明地、虚心地想——的时候，那时他对他的作风有正确的想法，因为他的想法跟《圣经》的判断一样。

无知说：怎样才是对上帝有正确的想法？

基督徒说：当我们对上帝的想法（就像我刚才说的对自己的想法）跟《圣经》里讲的一致的时候；也就是说，当我们对祂的本质和属性，有像《圣经》上所教我们的那种想法——关于这些我现在不能多讲——的时候，我们对祂就有了正确的想法。至于祂跟我们的关系，那是这样的；当我们想到祂了解我们胜过我们的自知之

① 参看《圣经·新约·罗马书》第3章第17节。

明，在我们自己看不见有罪的地方，在我们自己还不知道已经犯了罪的时候，祂看出了我们的罪；当我们想到祂洞悉我们内心深处，不管我们的心有多深，祂总是看得清清楚楚；当我们想到我们所有的义在祂看来都是污秽的，因此即使我们是带了我们最好的行为来见祂，祂也不能容忍我们自以为是地站在祂面前——只有在这样一些时候，我们对上帝才有正确的想法。

无知问：你还以为我这样傻，会认为上帝的眼光不比我精明吗？或者我会用最好的行为在上帝面前自恃吗？

基督徒说：那么，对这件事你到底是怎么想的？

无知说：唔，简单地说，我想我得相信基督才能解脱我的罪。

基督徒说：怎么！当你不觉得需要祂的时候，竟然会认为非相信祂不可！你既看不出你原始的弱点，也看不见你实际的弱点；对自己和自己所作所为有这样一种看法，使你显然成为一个从来不觉得需要靠基督的义在上帝面前称义的人。那么你怎么说，你相信基督呢？

无知说：尽管如此，我还是很相信。

基督徒问：你怎么相信呢？

无知说：我相信基督为罪人而死；并且由于我遵守了祂的律法，祂接纳了我，因而将来我在上帝面前可以免受天罚。或者这样讲：由于祂的功劳，基督使祂的父亲满意我的虔诚的修行；因此我将蒙恩得以赦免众罪。

基督徒说：让我对你这种信仰的表白作一个答复吧：

1. 你的信仰是一种异想天开的信仰；《圣经》上从来就没有提

到过这种信仰。

2. 你的信仰是一种错误的信仰；因为这种信仰是把基督的正义应用到你自己身上来。

3. 这种信仰认为并不是基督为你释罪，而你是靠了自己的行为获得释罪；你是因你自己的行为才不被定罪，这是完全错误的。

4. 因此这种信仰是虚假的，而且它根本不能使你逃脱全能的上帝的愤怒；因为真正的赦罪的信仰使一个知道自己因守律法而走错了路的人投到基督的庇荫之下，靠祂的义避过大难（祂的义并不是为了要释你的罪，使上帝满意于你的顺从的一种恩典，而是祂自己对律法的遵守，因为祂代替我们，因我们的缘故做了并忍受了律法需要祂做的和忍受的）；这种义，我说，是真正的信仰所乐于接受的；在它的羽翼下灵魂得到保护，而且给纯洁无疵地带到上帝面前，蒙上帝的悦纳，免于定罪。

无知说：什么，难道你要我们不依靠自己而完全依靠基督的作为吗？这种妄想会使我们放纵欲望，随心所欲地生活；因为，如果我们相信基督的义能解除我们所有的罪，那么我们怎样生活又有什么关系呢？

基督徒说：你的名字是无知，你，就像你的名字一样，也是无知的；你刚才的回答证明了我这个说法是正确的。你不懂什么是赦罪的义，也不懂怎样通过对它的信心来逃避上帝猛烈的愤怒，保全你的灵魂。不仅如此，你也不明白相信基督的义能拯救人的这种信心的真正作用，这种信心使人爱基督，爱祂的名字、爱《圣经》、爱祂的道路和祂的子民，而不像你无知地所想象的那样。

你的名字是无知，你，就像你的名字一样，也是无知的。

盼望说：问他基督有没有从天上启示给他看过。

无知说：什么！你是相信启示的人！我想你们俩和其他所有的人所说的关于启示的事只是神经错乱的结果。

盼望说：怎么，老兄！肉身的人自然看不见基督的，除非天父把祂启示给他们，他们是无法认识祂而得到拯救的。

无知说：这是你的信仰，可不是我的；不过我敢说，我的信仰不比你的差，虽然我脑子里不像你那样有那么多怪念头。

基督徒说：请让我插一句话。你不该小看这件事；我可以大胆地肯定，就像我的好伴侣刚才做的，除非天父启示，没有人能认识基督；并且本着相信来认识基督的信心（如果它是那种正确的信心）也一定是由祂那浩大的能力促成的[①]；可怜的无知，我看出你根本不了解这个信心的作用。所以醒来吧；张开眼来看看你自己有多么污秽，奔到主耶稣那儿去吧；靠着祂的义，也就是上帝的义（因为祂就是上帝），你一定可以免去定罪。

无知说：你们走得太快，我跟不上；你们管你们走吧，我得歇一会。

于是他们说——

唔，无知，你还要这样愚笨，
轻看多次给你的规劝谆谆？
如果你仍然不听，

① 参看《圣经 · 新约 · 以弗所书》第 1 章第 17 至 19 节。

不久你就会知道这样做多不幸。
及时记住，老兄；屈从，不要怕；
如果恳切地接受忠言，能获得救赎；因此听从吧，
可是你如果依旧处之泰然，我保证，
无知，你将受到亏损。

然后基督徒向他的同伴说：来，我的好盼望，我看我们又得两个人走了。

于是我在梦里看见他们急速向前走，无知在后面一步一颠地走着。基督徒对他的同伴说，我真怜悯这个可怜的人；他最后一定会遭殃的。

盼望说：哎呀！像他这样的人我们的城里有的是—— 一家一家的这样的人，还不仅如此，不少地方整条街上都是这样的人，甚至在天路旅客中间也有不少这样的人呢；你想一想，如果我们那一带有这么多，在他的家乡会有多少呀？

基督徒说：的确，《圣经》里说，“祂把他们的眼睛弄瞎了，恐怕他们看见”，等等。

不过，现在只有我们两人在一起了，请你谈谈你对这种人什么想法？你认为他们从来就没有悔罪过，因此也不担心自己的处境很危险吗？

盼望说：不，你自己答复这个问题吧，因为你年纪比我大。

基督徒说：那么我说，他们有时候也可能悔罪并且担心自己的情况的（我是这样想）；可是他们因为生来无知，不懂得悔罪对他们

有好处；因此他们想尽办法不让自己悔罪，继续放肆，自以为是。

盼望说：我相信，就像你说的，担心对人大有好处，并且在他们开始走天路的时候就使他们不至于走错路。

基督徒说：这是毫无疑问的，只要是正确的畏惧；因为《圣经》上这样说，“敬畏主就是智慧[①]”。

盼望说：你怎样形容正确的畏惧？

基督徒说：正确的畏惧可以凭下列三点发现——

1. 根据它的起因；它是从使人得救的悔罪中产生的。

2. 它驱使人为了灵魂的救赎而紧紧抓住基督。

3. 它使人的心灵不断崇敬上帝以及祂的道路和《圣经》；它使人心温柔，使它惧怕背弃上帝，祂的道路和《圣经》，也怕偏左或偏右，并害怕任何侮辱上帝的事情、扰乱内心的平安、使圣灵忧伤或者引起魔鬼的非难。

盼望说：讲得好；我相信你说出了真理——我们现在是不是已经走完了着魔之地？

基督徒问：怎么？你是不是对这番谈话厌倦了？

盼望说：不，真的不是，我只是要知道我们到了哪儿了。

基督徒说：我们至多再走两英里路就可以走出着魔之地。——不过我们还是回到刚才的话题上去吧。愚蠢的人不知道那种会使他们害怕的悔罪对他们有好处，因此他们想尽办法窒息这种悔罪之心。

盼望说：他们怎样想法子窒息它呢？

---

① 参看《圣经·旧约·约伯记》第28章第28节。

基督徒说：1. 他们认为那种恐惧是魔鬼引起的（虽然那的确是上帝的作为）；抱着这种想法，他们抵御那些恐惧，把它们当作会促使他们灭亡的东西。2. 他们还认为这些恐惧对他们的信心会有不好的影响；而其实呢，哎呀，可怜的人，他们根本就没有信心！因此他们硬起心肠，对恐惧置之不理。3. 他们自以为不应该害怕，因此，他们不顾那些恐惧，变成傲慢自信的人。4. 他们看出那些恐惧会赶走他们一向具有的那种可怜的自以为有了的圣洁，因此他们竭力反抗它们。

盼望说：关于这种事我自己多少也知道一点；因为在我对自己有正确的认识以前，我也是这样的。

基督徒说：唔，我们现在且撇下邻居无知的事不谈，来讨论另外一个有益的问题吧。

盼望说：完全同意；不过还是请你先讲。

基督徒说：好吧，你知不知道大约十年前在你住的那一带地方有个名叫暂时的人——当时对宗教很热心的一个人？

盼望说：知道他！当然；他住在缺德镇，离诚实市约莫两英里，他是一个叫做走回头的贴邻。

基督徒说：对，他跟他住在一起。这个人曾经觉悟过来；我相信那时候他对自己的罪恶和因之而有的报应都看到了。

盼望说：我同意你的话；因为我的家离开他只有三英里路，他常常痛哭流涕地来找我。我的确很怜悯他，对他并不是没有抱过希望；不过我们知道不是每个人都喊"主啊，主啊"的。

基督徒说：他有一次对我说，他决定要走天路，就像我们现在这样；突然间他认识了一个名叫偷懒的人，从那以后他对我就像个陌生人。

盼望说：好，既然我们谈起了他，让我们来研究一下，他以及他的那些同类为什么突然堕落了。

基督徒说：这种谈话可能很有益处；不过请你开始。

盼望说：那么，据我判断，有四个原因——

1. 虽然这些人的良心觉醒了过来，可是他们的思想还没有转变；所以，因知罪而产生的力量一消失，宗教热忱也就冷淡下去；他们自然而然地又回到老路上去；就像我们看见一只狗因为吃了某种东西得了病，在它病的期间，它把什么都一股脑儿吐了出来；它并不是自愿这样做（如果我们可以说狗有意志的话），而是因为食物在它肚子里作怪。可是，它的病一好，它的肠胃也舒服了；它并不讨厌自己所吐出来的东西，因此又回过头来把一切都吃下肚去；由此看来，《圣经》上写的可不假，“狗所吐的它转过来又吃[1]”。所以我说，如果只是因为认识到地狱的折磨，又害怕这种折磨，因而热衷于天堂，那么，对地狱的观念和对沉沦的恐惧一旦冷淡了，他们对天堂和得救的渴望也会跟着冷淡下去。因此就发生了这样的事：当他们知罪的心和恐惧一消失，他们对天堂和幸福的渴望也就不再存在，那时候他们就回到老路上去了。

2. 另一个原因是：他们被一种奴隶性的恐惧所控制，我现在说的是他们对人们的恐惧；“因为惧怕人的，陷入罗网[2]。”因此，虽

---

① 参看《圣经·新约·彼得后书》第 2 章第 22 节。

② 参看《圣经·旧约·箴言》第 29 章第 25 节。

然当地狱的火焰快要烧着他们的耳朵的时候他们好像很热衷于天堂，可是到那种恐怖心稍微差一点的时候，他们又改变了主意——那就是：放聪明些有好处的，还是不要冒那失去一切的危险吧（他们之所以会产生这种想法，是因为他们什么也不懂），或者至少不要给自己带来不可避免和不必要的麻烦吧；于是他们又随俗了。

3. 宗教所给他们带来的羞辱也成为一种阻碍；他们傲慢、自大，在他们看来宗教是卑微、下贱的；因此当他们失去对地狱和将来的天罚的观念的时候，他们又回到老路上去。

4. 认识到自己的罪和思考将来可怕的光景，对他们来说是痛苦的。在苦难没有临到头上之前，他们不愿意正视它；虽然，如果他们愿意正视那些苦难的话，也许他们一看到它就会逃到正义的人为了避难所投奔的地方去；不过就像我前面所指出的，他们不愿意想起罪和以后那种恐怖的光景，因此，一旦他们摆脱了对上帝的愤怒和恐怖的觉悟，他们就乐于硬起心肠，选择了会使他们心肠越来越硬的道路。

基督徒说：你这话真是一针见血，因为根本问题是在他们没有改变心意；因此他们就像站在法官面前的罪大恶极的罪犯。他浑身打战，好像真心真意地悔改，可实际上却是由于害怕绞索；显然，他并不是真的对犯罪感到厌恶，因为，只要他得到了自由，他还要行窃，还要做一个恶棍；反过来，要是他从心底里改变过来，他就不会这样。

盼望说：我已经把他们堕落的原因讲给你听了，现在请你讲讲他们怎样堕落。

基督徒说：我很愿意讲——

1. 他们把所有凡是有关上帝、死亡和将来的审判的念头全都抛在脑后。

2. 接着他们渐渐抛开个人的义务，如在私室里祈祷，压制欲望，警诫，为犯罪痛苦，等等。

3. 然后他们躲避活泼、热心的基督徒们。

4. 这以后他们对听道、看《圣经》、参加聚会这一类的义务渐渐冷淡。

5. 接下来，他们开始，就像我们说的，在虔诚的人身上找错儿，而且穷凶极恶地挑剔，目的是要显得把宗教抛到九霄云外是有理由的（因为他们在那些人身上看到了某些缺点）。

6. 于是他们开始跟世俗的、放荡的和淫邪的人为伍。

7. 接着他们就暗地里开始世俗的放肆的谈论；如果他们看见被认为正派的人也这样做，他们就很高兴，因为他们可以仿效他们，更大胆地做起来。

8. 这以后他们开始公开地犯小罪。

9. 然后，他们硬起心肠，原形毕露。这样又给送进苦难的深渊。这时候，除非受到了出乎恩典的奇迹的拦阻，他们将永远在自欺中灭亡。

这会儿我在梦里看见天路旅客走完着魔之地；进入有夫之妇[①]的国土，那儿的空气甜蜜而愉快，他们的路在那块地上直接穿过，

① 参看《圣经·旧约·以赛亚书》第 62 章第 4 节。

他们暂时在那儿歇下来。在那些日子里，婉转的鸟声不绝于耳，每天看见鲜花在地上出现，还听见大地上频频传来斑鸠的叫声。在这个地方，太阳不分昼夜地照耀着；因为这地方远离死荫谷，也不在绝望巨人的势力范围之内；他们从这儿也望不见怀疑堡垒。在这儿他们可以引颈眺望他们所要去的那个城市，也不时看见那个城里的一些居民；因为“发亮的人”常常到这儿来散步，因为这地方就在天堂的边缘。在这儿“新郎”和“新娘”重新订定婚约；是的，就在这儿，“新郎怎样喜悦新娘，他们的上帝也要照样喜悦他们[①]”。在这儿他们有吃不尽的谷子和喝不完的美酒；因为他们一路上所寻求的东西在这个地方都非常丰富。在这儿他们听到从那个城市发出来的喊声，高呼着：“对锡安的居民说，看哪，你的拯救者来到！看哪，祂的赏赐在祂那里[②]！”那地方所有的居民都称他们为“圣民、耶和华

也不时看到那个城里的一些居民；因为“发亮的人”常常到这儿来散步。

① 参看《圣经·旧约·以赛亚书》第 62 章第 5 节。
② 参看同上书第 62 章第 11、12 节。

在这儿他们可以引颈眺望他们所要去的那个城市。

的赎民、被看顾的”，等等。

他们在这片地上散步的时候，他们比在离开天国更远的地方时欢乐得多，而他们的目的地就是天国；他们越走近那个城市，就把它的面貌看得越清楚。那个城是用珍珠宝石建造的，街道是用金子铺的；由于那个城的天然的荣光，以及阳光投射在上面的反映，基督徒因渴望而得病了。盼望也发过一两次同样的病。因此他们在那儿歇了一会儿，由于痛苦而喊出：“如果你们看到我的良人，告诉他我因思慕他而得病了。”

到他们的病体恢复了一些，能勉强扶病上路的时候，他们又往前走，越走越近那个城，那一带有果子园、葡萄园和花园，所有园子的门都朝马路敞开着。他们走近那些园子的时候，见一个园丁迎面站在那儿；旅客们问他，这些良好的葡萄园和花园是谁的？那园丁回答说，它们是国王的，祂为了自己的娱乐，也为了让旅客们得到安慰，在这儿设下了这些果园。于是园丁领他们进葡萄园，请他们随意摘食各种甘美的果子；他还领他们看国王常常散步的地方，和祂喜欢在里面歇脚的亭子。他们就在这儿逗留，并且睡着了。

见一个园丁迎面站在那儿。

我在梦里看见他们在这次睡梦中讲的话比他们在整个旅途中讲的

话还要多；园丁看见我对这件事觉得奇怪，就对我说，你为什么觉得这件事耐人寻味呢？“这些葡萄园里的葡萄非常可口，谁吃了它们，在睡着的时候就会讲话。”

后来我看见他们睡醒了，他们准备上路往天国去。不过，像我刚才讲过的，阳光投射在那个城市上的反射（因为城是精金的[①]）是极端的辉煌灿烂，因此他们这时候还不能张眼观看，只能通过一种特别的器具观看。于是我看见他们往前走的时候，有两个穿着像金子般发亮的衣服的人走来迎接他们，他们脸上也发着光。

他们问旅客们从哪儿来；他们告诉了他们。他们还问他们在哪儿住过，路上碰到过哪些困难和危险，哪些安慰和欢乐；他们也一一告诉了他们。那两个前来迎接他们的人说，你们还要过两道难关，以后就抵达城里了。

基督徒和他的同伴要求那两人陪伴他们同行，他们说他们很愿意。不过，他们说，你们一定得完全依靠自己的信心才能达到目的。于是我在梦里看见他们一起往前走，一直走到望得见天门的地方。

我又看见在他们和天门之间有一条河；可是河上没有桥。河非常深。一看见这条河，旅客们急得目瞪口呆；跟他们一起走的那两个人说，你们得走过这条河，不然就不能到达天门。

旅客们就问，有没有其他的路可以通到天门。他们回答说，有的；但是除了两个人——就是以诺和以利亚——以外，自从创世以

---

① 参看《圣经·新约·启示录》第 21 章第 18 节。

来，没有一个人得到过允许走那条路，在最后的号角吹响以前也不会有。旅客们，尤其是基督徒，开始意气消沉，左顾右盼，但是找不出一条路可以避开那条河。然后他们问那两个人，河水是不是到处都一样深。他们说，并不都一样深；但是这件事他们是爱莫能助的；他们说，因为河水的深浅，完全要看你们对这地方的国王的信心而定。

接着他们开始涉水，一下到河里，基督徒渐渐下沉，他向他的好伴侣喊着说，我在深水里沉下去了；波涛从我头上打过；祂的波浪在我身上漫过。细拉[①]。

于是他的同伴说，别担心，我的兄弟；我碰到河底了，没有问题。这时，基督徒说，啊！我的朋友，死亡的痛苦把我团团围住；我见不到流奶与蜜的地了。这句话刚说出口，一片黑暗和恐怖笼罩了基督徒，他只觉得眼前茫茫然。他已经失去大部分的理智，既记不起也不能有条有理地讲出他在路上吃过的任何一种可口的食物。但是从他所有的话中还可以听出他心里是多么恐怖，他生怕自己会死在河里，永远进不了天门。旁观者也可以看出，他想起了他过去所犯的罪，以致心里非常烦恼，有的罪是在他走天路以前犯的，有的罪是在他走天路以后犯的。同时也看得出，邪灵鬼怪的显现扰乱了他的心灵；因为他的话语中不时都有这种暗示。

---

① 原文Selah，这是《圣经·旧约·诗篇》中一个意义不明的希伯来字，可能是歌唱时的休止符，中译《圣经》音译作“细拉”。

盼望这时花了好大劲才扶住他兄弟，使他的头保持在水面上；是的，有时候他完全沉了下去，接着，不一会儿，他又浮了上来，半死不活的。盼望还想尽办法安慰他说，兄弟，我望得见天门，那儿有好多人站着迎接我们呢。基督徒只回答道，他们是在等你；自从我认识你至今，你始终就是一个满怀希望的人。盼望说，你也是这样的啊。基督徒说，啊，兄弟，要是我没错的话，祂这会儿总会出现来拯救我的；但是由于我犯了罪，祂把我带进了陷阱，并且把我丢在那儿。于是盼望说，我的兄弟，你完全忘了《圣经》上记载的关于邪罪的人的话："他们死的时候，没有疼痛，他们的力气却也壮实。他们不像别人受苦，也不像别人遭灾[①]。"你在水中所经历的这些烦恼和痛苦并不表明上帝把你丢弃了；上帝是利用这些烦恼和痛苦来考验你，看你会不会想起你过去从祂那儿得到的好处，在苦难中会不会靠祂生活。

然后我在梦里看见基督徒沉思了一会儿。盼望又对他讲了这几句话，别灰心；基督耶稣会保全你。基督徒听了这话，大声喊道，哦，我又看见祂啦！祂对我说："你从水中经过，我必与你同在；你蹚过江河，水必不漫过你[②]。"他们两人都大大鼓舞，这以后水就像石头那样稳定，直到他们走过了整条河。不久基督徒脚踏实地，后来一路上水都很浅。他们就这样走过了河。

他们看见那两个发亮的人又出现在那边岸上，正等候着他们，

---

① 参看《圣经·旧约·诗篇》第73章第4、5节。

② 参看《圣经·旧约·以赛亚书》第43章第2节。

望还想尽办法安慰他说，兄弟，我望得见天门，那儿有好多人站着迎接我们呢。基督徒只回答说，他是在等你；自从我认识你至今，你始终就是一个满怀希望的人。

因此他们一出了水，那两人就向他们招呼，并且说："我们是服役的灵，奉差遣为那将要承受救恩的人效力[①]。"他们就这样向天门走去。

你得注意这个城市是在一座雄伟的山上；可是两个旅客轻易地走上了山，因为那两个人搀扶着他们走：而且他们把他们尘世的衣服也丢在河里；虽然他们进去的时候还穿着那些衣服，走出河的时候，他们就不穿了。因此虽然这个城市的地基比云朵还要高；他们上山的时候步子轻快敏捷；他们通过天空的领域，一面走，一面温和地谈话，因为他们已经安全地渡过河，并且有这样荣耀的伙伴伴送着，因此心情非常愉快。

他们跟发亮的人谈的是关于那个地方的壮丽；后者告诉他们，那个地方的美丽和荣华是无法描述的。他们说，那儿是"锡安山，就是天上的耶路撒冷，那里有千万的天使，和被成全之义人的灵魂[②]"。他们说，你们现在是到上帝的乐园里去，在那儿你们会看见生命树，吃它那永不凋谢的果子；到了那儿，他们会给你们穿上白衣，你们每天可以跟国王一起谈天、散步，直到永永远远。在那儿，你们不会再看见你们在地上看到的东西——也就是悲痛、疾病、苦难和死亡；"因为从前的事情已经过去。"你们现在是到亚伯拉罕、以扫、雅各和众先知那儿去——他们都是上帝不让遭难的人，现在"都在床上安息着，每个人正直地走着"。客

① 参看《圣经·新约·希伯来书》第1章第14节。
② 参看同上书第12章第22至24节。

人们就问，我们在圣地得做些什么？他们回答说，你们得在那儿享受你们过去劳苦的报酬，为你们所受过的苦难而欢乐；你们得收获你们所种植的，就是你们一路上为国王所做的祈祷、所流的眼泪和所受的痛苦。在那儿你们得戴金的冠冕，能够永远瞻仰上帝；因为“在那儿你们会看见祂的真体[①]”。在那儿你们会不断赞美祂，一面呼喊一面感恩，你们在世间的时候也想服侍祂；但是由于肉体的软弱，所以那时觉得非常困难。在那儿，你们看得见上帝，听得见祂那令人无限欣慰的声音，耳目也都喜悦。在那儿，你们会遇到在你们之前上那儿去的朋友，重温友情；你们也会欢欣地迎接每一个继你们之后到达圣地的人。在那儿你们会穿上荣耀尊严的衣服，坐在配得上和荣耀的国王并驾齐驱的车马上。当祂随着喇叭的响声腾云驾雾而来，你们也跟祂一起来；当祂坐在审判宝座上，你们也坐在祂的身旁；不仅如此，当祂宣判所有不义的人的时候，不管审判的是天使抑或凡人，你们在那时候也有发言权，因为那些人既是祂的敌人，那么也是你们的敌人。当祂回到城里去的时候，你们也随着号角声回去，永远跟祂在一起。

当他们这样谈着走近天门的时候，一大群天使军出来迎接他们；那两个发亮的人对这些天兵天将说，这两个人在世间就热爱我们的主，为了祂的圣名而牺牲了一切；我们的主派我们去迎接他们，我们在他们乐于行走的路上把他们带到这儿，好让他们进去，

① 参看《圣经·新约·约翰一书》第 3 章第 2 节。

瞻仰他们的救主。于是天使军大声喊说："凡被请赴羔羊之婚宴的有福了①。"这时好几个国王的号角手也出来欢迎了，他们穿着又白又亮的衣服，他们那悦耳而嘹亮的声音使天空都发出回响。这些号角手用千万个呼声欢迎基督徒和他的伙伴；他们一面呼喊，一面吹着号角。

这以后，他们簇拥着基督徒和盼望，有的在前，有的在后，有的在左，有的在右（好像保护着他们通过较高的领域），不断地吹号角，发出嘹亮的声音，响彻云霄；谁看见了那一幕景象都会以为整个天界下来迎接他们了。他们这样一起走着；一面走的时候，那些号角手不时用欢乐的声音，再加上乐声和脸色跟姿势向基督徒和他的兄弟表示他们多么欢迎他们来参加他们的队伍，多么高兴来迎接他们。因此这两个人虽然还没有到天堂，就好像已经在天堂里了，他们见到前前后后都是天使，满耳都是他们美妙的声音。从这儿他们也望得见天国；他们好像听到天国里所有的钟都在响，都在欢迎他们。尤其是当他们带着温暖和欢欣的心情想到他们自己也会住在那儿，永远跟这些人做伴——哦，怎样才能表达他们无上的欢乐啊！他们像这样欢欢乐乐地走到了天门。

当他们走到天门的时候，只见上面有金字写着——

"那些洗净自己衣服的有福了，

① 参看《圣经·新约·启示录》第19章第9节。

可得权柄能到生命树那里，
也能从门进城[1]。”

接着我在梦里看见那两个发亮的人吩咐他们朝着天门呼喊；他们照着做了，上面有几个人探出头来张望——他们是以诺、摩西和以利亚等人——有人对他们说，这些旅客是从毁灭城来的，因为他们热爱这地方的国王：然后两个旅客就把自己当初拿到的证件递给他们，接着又把这些证件送呈国王，祂看了之后说，这两个人在哪儿？有人回答道，他们站在门外。国王就吩咐开门，祂说：“使守信的义民得以进入[2]。”

上面有几个人探出头来张望——他们是以诺、摩西和以利亚。

我在梦里看见这两个人走进天门；看呀！他们一走进门，就变了形，穿上了像黄金那样发亮的衣服。还有拿着竖琴和冠冕的天使迎接他们，把那些东西递给他们；竖琴是作为赞美用的，冠冕是荣耀的象征。接着我在梦里听见所有城里的钟又都在为这场欢乐而叮叮当当敲了起来，有人对他们说：“来参加主的欢乐。”我还听见那些人高声地唱：“但愿颂赞、尊贵、荣耀、权势都归给坐宝座的和

① 参看《圣经 · 新约 · 启示录》第 22 章第 14 节。
② 参看《圣经 · 旧约 · 以赛亚书》第 26 章第 2 节。

国王就吩咐开门。

羔羊，直到永永远远①。”

正当门给打开让他们进去的时候，我从他们后面望进去，哎呀，城里像太阳那样发着光；街道也是用金子铺的；在里面走着的人都头戴冠冕，手拿棕榈枝和唱赞美歌用的金竖琴。

还有长着翅膀的人，他们不断地说：“圣哉，圣哉，圣哉我们的主！”这以后，他们把门关上；我看到这儿，心里真巴不得自己也跟门里面的人在一起。

当我注视这一切的时候，我回头往后面看了一下，我看见无知来到河边；他却很快就渡过了河，不像那两个人遇到那么多困难。因为正好那时有一个名叫空想的摆渡人在那儿，他用船把他带过了河；因此无知，像我刚才看见的那两个人一样，也爬上小山向天门走去；不过他只一个人走着，并且没有人来迎接他，给他任何鼓励。他一走到天门前面，仰头看上面写着的字，然后开始敲门，满以为里面的人会很快替他开门；于是从门上面望出来的人问他，你从哪儿来？你来干什么？他回答说，我在国王面前已经吃过喝

一个名叫空想的摆渡人。

① 参看《圣经·新约·启示录》第5章第13节。

这时我才知道，即使在天门，也有通到地狱的路。

过，他在我们街上教导过我们。于是他们向他要证件，好拿去给国王看，他就伸手到怀里，掏了半天，还是掏不出什么来。然后他们问，你没有证件吗？那个人一言不发。于是他们就去报告国王；可是祂不肯下来见他，而吩咐领基督徒和盼望进城的那两个发亮的人去把无知手脚绑起来，打发掉。接着他们把他提起来，带过空中，到我所看见的小山旁边那扇门那儿，把他推进门去。这时我才知道，即使在天门，也有通到地狱的路，就像毁灭城一样。这时候我醒了过来，啊，原来是一场梦呢。

尾语

读者，我已经把我的梦向你说明；
看你能不能把它解释给我听，
能不能给你自己，给你邻居解释一番：
可千万别解释错了；若是那样，
不但毫无益处，只有把你自己欺蒙：
由于误解，还会后患无穷。

你还得小心，千万不要过分
拘泥于我这场梦的外表的情景；
也不要让我的词藻或比喻
使你发笑或使你厌恶。
这是小孩或者傻瓜做的事；
至于你，要看到内容和实质。

拉开帘子，朝幕后张望，
弄明白我的隐喻，千万要细细思量。
只要你肯探求，你就会发现这些隐喻
对于一颗纯洁的心有多大的帮助。

大胆地抛弃你在那里面发现的渣滓，
可是千万要把真金保留下来。
要是我的金子是包在矿石里的，
又将怎样?
谁也不会丢掉苹果而把果核贮藏。
要是你认为它微不足道而全部抛弃，
也许我将因此再度步入梦里。

作者发表“天路历程”第二部的方式

去吧，我的小小的书，去到每个地方，
我第一个天路客仅仅露过一面的地方；
去敲他们的门，如果有人问，谁来了？
那你就回答他，是女基督徒来到。
如果他们请你进去，你就进去，
把你的孩子都带进去；然后，就像你知道的那样做，
告诉他们这些孩子是谁，打哪儿来的；
也许他们从孩子们的面貌和名字就知道他们的底细。
不过如果他们不知道，那么再一次询问，
询问他们以前可曾接待过
基督徒，一个天路客？如果他们说
他们接待过，很喜欢他处世为人的态度；

那么让他们知道这些是他的亲属；
是啊，是他的妻子和儿女。

告诉他们，他们已经离乡背井，
成为天路客；去把未来的世界探寻；
他们一路上历尽艰难；
他们日日夜夜饱经忧患；
他们曾脚踏蛇身，大战恶魔，
也战胜了许多邪恶；
是啊，接下来再告诉他们，
那些热爱走天路的、健壮勇敢的天路保卫人；
他们怎样仍旧弃绝俗世，
按照他们天父的意旨行事。

还要请你去告诉他们那些美事，
天路客因走天路而遇到的美事。
也让他们知道，天路客受到他们的国君
怎样的宠爱，怎样的照应；
祂为他们预备了多么华丽的宫殿，
虽然他们遇到狂风怒涛也不知有多少遍；
忠于他们的神和神的道路的人，
最后将要享受到多么美好的安宁。

也许他们会热诚恳切地欢迎，
如同欢迎我们那初熟的果子①，
用美酒佳肴把你和你的同伴款待，
让你知道他们对天路旅客是怎样热爱。

异议 I

但是，要是他们不相信
我真属于你的，那怎么行？
因为有虚伪的天路客冒名顶替，
伪装得一模一样，叫人看不出底细；
用这种方法，骗得了我不知道是谁的款待，
我不知道是谁家的住宅让他闯了进来。

答复

真的，近来有人把**我的**天路客冒充，
拿了我的头衔去冒用；
是啊，有的人只有我一半的名字和头衔，
为了冒充，他们把它缝上书的封面。
然而，从它们外貌上也足以说明

---

① 指耶稣基督。

它们并不属于我，不管它们属于什么人。

如果你遇见的是这种人，那么你只有
当着他们所有的人，**把你的话说出口**，
你可用你的家乡话说，那种话现今已没有人讲，
那也不容易装模作样学得像的。

如果，他们仍旧对你疑猜，
以为你像个到处流浪的吉卜赛，
用狡猾的方法玷污了这个地方；
或者以为你有意欺诈善良，
用没法保证的东西诱骗他们；
那你们就通知我，我会证明你们是天路客人；
而且，我会证明只有你们是**我的**天路客人，
只要有我的证明就行。

异　议 II

可是，也许，我要向他们问起他的为人，
而那些人又对他怀着刻骨的仇恨。
在这样的一个人家，我寻找天路客，
他们却越发愤怒，那可叫我奈何？

答　复

我的书啊，你不要怕，因为这些吓人的话
算不了什么，只是引起人们毫无根据的害怕。
我这天路客的书曾走遍海洋和陆地，
然而我从来就不知悉
它曾经被人忽视，或者被人拒绝，
不管在哪一个王国，富足还是贫瘠。

在法国，在比利时古国，人们互相残杀，
我的天路客总是被当做亲朋一家。

据说在荷兰，我听人这么讲，
我的天路客比金子还要受人欣赏。

苏格兰高地人和野蛮的爱尔兰人
能同意我的天路客应该和他们亲近。

在美国东北六州就有这样的进展，
在那儿见到那么多的友爱的脸庞，
装饰了一番，穿上崭新的衣服，戴上珠宝，
使容貌和四肢显耀。
可是，不仅如此；我的天路客的步态是那么优美，使成千上万的人天天把他歌颂赞美。

如果你走近你的家，就可以看出
我的天路客根本就没有理由害臊和恐惧；
城市和乡村都会接待他，欢迎天路客人；
是啊，他们忍不住要微笑相迎，
哪怕我的天路客仅仅是从那里路过，
或者在任何场合中把脸露一露。

豪杰的勇士对我的“天路客”怀着爱护的热忱，
非常尊敬它；是啊，对它的尊敬
胜过更厚的书本；而且高兴地宣布，
我的云雀的腿比一只鸢胜过多多。

多少年轻妇女，多少淑女，
对我的“天路客”也非常爱护：
我的“天路客”占有她们的闺阁，她们的心，
她们的爱情，因为它告诉她们
它那有益的诗节里的美妙的谜语，
给她们的裨益要比她们在阅读时
所花的精力多上一倍；是啊，我想我敢说一声，
有的人把它看得胜过她们的黄金。

那些在街上走的小孩子们，
如果他们碰见我的圣洁的天路客人，
他们会祝他幸福，向他敬礼；
并且说，他是当日唯一的年轻小伙子。

那些虽然从来没有见过他的人，
听到关于他的事迹，也表示钦敬，
而且非常希望跟他交往，
听他把他所熟悉的那些天路客的故事叙讲。

是啊，有些起先并不爱他的人，
以前叫他傻瓜笨蛋，现在一定
会说，他们看到了他，听到了他的话，
而且称赞起他来了，还请他到他们所爱的人跟前。

因此，我的“**第二部**”，
谁也不会伤害你，你不必害怕把头角显露；
因为他们对走在前面的已经有了好感，
因为你带了第二批东西紧跟在后面。
这些东西对年轻人，年老人，犹豫不决的人，意志
坚定的人，
都同样美好，同样丰富，同样有益无损。

异议 III

但是有的人说，他笑得太大声。
有的说，他的头掩藏在云层。
有的说，他的话语和故事是那么隐秘，
他们不知道单靠自己怎样去寻找他的脚迹。

答复

也许有人（我想）会说，他的笑声和呼喊声
单从他那水汪汪的眼睛也可表明。
有的事就具有一种特效，
它能使一个心痛的人因幻想而格格发笑。
当雅各看见他的拉结带着羊，
他一面吻她，一面泪水直淌。

因此有人说，“他的脑袋里有一朵
云”；这就可以看出智慧是怎样的情形，
怎样用它自己的帷幕把全身覆蔽，
并且激励人心去寻求它乐意寻求的东西。
那些似乎隐藏在隐秘的话语中的事情，
只有更加诱导虔诚的心
去苦苦钻研那些话语的含义，

而那些话向我们说出时用的是一种隐约含糊的语气。
我也知道一个隐秘的比喻
会深入地钻进幻想里去，
会牢固地留在人的心海和脑际，
比那些不借用比喻的话语还要深入人心一些。

所以，我的书啊，别让沮丧的心绪
阻碍你的旅行；看啊，你是给派遣到朋友那儿去，
不是到仇敌那儿去；去到那会接待你，
会欢迎你的“天路客”和你的话语的那些朋友那里。

而且，我的第一个“天路客”还隐藏着的东西，
你，我勇敢的第二个“天路客”，已显露了它的底细。
基督徒只顾往前走，由它锁着的东西，
美丽的女基督徒用她的钥匙把它开启。

异　议　IV

可是有的人不喜欢你第一部的方式；
他们认为全是凭空捏造，可以当作垃圾鄙弃。
如果我遇见这样的人，该怎么讲?
我是否要蔑视他们，就像他们蔑视我那样?

答复

我的女基督徒，如果你遇见这样的人物，
一定要用种种亲切和蔼的态度跟他们招呼；
不要因他们诽谤你而去诽谤他们；
如果他们皱起眉头，我请求你对他们笑盈盈；
也许是出于天性，也许是由于不正确的传说，
使他们这样藐视你，这样对你申斥。

有的人不爱吃干酪，有的人不爱吃鱼；
有的人不爱朋友，也不爱自己的家庭和住屋；
有的人见到猪会吃惊，忽视小鸡，爱家禽
并不胜过爱一只布谷鸟或猫头鹰。
我的女基督徒，让他们自由选择吧，
去寻找那些乐于遇见你的人啊；
不要太勉强，不过要用最谦恭的态度
去见他们，带着你那天路客的风度。

去吧，我的小小的书，
向所有接待你欢迎你的人吐露
那些你要瞒过其他的人的事情；
但愿你向他们吐露的那些东西永远使他们幸运，
使他们决定要做一个天路客的心愿

比你、比我都热切无限。

去吧，喂，告诉所有的人你是谁；
说，我是女基督徒；我现在的任务是，
带着我的四个儿子来和你说明，
做一个天路客是怎么回事。

也去告诉他们，跟你同奔天路的那些人，
现在已成了什么样的情形；
嗳，这是慈悲，我的邻居；
她好久以来一直跟我同奔天路；
来看一看她那少女的脸，
学习分辨天路客和懒汉。
是啊，让少女们来跟她学习，
懂得对那未来的世界无论如何要珍惜。
当可爱的、步伐轻盈的少女跟随着神，
让祂去惩罚那些年老昏聩的罪人，
那情景就像当初年轻人呼唤
“和散那[1]”！而年老人却对祂百般嘲讪。

---

①“和散那”系赞美上帝之语，见《圣经·新约·马太福音》第21章第9节。

接下来告诉他们关于老人诚实的事情，
你可以看见他白发如霜，正踏着天路客的旅程；
是啊，告诉他们这个人多么正直；
他怎样背负十字架跟随着他可敬的主。
也许这对白发老人有益处，
使他们爱上基督，为罪恶痛哭。

也告诉他们，恐惧先生怎样奔走天路，
他的日子过得多么孤独，
他战战兢兢，以泪洗面；
他又怎样终于赢得欢乐的奖赏。
他以前是一个好人，虽然意气非常消沉；
他现在是一个善良的人，享有新生。

也告诉他们关于低能先生的事由，
他不仅以前是这样，他将来也会在后面走，
也让他们知道，他怎样差点儿被杀害送命，
一个名叫大无畏的人怎样使他重新获得再生。
这个人心地纯正，虽然欠缺美德。
你可以从他的脸上看见真正的虔诚。

再把迟疑的事告诉他们，
他是个撑着拐杖的人，却没什么过失；

告诉他们低能先生跟他怎样融洽无隙，
他们的意见又是怎样的如出一辙，
让大家都知道，虽然他们命中注定怯懦。
但是有时候一个会引吭高歌，另一个会婆娑起舞。

　　不要忘记那个勇敢的人佩真，
虽然他还是非常年轻。
告诉所有的人，他是那么勇敢，
从来就没有一个人能使他掉头逃避；
大无畏跟他怎样忍无可忍，
非摧毁怀疑堡垒，杀死绝望不行！

　　不要忽略了沮丧先生，
他的女儿畏怯给忽略了也不行，
虽然他们有了那样的遭遇，
在有的人看来，似乎他们的神已将他们抛却不顾。
他们慢慢地走他们的路，可是稳步前进；
而且终究知道天路客的主是他们的友人。

　　当你把这一切向世人传遍，
我的书，你就回转身来触动这些琴弦；
这些琴弦只消一触，就会发出一种乐音，
使瘸子手舞足蹈，大力士战栗不停。

把那些隐伏在你的内心的谜
尽量吐露，尽量解释；
至于其余你那些玄妙的话语，暂且别去理会，
让那些想象力活跃的人自己去寻味。

但愿这本小小的书
成为那些爱这本小书和我的人的祝福；
但愿购买它的人不会说，
他的钱等于白费或是失落。

是啊，但愿这第二个天路客产生那种果实，
那种使每一个善良的天路客喜爱的果实；
但愿它劝动一些误入歧途的人的心，
使他们的脚步和心灵转向正当的行径。

——这是作者约翰·班扬的恳切的祈祷。

第二部

前些时候，我把所梦见的关于天路客基督徒和他前往天国的艰险旅程告诉了你们，这对我来说是件乐事，同时对你们也有益处。我也告诉了你们我所梦见的、关于他的妻子和孩子们的事，他们怎样坚决不肯和他同奔天路，结果他只得独自上路；因为他深恐跟他们同住在毁灭城要遭到大难，他不敢冒这个险。因此，就像我以前告诉过你们的那样，他离开了他们，走了。

不巧得很，种种事情阻挡了我，使我不能像惯常那样到他的故乡去旅行，因此直到此刻才有机会再进一步探听留下的那几个人的情况，才能向你们作出交代。最近由于跟那地区有关的一件事，我又来到那地方。我在一个离那地方一英里左右的林子里住下，我入睡后又走进了梦境。

我在梦中看见一个老年人走到我躺着的地方；因为我们的路程有一段相同，我起身来跟他一同上路。我们行路的时候，就像旅客们通常要做的那样，我们好像交谈了起来；我们碰巧谈起基督徒和他的旅行；因为我跟这位老先生是这样谈开了的：

我说，先生，下面在我们这条路左边的那个镇叫什么？

于是贤明先生（因为这是他的名字）说，那是毁灭城，那地方人口稠密，但是那里的人心非常地败坏，又懒惰。

我刚才就猜是这个城，我说；我到过那儿一次；因此我知道你告诉我关于那地方的话是真实的。

贤明说：绝对真实之至！但愿我能把他们说得好些，同时又不是撒谎。

哎，先生，我说，我看你是一个好心肠的人，你喜欢听好事，说好事。请告诉我，你可听说过前些日子住在这个城里、后来朝更高的地方奔走天路的一个名叫基督徒的人，他怎么样了？

贤明说：听说过他！唉，我还听到他在旅途上受到种种折磨，遭遇许多困难，跟人交战，被俘，他号哭、呻吟，受到种种惊吓，忧患重重。而且，我要告诉你，在我们故乡，大家都谈论着他；只有寥寥几家听到了关于他和他的作为的消息以后，由于不去打听因而不知道他奔走天路的经历；不仅如此，我想我还可以这样说，由于那危险的旅程，他还博得了许许多多好心人的赞许；因为虽然他住在这儿的时候，大家都认为他是个傻瓜，可是现在他走了，却得到大家大大的赞扬。因为听说他在他现在在住的地方过得幸福无比；而且他们中间有好多人虽然拿定主意绝不像他那样冒险，可是对他的收获却垂涎数尺。

我说，他们尽可以认为他现在过得很幸福，因为这样的想法是正确的；他如今住在生命之泉，他不用劳苦和悲伤就可以得到一切，因为在那里没有悲痛。可是，请告诉我，他们谈论他些什么呢？

贤明说：谈论些什么！人们稀奇古怪地谈论着他；有的说他现

在穿的是雪白的衣服[①]；说他脖子上挂着金项链；说他头上戴着一顶镶着珍珠的金冠冕；有的说那些当时在他的旅途上向他显现的、发着荣光的人，现在成了他的朋友，说他在他现在在住的地方跟那些人来往得很亲密[②]，就好像这儿邻居之间那样亲密。而且还毅然断定，说他现在待的那地方的国王已经在宫殿中赐给他一所无比华贵舒适的住宅，说他每天吃喝都是跟祂在一起，跟祂一同行走，跟祂交谈，得到祂的欢心和宠爱，祂是那里所有的人的上帝。此外，有的人认为他的王，那个国度的王，不久就要降临到他们那地方，祂要知道——如果他们说得出原因的话——当他的邻居们听说他要奔天路的时候，他们为什么那么不尊重他，为什么百般嘲笑他[③]。

因为他们说他的王现在非常宠爱他，非常关心当基督徒成为一个天路客时人们对他所施的侮辱，祂会觉得好像这一切是对付祂自己一样；而这并不足为怪，因为当初他是本着对他的王的热爱才采取了那种冒险的行动的[④]。

我说，我听到这些事真高兴；我替这个可怜的人高兴，因为他现在已经从他的劳苦中休息了下来[⑤]，他当初流泪撒种，如今欢呼收割[⑥]；他已经逃出他的仇敌的射程之外，恨他的人再也无法碰他了。这些事流传到这里，在这乡里到处传播，我也为此高兴；谁敢说这

① 参看《圣经 · 新约 · 启示录》第 3 章第 4 节，第 6 章第 11 节。
② 参看《圣经 · 旧约 · 撒迦利亚书》第 3 章第 7 节。
③ 参看《圣经 · 新约 · 犹大书》第 14、15 节。
④ 参看《圣经 · 新约 · 路加福音》第 10 章第 16 节。
⑤ 参看《圣经 · 新约 · 启示录》第 14 章第 13 节。
⑥ 参看《圣经 · 旧约 · 诗篇》第 126 篇第 5、6 节。

对留在这儿没走的人不会产生良好的影响呢？可是，先生，趁我还记得这件事的时候，让我请问你可知道他的妻子和孩子怎么样了？可怜的人！我心中纳闷，不知道他们究竟怎么样。

贤明说：谁？女基督徒和她的孩子们？他们多半步了基督徒的后尘；因为虽然他们起先那么愚蠢，无论基督徒怎样痛哭流涕，苦苦哀求，他们仍然无动于衷，但是当他们再一思考时，在他们心中产生了奇妙的效果；因此他们整理行装，也走上了他的路。

这就更好，更好了，我说：可是怎么的！妻子和孩子全走了吗？

贤明说：一点儿不错；我可以把这件事详细告诉你，因为当时我在场，对整件事情知道得再清楚也没有了。

于是我说，那么这件事似乎是可靠的。

贤明说：你不必不放心，尽管确定这件事好了；我意思指的是他们已经全都走上了天路这个事实，那个善良的女人和她的四个孩子全都走了。我看我们将在相当长的一段路上是同路，既然这样，我要把这件事从头到尾详详细细地告诉你。

这个女基督徒（自从她和她的孩子们开始天路客的生涯那天起，她用了这个名字），在她的丈夫越过那条河流、她再也听不见他说话以后，她的脑子里开始思索。首先，她想到她已经失去了她的丈夫，想到他们的关系中那种亲密的结合完全断绝了。因为你知道，她对我说，一个人活着禁不住会沉思，会追念已失去的亲昵的关系的。因此，她常思念她的丈夫，泪如泉涌。不仅如此，女基督徒还开始暗自琢磨，究竟她对她丈夫那种不适当的态度是不是她不再看见他的原因之一，是不是那种态度使他离开了自己。想到这里，万念纷沓，她想起了过去她对待她亲爱的伴侣的冷酷、不合人情和邪恶的一举一动；这一切紧压在她的良心上，使她感到自己罪孽深重。而且，她想起了她丈夫那频频的呻吟声，汪汪的眼泪和独自的哭泣，她自己又怎样硬着心肠不顾他那苦心哀求，也不理他那出于满腔热爱的、要她和她的孩子们跟他一同走的劝告；当她想起这一切情况，她更悲痛万状了；而且不论基督徒跟她说什么，在她跟前做什么，他的背上始终负着他的重担，现在这一切就像一道闪电似的掠过她的心头，使她的心几乎要碎了；特别是他那悲惨的呼号“我怎么做才能得救呀？”凄惨地回荡在她的耳中。

于是她对她的孩子们说，孩子啊，我们全都完了。我罪孽深重，使你们的父亲离开了我们，现在他已经去得无影无踪了；他要我们跟他一道去，可是我不肯；我也阻碍你们去获得生命。听了这话，孩子们也眼泪簌簌地直流，嚷叫着要去找他们的爸爸。女基督徒说，哦，跟他一路去本是我们分内的事！当初我们那样做就好了，比我们现在所能做的事好多了。因为虽然我当初糊涂，认为你们爸爸的苦恼是由他当时的一种愚蠢的幻想所引起的，要不就是他让忧郁的情绪压倒了；可是现在我认为他的苦恼有另一种起因——那就是，他得到了生命的光①，我现在明白了，全仗这道光，他才逃过了死亡的陷阱。说到这里，他们又都痛哭了起来，嚷道，哦，今天真是个倒霉的日子啊！

---

① 参看《圣经·新约·约翰福音》第8章第12节。

第二夜，女基督徒做了一个梦；哎呀，她看见好像有一大张羊皮纸摊开在她跟前，那上面概括地记载着她的种种为人处世之道；她觉得她的情形悲惨极了。这时候她在睡梦中嚷出声来："上帝啊，开恩可怜我这个罪人！"[①]小孩子们听见了她这句话。

这以后，她想她看见两个长得非常丑恶的人站在她的床旁边，说，我们怎么处置这个女人呢？因为她无论醒着或睡着，都嚷叫着乞求开恩。如果让她像开头那样继续下去，我们就会像失去她的丈夫那样失去她。因此我们无论如何得想法使她不再想起将来要发生的事情，不然的话，毫无办法，她一定会成为天路客了。

这时候她醒了过来，汗流浃背，浑身上下直打哆嗦；但是过了一会儿，她又入睡了。接着她以为她看见她的丈夫基督徒在一个极乐之地，跟许多神仙在一起，手里端着一只竖琴，站在一位坐在宝座上的人跟前奏乐，那位座上人的头的周围有一道彩虹。她还看见他仿佛弯腰鞠躬，他的脸朝下，对着他的王踏脚的精致的铺道上，说，我的主我的王把我带到这儿来，我满心感激不尽，于是站在周围的一群人高声欢呼，全都弹起竖琴来了；但是除了基督徒和他的同伴，没有一个活人懂得他们在讲些什么。

第二天早晨，她起身来，向上帝祈祷后跟孩子们才谈了一会儿工夫，只听得有人使劲敲她家的门；她对门外人说，如果您是奉着上帝的圣名来的，请进。于是那人说，阿门；随即推开门，向她招呼，说道，愿这家人平安。过后他问道，女基督徒，你可知道我从

---

① 参看《圣经·新约·约翰福音》第8章第12节。

哪儿来的？她这时候刷地把脸涨得绯红，直打哆嗦；她的心也开始越来越振奋，切望知道那人是从哪儿来的，带了什么使命来找她，于是他对她说，我名叫秘密；我跟天上的人住在一起。在我居住的地方有这样的话：好像你有个愿望要到那里去；那地方也得到一项报道，说你已经觉悟过来，已经认识到你以前对待你丈夫的那种行为不对，你硬着心肠反对他的做法，又使这些孩子们愚昧无知。女基督徒，仁慈的上帝差遣我来告诉你祂是一位乐于宽恕人的上帝，祂乐意扩大赦罪的范围。祂也要你知道祂请你到祂那儿去，到祂的桌前去，祂要用祂家里最好的东西喂养你，把我的祖先雅各的世袭财产赐给你。

你过去的丈夫基督徒在那儿，还有他那些数不胜数的同伴们，他们永远能瞻仰那位赐生命给他们的上帝的慈容；他们听见你跨过你的天父的门槛的脚步声时，都会欢欣鼓舞的。

女基督徒听了这番话，羞愧得无地自容，低低地垂下了头。客人继续说，女基督徒，这儿还有你的一封信，这是从你丈夫的王那儿带来给你的。她把信接过来，打开，顿时传出一阵上好的膏油的气味[①]；上面写的是金光耀眼的字。信的内容是这样的：王希望她采取像她的丈夫基督徒那样的行动；因为那是来到祂的圣城的道路，那样才能无比快乐地永远和祂住在一起。那个良善的妇人看了这封信，非常激动；她向她的客人嚷道，先生，您把我跟我的孩子们一起带着走，好不好？那样我们就也可以去敬拜那位王了。

① 参看《圣经·旧约·雅歌》第1章第3节。

于是那位客人说，女基督徒，你要知道先苦而后甘。你必须经历种种苦难，然后进入天国，像那位在你之前奔走这条路的人那样。因此我劝你照你的丈夫基督徒那样做，到那片平原那一头的那个小门那儿去；因为你所必须走的路就从那个小门开始，我祝你们一路平安。我还要劝你把这封信藏在怀里；你要常常看那封信，也常常读给你的孩子们听，要把它读到能熟记的程度；因为你在世寄居时必须以祂的律例为诗歌[①]；在更远的那个门口，你也须出示这封信。

这会儿我在梦中见这位老先生在叙述这件事时，内心非常感动。他又继续谈下去，于是女基督徒把她的孩子都召拢来，开始这样跟他们说：我的孩子们，你们也许已经觉察到，我最近为了你们爸爸离世，心里烦恼极了，并不是我对他的幸福有丝毫怀疑，因为他现在一切都好，我很安心。我也为了我自己跟你们的情况，心乱如麻，我的确相信我们的情况生来就是怪可怜的。当你们爸爸悲痛万状的时候，我对待他的那种态度也使我感到非常懊悔，因为当时我是那么狠心，而且也使你们硬着心肠反对他，拒绝跟他一同踏上天路。

要不是因为我昨晚做了一个梦，要不是今天早上这位客人给了我种种鼓励，想起这一切事就会使我立时立地死去的。来吧，孩子们，让我们打点行装，上那个通到天国的门那儿去，那样我们就可以看见你们的爸爸，按照那地方的律法跟你们的爸爸和他的同伴们

① 参看《圣经 · 旧约 · 诗篇》第 119 篇第 54 节。

过着安乐的日子。

她的孩子们看出了他们妈妈的心意，快乐得眼泪都淌下来了。于是他们的客人向他们告辞；他们也就着手作启程的准备。

但是正当他们快要动身的时候，女基督徒的邻居中有两个妇人来到她的门前叩门，她跟以前一样对她们说道，如果你们是奉着上帝的圣名来的，请进。那两个妇人听了这句话，不禁目瞪口呆，因为她们不常听见这种话，也没有听见女基督徒讲过这样的话。不过她们还是走进屋来；可是，哎呀，这个善良的女人正在打点行装，准备出门呢。

于是她们开口了，说道，邻人哪，请告诉我们，你这是做什么呀？

女基督徒答话了，她对那个比较年长的、叫做胆怯太太的妇人说，我正在准备远出。(这个胆怯太太是那个在艰难山和基督徒相遇，恐受到狮子的伤害，劝基督徒转身回去的人的女儿。)

胆怯太太问：请告诉我，你们上哪儿去？

女基督徒说：追随我善良的丈夫的脚踪去。说着，她呜呜咽咽哭了。

胆怯太太说：好邻人啊，我希望你不要去；请你为你可怜的孩子们着想着想，不要做这种不合妇道、自暴自弃的事。

女基督徒说：不，我的孩子们要跟我一起走的；他们没有一个愿意留下来。

胆怯太太说：我真弄不懂，究竟什么事或者什么人使你有了这种想法？

女基督徒说：啊，邻人啊！要是你了解得跟我一样多，我深信你也会跟我一同去的。

胆怯太太说：请问你，你究竟有了什么新见闻，弄得自己的心思意念跟你的朋友们迥然不同了，而且还要上一个没有人知道在哪儿的地方去？

于是女基督徒回答道：自从我的丈夫离开我以后，我内心非常痛苦，特别是在他越过那条河以后，我更是沉痛万分。使我最感到不安的是当他很伤心的时候，我却以粗暴卑鄙的态度对待他。另一种情况是：我现在跟他以前一样，我觉得没有一件事比奔走天路更合我的心意了。昨天晚上我梦见他。啊，但愿我的灵魂跟他在一起！他跟天国的王相处一地，他和祂同桌共宴；他如今跟一帮永不死亡的人为伴，有一幢住屋赐给了他，我觉得世上最华丽的宫殿跟那屋子比较起来，就会像是一个粪堆[1]。那地方的王也召我去，祂答应我，如果我到那儿去，我可以享到幸福；祂所差遣的使者现在还在这儿，他给我带来了一封信，邀请我前去。说着，她掏出那封信来，从头至尾念了一遍，过后对她们说，你们现在对这件事怎么看了？

胆怯太太说：哎呀，你们两口子简直发疯了，让自己去受那样的苦难！我相信你已经听说过你的丈夫遇上了些什么事，我们的邻居顽固跟他同走过一段路，他还能证明他刚上路就遇上的事情；还有柔顺，他也能证明，他们俩后来总算聪明，没有再往前走。而且

---

① 参看《圣经·新约·哥林多后书》第 5 章第 1 至 4 节。

我们也听说过他怎样遇见了狮子，魔王，死荫谷和其他许多事情。你也不会忘记他在浮华市集所陷入的那种千钧一发的险境。如果他——一个男子汉，都觉得困难重重，裹足难前，像你这样一个柔弱的女人还会有什么办法呢？也要考虑到这四个可爱的孩子是你的亲生儿子，是你的亲骨肉。因此，虽然你要不顾一切、自暴自弃，可是为了你的孩子们，你还是留在家里吧。

但是女基督徒对她说，不要引诱我，我的邻居。现在有个奖赏，只要我伸出手去就可以得到，如果我不及时抓住机会，我岂不成了天下最傻的大傻瓜了？至于你告诉我的那些我在路上多半要遇上的困难，那根本不会使我气馁，而且那些困难足以证明我的见解是正确的。“苦尽甘来”，那些困难会使“甘”加倍的甜。因此，既然你们不是像我刚才说的，奉上帝的圣名到我家里来的，我请你们离开我，不要再打搅我了。

听了这番话，胆怯太太对女基督徒大肆辱骂，并且对她的同伴说，来，邻居慈悲，既然她蔑视我们的劝告，讨厌我们待在这儿，我们就让她自己去承担一切吧。可是慈悲觉得自己很为难，她不很愿意照她的邻居的意见做去，那是出于双重的原因：1. 她舍不得女基督徒。因此她自忖道：要是我的邻人一定要走的话，我要送她一程，帮助帮助她。2. 她深深关怀她自己的灵魂；因为女基督徒所说的话在她心里起了一些作用。因此她又自忖道：我还要跟这位女基督徒谈谈；如果我在她话里发现真理和生命，我自己也要全心全意跟她一同走。因此慈悲这样回答她的邻居胆怯太太——

慈悲说：邻人啊，今天早晨我的确跟你一同来看了女基督徒；

既然你也知道，她此去是跟故乡永别了，我想在这个风和日暖的早晨送她一程，在路上给她一点帮助。但是她没有把第二个原因告诉她，她不愿意让别人知道。

胆怯太太说：啊，我看你也想干这傻勾当了；可是要及时注意，放聪明些。要知道我们不遭遇危险的时候，我们非常安全；可是要碰上了险阻，我们就有危险了。

后来胆怯太太回家去了，而女基督徒走上了她的旅途。但是胆怯太太回到家以后，她把一些邻人请了来，被邀请的有：蝙蝠眼太太，无思虑太太，轻率太太和愚夫太太。她们都来了以后，她一五一十谈起关于女基督徒的事来，也谈到她要出门的事。她这样开始谈话——

胆怯太太说：邻居们，今天早上因为没什么事做，我去拜访了女基督徒；到她家门前时，我敲了门，你知道这是我们的习惯。于是她回答说，如果你是奉上帝的圣名来的，请进。因此我就走了进去，以为一切都很好；可是我走进屋子以后，发现她在打点行装，准备离开这个城，她和她的孩子们都要远行。于是我问她为什么整理行装；她告诉了我，简单地说，就是她打算像她的丈夫那样，当天路客去了。她也告诉我她做的一个梦，还谈到她丈夫现在待的那地方的王怎样送来了一封信邀请她上那儿去。

这时候愚夫太太说：怎么回事！你想她会去吗？

胆怯太太说：唉，她无论如何要去的；我怎么知道她一定会去的呢，我想是因为这个缘故：因为我跟她有一番激烈的争辩，我竭力劝她不要去（就是说，我告诉她在路上可能要遇上的种种苦难），那番激烈的争论促使她更想上路。因为她对我这么说："'苦尽甘来'，那些困难会使'甘'加倍的甜。"

蝙蝠眼太太说：唉，这个愚昧无知的女人！难道她不从她丈夫不幸的遭遇里吸取教训吗？至于我，我认为如果他再回到这里来，他会心满意得地过着平平安安的日子，再也不会白白地冒这么多险的。

无思虑太太也回答说，这种异想天开的蠢货给我滚出这个城！在我看来，她走了倒好！如果她仍旧住在原处，同时心里还存着这种想法，叫人家跟她做邻居心里怎么能舒坦？因为她不是一副愁眉苦脸的样子，就是跟邻人冷冰冰的，要不就是老谈那种有脑筋的人所受不了的事情。因此就我个人来说，我绝不会因她离开我们而觉得遗憾。她要走就走好了，让比她好的人来接替她住下。世上有了这种怪头怪脑的蠢货，所以这世界一直就不是一个完美的所在。

接着轻率太太也凑着讲了以下的话：哎，别再提这些话了吧。昨天我在放肆太太家里，我们像一伙姑娘似的笑笑闹闹。你猜有哪些人在场，除了我，有耽欲太太，另外还有三四个人，还有好色太太，污秽太太和一两个别人。我们在那儿奏乐跳舞，还有其他使我们得以尽情欢笑的娱乐。而且我不妨说，我们的主人是一位非常有教养的贵妇人，好色先生呢，也是同样可爱的男子。

这时候，女基督徒已经上路，而且慈悲也跟随了她。女基督徒带着自己的孩子，他们这样走的时候，她开始谈话。她说，慈悲，你这样走出门来，陪我走一程，我觉得这真是一番出我意料的厚意。

于是年轻的慈悲说（因为她年纪很轻），如果我认为跟你一同去是有意义的，我就永远不会再走近这个城的。

女基督徒说：好吧，慈悲，把你的命运跟我的连结在一起吧。我们奔跑天路的结果是什么，我知道得很清楚。我的丈夫现在待的那地方，是一个即使把西班牙矿山里所有的金子都给他，他都不愿意离去的地方。虽然你只不过是受了我的邀请，你也不会被那儿的人拒绝的。那位请我到祂那儿去的王是一位乐于宽恕人的王。而且，如果你愿意的话，我可以雇用你，你作为我的仆人跟我一同去。但是，你我之间，一切都共有，只要你跟我一同去。

慈悲说：可是我怎么能肯定我也会得到接待呢？只要有人知道这一点，使我心中有了希望，我就丝毫不会犹豫，我就会上那儿去；虽然那是一条再沉闷不过的路，一路上我会受到那位善于扶助人的祂随时的帮助。

女基督徒说：好吧，可爱的慈悲，让我告诉你怎么办：跟我一同到那个小门那儿去，到了那边我会替你打听明白，要是在那儿你得不到鼓励，那么我甘愿让你回到你原来待的地方去。你这样伴送我和我的孩子上路，那时候我也会为了你这一片好意给你一点酬报。

慈悲说：那么我就去吧，我也准备忍受一切要发生的事情；既然天国的王会看中我，但愿主允许我的命运注定让我到那儿去。

女基督徒听了这话，心里很高兴，不但为了自己得到一个旅伴，也为了她说服了这个可怜的姑娘，使她热衷于自己的救赎。于是她们两人一同向前走去，慈悲开始哭了起来。女基督徒见状问道，我的妹妹为什么哭呀？

慈悲说：哎呀！只要好好想一想我那些现在还留在那万恶的城市里的亲戚们，谁不会感到悲伤呢？他们既没有人指导，又没有人把将要发生的事告诉他们，这使我想起来更加伤心了。

女基督徒说：天路客应该具有怜悯心；你为你的朋友们做了我的丈夫离开我的时候为我所做的事。因为我不听他的话，不理睬他，他痛哭流泪。但是他的神，也就是我们的神，把他的泪水收集起来，藏在祂自己的瓶子里；而且现在我跟你，还有我这些可爱的孩子们，正在收割它们所结的果子，得到它们的好处。慈悲，我希望你的眼泪不是白白流掉；因为真理说："流泪撒种的，必欢呼收割。那带种流泪出去的，必要欢欢乐乐的带禾捆回来。①"

这时候慈悲说——

让至圣的神作我的向导，
　　如果祂的圣旨是这样，
带领我到祂的门前，投入祂的怀抱，
　　攀登到祂的圣山上。

但愿祂不要放任我
　　走离正路或者做了迷途羔羊，
离开祂那无偿的恩典和神圣的道路，

① 参看《圣经·旧约·诗篇》第126篇第5、6节。

无论什么事情临到我身上。

但愿祂收容我那些亲友，
那些我留下的人：
神啊，请您使他们祈求归向您
全心全意地祈求。

这会儿我的朋友又接下去说：可是当女基督徒走到灰心沼的时候，她感到进退两难了；因为她这么说，这是我亲爱的丈夫差点儿给泥浆闷死的地方。她还发觉，尽管国王为了便于天路客行路，曾经下令把这地方加以修筑，可是它比以前更糟了。于是我问是不是的确更糟。老先生说，的确更糟，一点不假；因为有许多人冒充国王的工人，自称是修筑国王的道路的人，他们带来的不是石块，却是垃圾和粪便，因此非但没有把路修好，反而把它搞得一团糟了。所以女基督徒和她的孩子在这地方止步不前。可是慈悲说，来吧，让我们鼓起勇气向前走，不过我们要小心一点。于是他们一步步非常小心地往前走去，想尽种种方法踏稳步子，摇摇晃晃地走着。

可是女基督徒不止一两次差点儿陷进泥沼里去。当他们刚走完灰心沼，就仿佛听到有声音对他们说："这有信心的女子有福了。因为主对她所说的话，都要应验。①"

于是他们继续朝前走；慈悲对女基督徒说，如果我有像你那样

① 参看《圣经·新约·路加福音》第 1 章第 45 节。

充分的理由，心里抱着到了那个小门我会受到亲切的欢迎的希望，我想任何灰心沼都不能使我气馁。

另一个说，哎，你有你的苦衷，我有我的苦衷；而且，好朋友啊，在我们走到我们的旅程终点以前，我们都会遭到不少不幸的事的。因为像我们这样立意要获得那无上美好的天福的人，像我们这样因有这个福分而受到嫉妒的人，难道能想象不到我们会遇到那帮痛恨我们的人？他们为了要陷害我们，千方百计布置下的种种惊吓和陷阱，种种苦难和折磨。

这时候贤明先生让我继续做梦。因此我想我梦见女基督徒、慈悲和孩子们全都朝小门走去，到了门前，他们讨论了一会儿，他们应该怎么叫门，对开门人应该说些什么话。后来决定由女基督徒代表大家敲门要求进去，由她对开门人说话，因为她年纪最大。于是女基督徒举手敲门；她像她那可怜的丈夫一样，敲了又敲。可是非但没有人应门，而且他们都仿佛听到一只狗狂吠着朝他们跑来——是一只狗啊，是只大狗呢；因此两个女人和孩子们都害怕起来了。他们一时里不敢再敲门，生怕那只猛犬会向他们扑来；因此这时候他们心里乱糟糟的，不知如何是好；他们因为怕狗，不敢再敲门；他们也不敢掉转身子回去，恐怕让守门人看见他们这样离去，因而生他们的气。最后他们决定再敲门，而且敲得比第一次更用劲。这时候守门人问道，谁啊？于是那只狗不再吠了，守门人为他们打开了门。

女基督徒深深地鞠了一个躬，说，请我们的主不要为了他的使女们敲打他的高贵的门而向我们发怒。守门人说，你们从哪儿来？

你们的愿望是什么？

女基督徒回答说，我们是从基督徒来的地方来的，而且抱着跟他一样的目的；那就是，如果承蒙您同意的话，我们得以蒙恩被准许通过这扇门，走上通往天国的路。我的主，我还要说的是我名叫女基督徒，以前是基督徒的妻子，他现在在天上。

守门人听了这话，大为惊奇，说道，什么！她如今成了个天路客了？不久以前她还很厌恶这种生涯呢。于是她又鞠了一躬，说，是的，而且我这些可爱的娃娃也成了天路客了。

于是他牵了她的手，把她带进门去，说："让孩子们到我这儿来。"说完他把门关上。接着他吩咐一个在门上面的吹号手用欢呼和号声来欢迎女基督徒。号手照办了，他吹起号来，顿时那嘹亮悦耳的乐声回荡在空中。

这期间，可怜的慈悲始终站在门外，颤抖哭泣，惟恐自己遭到拒绝。当女基督徒和她的孩子们得到准许走进那门以后，她开始为慈悲说项。

她说，我的主，我有一位同伴还站在门外，她为了和我同样的缘故来到这儿——她心里非常忧郁，因为她认为自己没有蒙召，径自前来；而我呢，是我丈夫的国王召我来的。

这会儿慈悲开始焦急万分，她觉得每分钟就像一个钟点那么长；她在门上敲了起来，弄得女基督徒不能更详细地为她说项。后来她把门敲得震天价响，使女基督徒吃了一惊。于是守门人说，谁啊？女基督徒说，是我的朋友。

因此他打开门，朝门外看；可是慈悲晕了过去，在门外倒下了，她是因为恐怕人家不给她开门而晕倒的。

于是守门人握住慈悲的手，说，姑娘，我请你起来。

啊，先生，她说，我昏过去了；我几乎没有生气了。但是他回答说，曾经有人这样说："我心在我里面发昏的时候，我就想念耶和华。我的祷告进入你的圣殿，达到你的面前[1]。"不要怕，站起来，告诉我你为什么来到这儿。

慈悲说：我来到这儿是为了要到一个我并没有被邀请的地方去，而我的朋友女基督徒是受到邀请的。她是国王请她去，我是她请我去。因此我恐怕自己未免冒昧了一点。

守门人说：她希望你跟她一同到这儿来吗？

慈悲说：是的；就像我的主所看见的，我已经来了；如果您还能施恩典饶恕罪孽的话，我恳求你让你可怜的使女也分享到这恩典。

于是他又握住她的手，温柔地把她带进门来，然后说，我为所有相信我的人祷告，不管他们是怎么来到我这儿的。他又向站在一旁的人说，拿些东西来，让慈悲闻闻，使她可以抑止她的昏厥。于是他们给她拿来了一包没药[2]，过了一会儿，她的精神完全恢复了。

现在女基督徒和她的孩子以及慈悲在天路的开端就受到了神的接纳，而且神还温和地跟他们说话。这时候他们又对祂说，我们为我们的罪孽痛悔，我们恳求我们的主饶恕我们的罪，告诉我们必须

① 参看《圣经·旧约·约拿书》第 2 章第 7 节。

② 参看《圣经·旧约·雅歌》第 1 章第 13 节。

做些什么。

祂说，我用话语和实际行动来饶赦罪孽，至于话语，我有赦罪的允许；至于行动，就是我自己得到赦免的方式。接受从我嘴里发出的允许和我的亲吻；至于另一种，自会启示给你。

接着我在梦中看见祂对他们说了许多温柔的话，他们大为欣喜。祂还把他们带领到门顶上一个地方，指点他们看那使他们得到救赎的事迹；而且还对他们说，他们在走向他们的快慰的地方去的路上，他们还会见到这景象。

后来祂暂时离开他们一会儿，让他们待在下面的夏令厅里，于是他们自相谈起话来；女基督徒这样开了头：哎呀，我多么高兴啊，我们进到这儿来了！

慈悲说：你应该高兴的；可是我是个最有理由欢欣鼓舞的人了。

女基督徒说：我站在门外的时候，因为敲门没有人理，曾经一度认为我们一切的劳苦都白费了，尤其是在那只讨厌的野狗对着我狂吠的时候，这种想法特别强烈。

慈悲说：可是当你们得到了恩宠，而我给撇下的时候，我觉得最害怕了。当时我想，这句话现在应验了："两个女人推磨，取去一个，撇下一个。[①]"我好容易才忍住，没有让自己喊出，完了！而且我没有胆量再敲门；不过后来我抬头看见门上端写的一些字，我顿时有了勇气。我还想到我得再敲门，要不然我就要死了；因此我

---

① 参看《圣经·新约·马太福音》第24章第41节。

敲门了，可是我也不知道我怎么敲的；因为当时我的灵魂正作着生与死的挣扎。

女基督徒说：你不知道自己怎么敲的吗？你的敲门声是那么急切，我的确吃了一惊。我想我生平从没听见过像这样的敲门声；我以为你是努力进来的，努力的人就得着天国①。

慈悲说：天哪！在我那样的处境中，不论什么人都只有那样做的！你瞧见我给关在门外，那儿附近又有一只非常凶恶的狗。唉，不论是谁，处于我那样惶恐万分的情况下，怎么能不使出全身的劲来敲门呢？可是请告诉我，我的主对我那种粗鲁的态度说了些什么？祂有没有生我的气？

女基督徒说：祂听见你那喧闹的敲门声时，露出一种奇妙的天真的笑容：我相信祂很高兴你那样做，因为祂没有不高兴的样子。但是我心里纳闷，祂为什么要养那样一只狗；如果我早知道有那么凶的狗，我不会有勇气这样奋不顾身的。可是现在我们可进来啦，进来啦，我真高兴极了。

慈悲说：如果你高兴的话，下次祂再来的时候，我要问祂为什么在祂的院子里养着这么凶恶的狗；我希望祂不会怪我吧。

孩子们说：问祂吧，劝祂把那只狗绞死；因为我们担心以后我们离开这儿的时候，它会咬我们。

后来祂终于又来到他们那儿，慈悲把脸伏在地上跪在祂脚前，先匍匐下拜，然后说道："但愿我的主接纳我颂赞的嘴唇献上的赞

① 参看《圣经·新约·马太福音》第 11 章第 12 节。

美祭。”

于是祂对她说，愿你平安，起来吧。但是她仍旧把脸伏在地上，说道：耶和华啊，我与你争辩的时候，你显为义；但有一件，我还要与你理论[①]，你为什么在你的院子里养着这么凶恶的狗呢？像我们这帮女人和孩子见到它就会吓得逃离这扇门的。

祂回答说，那只狗是别人的；它是关在别人的院子里；可是我的天路客们却听得见它的吠声；它是属于你们所看见的、离这儿不远的那个城堡的主人，但是它能跑到这个地方的墙脚边。它那凶猛的吠声吓过好多忠实程度不等的天路客。对我和我的天路客们来说，那只狗的主人养着那只狗，确实并不出于任何善意，他无非企图阻止天路客们来到我跟前，使他们不敢到门前来敲门要求进来。有时候它冲了出来，把我的一些心爱的人吓坏了；可是目前我容忍着这一切。我也会给我的天路客们及时的帮助，不会让它伤害他们，不会让它听凭它那禽兽天性的驱使，任意对待我的天路客们。可是怎么的，我用重价买来的人！我想，如果你以前懂得这一点，你就不会害怕一只狗。要饭的挨户乞食，他们宁愿冒着险让狗对他们狂吠、乱咬，而不愿意放弃一次可能的施舍；那么该不该让一只狗——一只在别人的院子里的狗，一只我会使它的狂吠反而对天路客有益的狗——把你们任何一个吓唬得不敢到我跟前来？我救天路客们脱离狮子的口，我救我的孩子们脱离犬类[②]。

① 参看《圣经·旧约·耶利米书》第12章第1节。
② 参看《圣经·旧约·诗篇》第22篇第20节。

于是慈悲说，我承认我的愚昧无知；我说了我所不明白的事，我承认您所做的事没有一件不是完善的。

接着女基督徒开始谈论他们的旅程，并且探询以后的路途怎么走。后来祂请他们吃喝一顿，替他们洗干净脚，而且照着祂以前对她的丈夫所做的那样，把他们送上了祂自己已经走过的那条路。

于是我在梦中看见他们一路走着，风和日暖，非常舒适。

这时候女基督徒开始唱起歌来：

我开始走上天路
　　的那天有福了；
那感动我心，使我步上天路
　　的人也有福了。

诚然，我虚度了许多年月
　　如今方开始寻求永生；
可是现在我是尽所有的力量奔驰——
　　虽然迟缓，比起毕生蹉跎仍为优胜。

眼见我们由痛哭变为欢畅，
　　由忧虑变成坚信；
因此，从我们的开端（像人们所说的那样）
　　可以料到我们的结局是怎样情形。

沿着女基督徒和她的同伴们所走的路上有一道围墙，在这道墙的另一边是一个果园，这个园子是属于上文提到的那只狂吠的狗的主人所有。在那个园子里长的果树有些枝桠伸展到墙这边来；那些果子已经熟透，过路人见了总禁不住伸手摘下那么几只尝尝，因而受了害。当女基督徒的孩子们见到那些果树和那上面的果实时，大为欣喜，一只只摘下来往嘴里塞（孩子们就喜欢这么做）。他们的母亲的确也斥责了他们这种行为，但是孩子们仍旧不肯停手。

她说，哎呀，孩子们，你们犯罪了，因为这果子不是我们的东西。但是她并不知道果子是属于敌人的。真的，要是她知道，她会吓得要死的。不过事情过去了，他们也就继续赶他们的路。当他们走到离开这条路开头的地方约两箭程①的地方的时候，他们看见两个长得非常丑的男人急急匆匆迎着他们走来。女基督徒和她的朋友慈悲见这情况，忙把面纱罩上，仍旧往前走。孩子们也在她俩前面继续走着；最后他们碰上了。于是那两个迎他们而来的家伙急冲冲地走到两个女人的跟前，看那样子好像要拥抱她们；但是女基督徒说，退去，或者照你们理当的那样做，和和平平地走吧。可是这两个人就像聋了似的，不理睬女基督徒的话，伸手要抓她们。这时候女基督徒勃然大怒，举起脚来朝他们踢去。慈悲也使出最大的劲，尽力闪避他们。女基督徒又对他们说，退去，走开，你知道我们是天路客，根本一文不名，而且我们是靠着朋友的施舍过日子的。

于是那两个人中间有一个说，我们找上你们并不是为了钱，我

---

① 一箭程等于两百至四百码。

们不过是来告诉你们，只要你们允诺我们所要提出的一个小小要求，我们就永远娶你们为妻。

这会儿女基督徒猜到了他们的意思，又回答说，你们所要提出来的要求，我们既不要听也不会理睬，而且也不会答应的。我们有急事，不能停留下来；我们的事是生死攸关的大事。说着她和她的同伴又试图从他们身边走过去；可是他们挡住了她们的去路。

他们说，我们并不要伤害你们的性命；我们所要的是另一样东西。

女基督徒说，唉，你们要我们的身体和灵魂，我知道这就是你们来找我们的目的；我们情愿立刻死去，我们无论如何是不愿意给带进那要危害我们此后的幸福的陷阱的。说完她们两人尖声嚷了起来，救命呀！杀人哪！这样使她们自己处于为保护女性而规定的法律之下[①]。但是两个男子仍旧一步步紧逼她们，想要制服她们。因此她们又嚷叫了起来。

由于，像我方才所说的，她们离她们出来的那扇小门不远，她们的叫嚷声传到了那儿；从那座房子里拥出了几个人，他们认出是女基督徒的声音，忙不迭地赶来搭救她。当他们跑到望得见她们的地方时，看见她们正跟两个坏蛋扭在一起，拼命抵抗；孩子们站在一旁大嚷大哭。这时候赶来搭救她们的那一个人朝那两个恶棍厉声喝道，你们干什么？你们要叫上帝的子民犯罪吗？他想过去把他们逮住；但是他们越墙逃进了那个果子园，那只猛狗就属于这个果子

① 参看《圣经·旧约·申命记》第 22 章第 25 至 27 节。

园的主人，因此他们受到了那只狗的保护。于是救助者走上前去，问她们怎样了。她们回答说，我们感谢你的主人，我们平安无事，我们只不过稍稍受了点惊；您这样赶来救我们，我们向您道谢，要不然的话，我们一定让他们制服了。

救助者说了几句话后，又说了以下的话：你们在上面那个小门那儿受到接待的时候，我看见你们明明知道自己只不过是软弱无能的女子，却并不祈求上帝给你们派一位领路人，当时我对这事觉得非常奇怪；那样的话，你们就可以避免这些困难和危险，因为祂会答应派给你们一位领路人的。

女基督徒说：哎呀！我们受到当前这种祝福时，心里激动到了极点，把未来的种种危险都忘得一干二净了；再说，谁料得到在离王宫这么近的地方，会埋伏着这种坏蛋呢？的确，如果我们早祈求上帝派一位领路人就好了；但是既然我们的主知道那样做对我们有益，那么祂为什么不派遣一个人引导我们呢？

救助者说：对人家没有祈求的东西，不一定需要允诺，因为恐怕那样做了，人家就不尊重那些东西；但是当一个人感觉到需要一样东西的时候，在他的心目中就会把那东西的价值估得恰如其分，因此日后也就会加以利用。如果我的主派遣一位领路人给你们，你们就不会像现在这样，因自己疏忽没有提出这样的要求而叹息不止。所以，一切事都是有益的，都帮助你们，使你们更加谨慎。

女基督徒说：我们要不要再回到我们的主的身旁，承认我们的愚昧，要求给我们一位领路人？

救助者说：我会把你们的忏悔向祂面呈。你们不需要再回去，在以后你们所要走到的所有的地方你们都不会缺什么；因为在我的主为他的天路客所预备的每一个接待所里，有足够的装备使他们能抵制一切的、不论怎么样的袭击。但是，像我所说的："他们必为此事向我求问，我要给他们成就①。"而且只有拙劣的东西才不值得祈求。

说完这句话，他回去了，天路客也就继续走他们的路。

慈悲说：这儿突然变得多么空虚了啊！我原以为一切危险都已经过去，我们再也不会有什么不幸了。

女基督徒对慈悲说：因为你是出于无知，你还可以原谅；至于我，我在离家之前已经预知这个危险，事先我原可以作一些准备，可是我却没有采取任何措施，因此我的罪过尤其严重了。这事完全怪我不好。

于是慈悲说：你在离家之前，怎么知道这件事的？请你为我解说这个谜。

女基督徒说：唔，我会告诉你的。在我离家之前，有一天晚上，我躺在床上，我做了这样的一个梦：我当时好像看见两个男人，他们跟今天我们所遇见的那两个人再像也没有了，我看见他们站在我的床前那一头，商讨着如何阻挡我得救的阴谋。我要把当时他们实际上所讲的话告诉你：他们说（那时候我正悲哀万状），这个女人无论醒着睡着，都呼吁着要上帝赦免她的罪孽，我们怎么对付她呢？如果听任她开头这种情况继续下去，我们会像失去她的丈

① 参看《圣经·旧约·以西结书》第26章第37节。

夫那样，也失去她的。我既然听到他们这样的话，岂不是早该提防，早该做好种种应作的准备吗？

慈悲说：可是，由于这个疏忽，我们就有机会看出我们自己的缺点，我们的主也就借着这件事可以显示祂的恩典是多么丰富；因为虽然我们没有向祂这样要求，祂的慈爱却跟随着我们，祂完全出于好意，拯救我们脱离那强者的手。

她们像这样谈着，过了一会儿她们走近路旁一幢房子，那幢房子是为天路客的憩息而造的，关于这幢房子的事，在本书记载天路历程的第一部里已有详细的叙述。且说他们一伙人渐渐走近那房子(那是解释者的住屋)；当他们抵达门前的时候，他们听见房子里谈得正热闹。于是他们留心倾听，他们认为他们听见里面的人提到女基督徒的名字；因为你要知道屋里的人正当着女基督徒谈论她和她的孩子们奔跑天路的事。屋里的人为这件事感到特别高兴，因为他们听说她是基督徒的妻子，不久以前她听见人家提起奔跑天路的事，还觉得非常厌恶呢。因此女基督徒和慈悲就这样站住，听着房子里那些善良的人赞不绝口，他们哪里想得到他们所称赞的人正站在门外呢。后来女基督徒敲了敲门，就像她以前敲那扇小门一样。应声而来的是一个少女，她打开门，望了一望，看见两个女人站在门外。

少女对他们说：你们要找哪一个人说话？

女基督徒回答说：我们听说这地方是特地为那些已经成为天路客的人们而设的，站在这儿门前的正是这等人；因此我们要求也分享一下这地方的舒适，我们此刻正为这事而来；因为你也知道天色已经不早，今晚我们不愿意再往前走了。

少女说：请问尊姓大名，好让我向我们的主人通报。

女基督徒说：我名叫女基督徒；我过去是一个天路客的妻子，几年前那个天路客曾经路过这儿；这四个孩子是他的。这位小姐是我的同伴，她也是奔跑天路的。

于是天真跑进屋去（这是她的名字），对屋里的人说，你们猜谁在门外？女基督徒和她的孩子，还有她的同伴，正等着我们这儿的接待呢！他们听了这话都高兴得跳起来，飞奔着去报告他们的主人。于是主人走到门口，望着女基督徒说，你是不是好人基督徒在开始天路生涯时没有带走的那个女基督徒？

女基督徒说：我就是那个狠心肠的女人，曾对我的丈夫的烦恼毫不关怀，我任凭他孤孤单单地走上他的旅途；这四个是他的孩子；不过现在我也来了，因为我确信唯有这条路是正确的。

解释者说：那么这正应验了《圣经》上所记载的关于那个人对他的儿子所说的话："他对大儿子说，我儿，你今天到葡萄园里去作工，他回答说，我不去，以后自己懊悔就去了。[①]"

于是女基督徒说：但愿如此，阿门。上帝使这话在我身上应验了，并且应许我没有玷污，无可指摘，最终得以安然见主[②]。

解释者说：哎，你们为什么站在门外呢？进来吧，亚伯拉罕的女儿。我们大伙儿刚才正谈着你，因为已有消息传到我们这儿，说

---

① 参看《圣经·新约·马太福音》第 21 章第 28、29 节。

② 参看《圣经·新约·彼得后书》第 3 章第 14 节。

你如何如何变成了一个天路客。来吧，孩子们，进来；来，小姐，请进来！他把他们都请进了屋子。

进了屋以后，他又请他们坐下休息；他们一一就座后，那幢房子里所有负责侍候天路客的人都拥进屋子里来看他们。他们一个个全都笑逐颜开，因女基督徒成为一个天路客而欢欣快乐。他们也看了一个个孩子，抚摸着他们的面颊，表示对他们的热诚欢迎，他们也亲亲切切地向慈悲表示欢迎；欢迎他们全体来到他们的主人家里。过了一会儿，由于晚饭还没有预备好，解释者带他们到他的机要室里去，让他们观看女基督徒的丈夫不久以前所看到的那些东西。因此他们看见了那个给囚在笼子里的人，那个做了一场梦的人和他那场梦，那个奋不顾身在他的敌人中直冲过去的人，和那幅最伟大的景象；还看了所有其他当时基督徒因之获益不浅的东西。

这以后，女基督徒和她的同伴把他们所见到的这一切景象细细揣摩了一会儿，过后解释者又把他们带开，引他们走进一间屋子，那里有一个人，手里握着一把粪耙，他的眼睛什么地方也不望，只能朝下面望。另外有一个人站在他的头的上方，手里拿着一顶天国的冠冕，要跟他交换他手中的粪耙；可是那个人既不抬起头来，又不注意，只顾把地上的稻草啊、细枝子啊和尘土耙到自己跟前。

这时候女基督徒说，我相信我对这幅景象的意义有点明白；这是世人的态度；是不是，好先生？

解释者说：你说得对，他那把粪耙说明了他世俗的愿望。你看见他只顾耙着地上的稻草、细枝子和尘土，不去注意在他上面那位手拿着天国冠冕的人向他所说的话；从这件事上可以看出，对有些人说来，天国只是一种神话，只有世上的东西是可靠的。再说，你也已看到那个人只会朝下面望，这让你明白，当世上的事掌握了一个人的心时，它会使人们的心离开上帝。

于是女基督徒说：啊，救我脱离这把粪耙吧！

解释者说：这种祈祷一直没人用，几乎上锈了；“不要使我富足[①]”，像这样的祈祷在一万个人中间，几乎没有一个人作过。如今绝大多数的人把稻草啊，细枝子啊，尘土啊，看得非常宝贵，竭力寻求它们。

女基督徒和慈悲听了这话，呜呜地哭了起来，说，哎呀！这话再实在没有了！

解释者让他们看过这个景象后，他把他们带进这幢房子里最好的一间屋子里（那是一间非常富丽堂皇的屋子）：他吩咐他们朝周围张望，看看是不是能找到什么对他们有益的东西。于是他们这面张张，那面望望，可是除了墙上一只非常大的蜘蛛之外，他们什么也没有看见，而且他们对这只蜘蛛也没有加以注意。

于是慈悲说，先生，我什么也没看见；但是女基督徒却默不作声。

但是解释者说，再看一看。于是她又张望了一阵子，说，除了靠着它的脚悬挂在墙上的一只丑陋的蜘蛛之外，这儿空荡荡的什么也没有呀。于是他说，在这么宽敞的屋子里难道只有一只蜘蛛？这时候，泪水涌上女基督徒的眼眶，因为她是一个悟性灵敏的女人；

---

① 参看《圣经·旧约·箴言》第30章第8节。

她说，对，主啊，不止一只；对，而且它们是些毒液比肚子里的东西要有害得多的蜘蛛。解释者高兴地望着她，说，你说得对。听了这话，慈悲面孔涨得绯红，孩子们全都用手遮住他们的脸；因为他们这会儿都渐渐了解了这个谜。

解释者又说："蜘蛛用脚抓住墙上的蛛网不放（就像你所看见的），它待在主的宫殿里。①"这件事之所以记载下来，完全是为了要让你看见，不管你充满了多少罪孽的毒液，你还是可以用信心的手紧抓住并且居住在属于天上的王的最好的屋子里。

女基督徒说：我曾经想到类似这样的事，但是我没有能想象得这么透彻。我认为不管我们在多么优美的屋子里，我们就像蜘蛛，就像丑陋不堪的动物；但是我却没有想到从这只蜘蛛，这个分泌毒液、丑八怪似的东西身上，我们可以学习怎么运用信心：可是它用它的脚抓住了，而且正像我所见到的，住在这幢房子中最好的屋子里。上帝没有白造一样东西的。

这时候他们看上去全都很欢喜；可是个个眼中都噙了泪水；他们你瞧瞧我，我瞧瞧你，还向解释者鞠躬。

他又领他们走进另一个屋子，那里有一只母鸡和几只小鸡，他叮嘱他们仔细观看一会儿。有一只小鸡走到水槽旁喝水，它每喝一口水，就要抬头举目望望天，解释者说，瞧这只小鸡做了些什么，你们要学它的样，感谢恩典的来源，仰起头来接受它。他又说，你们再注意观看；他们都听从了他，他们看见那只母鸡有四重的方

---

① 参看《圣经·旧约·箴言》第30章第28节。

式走近它的小鸡：1. 它有一种普通的啼声，它经常发出这种啼声。2. 它有一种特殊的啼声，它只是偶然发出这种啼声。3. 它有一种伏窝时发出的啼声。4. 它有一种吆喝声[①]。

解释者说，这只母鸡好比你的王，这几只小鸡就好比服从祂的人。因为跟这只母鸡一样，祂有祂的种种办法走近祂的子民。祂发出普通的呼声时，祂并没有赐下什么；祂发出特殊的呼声时，祂总是有所赐的；对那些偎在祂的翅膀底下的人，祂也会发出一种伏窝的声音；祂见仇敌走近时，祂会发出警告的吆喝声。我亲爱的孩子们，我之所以把你们领进有这些东西的屋子里来，是因为你们是女人，你们容易体会其中的意义。

女基督徒说：先生啊，请让我们多看一些东西。于是解释者又领他们走进一个屠场，有一个屠夫正在杀一只绵羊；看啊，那只绵羊默不作声，忍耐地等死。这时候解释者说，你们要学习这只绵羊的忍耐，忍受种种虐待，不发半句牢骚和怨言。瞧它多么沉默地接受死亡，毫不抵抗，让人家剥它的皮。你们的王就把你们叫做祂的绵羊。

过后，他把他们带进他的园子，那儿栽种着多种多样的、形形色色的花木；他说，你们看见所有这些花木吗？女基督徒说，看见了。于是他又说，瞧，这些花木高矮不等，无论品种也好、色泽和气味也好，都各个不同，而且各有各的优点；有的跟其他的花朵相形之下，就更显得优美；而且园丁把它们安置在哪儿，它们就待在

① 参看《圣经 · 新约 · 马太福音》第 23 章第 37 节。

哪儿，它们中间也没有纷争。

他又把他们带到他的田地上去，他已经在那片土地上播下了小麦和谷子；但是他们望过去，只见上半截都已经给割得干干净净，只剩下一根根麦秸矗立着。他又说，这块地已经施过肥，犁翻过，播种过了；可是我们怎么处置那些庄稼呢？女基督徒说，烧掉一些，把剩下的当肥料用。解释者又说，你瞧，你们所寻求的是果实，因为没有果实，你们把它扔进火里去，让人家的脚践踏；要注意你们并不责备自己这样做。

后来，他们正要从外面朝屋子走来，他们看见一只小小的知更鸟嘴里衔着一只大蜘蛛；解释者说，你们瞧。于是他们都望着那只知更鸟，慈悲心里纳闷；女基督徒说，这种比许多鸟都优越的知更鸟，喜爱接近人；对于这么美丽的一只小鸟说来，这是多么丢脸啊！我原以为它们是依靠面包屑为生，或者其他像这样无害的东西；我现在可不像以前那样喜欢它了。

解释者回答说，这只知更鸟是一种象征，用它来说明某些信徒是很恰当的；因为有些人说话的语气、外貌和态度，跟这只知更鸟一样，是很美的。他们似乎也非常倾心于诚实的信徒，特别喜欢跟他们交往，与他们为伍，好像他们可以依靠善良的人的面包屑过活似的，他们还装作他们是为了这个而常常到虔诚人的家里和主的场所去的；可是当他们周围没有人的时候，他们就像知更鸟一样，攫取蜘蛛，狼吞虎咽起来，他们会改变他们的食谱，口饮不义，吞罪恶就像吞水一般。

他们回到屋子里来的时候，晚饭还没有预备好，女基督徒趁此机会又要求解释者再让他们看一些或者听一些对他们有益的事物。

于是解释者又开口说：母猪长得越肥，就越喜欢在泥沼里打滚；公牛长得越肥，它就越勇敢地朝屠夫走去；贪婪的人越健壮，就越倾向邪恶。

女人们希望自己整洁优雅；用上帝视为贵重的东西来装饰自己是得体的。

花上一个或者两个夜晚看守警诫要比熬一整年的夜容易；因此，尽管一个人在开头的时候能装腔作势得非常逼真，但是要他照他所应该做的那样坚持到底，可不是件容易事。

所有的船主在风暴中都甘愿把船上最不值钱的东西扔到海里去；可是哪个肯先把最好的东西扔掉？那也只有不敬畏上帝的人。

一个缝罅会使一条船沉没，一件罪行就会使一个人毁灭。

一个忘记了他的朋友的人，对他的朋友说来，他是个忘恩负义的人；而忘记了救主的人，更是以铁石心肠对待自己。

一个处身罪恶中的人指望将来的幸福，犹如一个播种田间杂草的人指望将来在他的谷仓里要堆满小麦或者大麦。

如果一个人要过舒适的日子，他非得想象他临终时的情景，时时刻刻以此事为念不可。

搬弄是非和三心二意这一类事证明世上有罪。

如果世人对上帝所不重视的世界这么珍视，那么他们对上帝所推荐的天堂将怎么样呢？

如果我们对充满了烦恼困苦的今世都觉得依依不舍，那么我们对天上的生活要有什么样的感觉？

人人都要夸奖人们的长处；可是试问有谁，像他理所当然的那样，为上帝的善良所感动？

我们难得坐下来进食，我们总是吃了拔脚就跑；因此耶稣基督的功绩和正义比整个世界所需要的更多。

解释者说罢，又把他们领到他的园子里去，带他们走近一棵树，那棵树的树心已经腐烂成空洞，可是它仍旧生长着，而且还有树叶子。这时候慈悲说，这是什么意思？他说，这棵树外表美观，内心却已腐烂，它好比许多待在上帝的园子里的人；那些人满口赞扬上帝，可是实际上一点也不肯为上帝效劳；虽然他们的叶子青葱悦目，他们的心却一钱不值，只配供魔鬼的火绒箱当火种用。

这时候晚餐已经预备停当，餐桌已经摆好，菜肴都已端上桌；于是他们一一就座，由一个人谢饭后，大家开始进餐。解释者跟他的住客们进餐时，一向要用音乐款待他们；因此这时候乐师们奏起乐来了。还有一个人开始歌唱，他有一条动人的嗓子。他的歌词如下：

唯有上帝是我的依靠，
　　祂喂养我；
因此我还能需要
　　什么我迫切需要的事物？

歌声和乐声停止以后，解释者问女基督徒，当初是什么打动了她的心，使她走上天路客的生涯。女基督徒回答说，首先，我想起了我已经失去我的丈夫，这件事使我悲痛欲绝；但是这不过是出于常情。过后，我又想起我的丈夫所遭遇到的种种苦难和那种流浪生涯，又想到我自己多么卑鄙，竟害他受了那么多的苦。我深深受到良心的责备，要不是正在那时候我梦见我的丈夫的幸福生活，后来又接到我的丈夫现在所住的那个国度里的王送来一封邀请我前去的信，我当时会投河自尽的。那场梦和那封信深深地打动了我的心，激励我走上了这条路。

解释者问：你们在出发之前，没有人反对你们这样做吗？

女基督徒说：有——我的一个邻居，胆怯太太（她跟那个怕受到狮子的伤害、劝告我的丈夫回头走的人是一家人）。她把我的出走说成是自暴自弃的冒险行为，她认为我是一个大傻瓜；她还想尽种种方法使我沮丧，希望我因而打消要走的主意——把我的丈夫一路上所受到的折磨和困苦不遗余力地逐一告诉了我；但是我总算没有受这一切的影响。可是我曾经梦见过两个分明不怀好意的人，我想他们商量着要使我在旅途上失败，这梦使我心里万分担忧；而且直到现在，我还时常想起这个梦，使我见到每一个人都觉得害怕，唯恐他们前来伤害我，把我从我的旅程上撵走。而且，虽然我不希望所有的人都知道这件事，我可以告诉我的主，从引我们到这条路上来的那个小门到这儿的路上，我们俩都受到一次猛烈的攻击，我们不得不高声嚷叫救命。那两个要伤害我们的人正像我梦见的那两个人。

解释者听了这话，说道，你们有良好的开端，你们以后的结局还要好得多哩。于是他跟慈悲攀谈，他说，亲爱的，什么感动了你，使你要上这儿来的？

慈悲脸红了，而且浑身颤抖着，好一会儿都不吱声。

后来解释者说，不要怕；只要相信，把你心里的话说出来。

于是慈悲开始说话，她说，老实说，先生，我是个经验少、见识浅的人，所以我不爱说话，同时我又生怕把话说错。我不能像我的朋友女基督徒那样，谈幻景，谈梦兆；我也没有因为拒绝了善良亲友们的劝告后心里觉得不好受的经验。

解释者问：亲爱的，那么是什么使你这样做了？

慈悲说：事情是这样的，当我们这位朋友正在整理行李，打算离开我们那个城市的时候，我和另外一个朋友偶然去看望她。我们敲了敲门，走进屋去。我们到了屋子里，见到她那情况，就问她为什么整理行李，她说她给邀请到她的丈夫那儿去；接着她一五一十地告诉我们，她怎样梦见他跟一些神同住在一个奇妙的地方，他头戴冠冕，手弹竖琴，跟国王同桌吃喝，因祂把他引到那地方而歌颂祂，等等。正当她告诉我们这些事情的时候，我觉得我的心火热起来。我暗自思忖，要是真有这样的事，我愿意离开我的父母，离开我的出生地，如果可以这么做的话，跟女基督徒结伴一同走。

因此我更进一步地向她探询这一切事情的真相，还问她能不能带我一同走：因为我看到不能再在我们的城里住下去了，如果不走的话，就会有遭到毁灭的危险。但是我是带着抑郁的心情离开我的家乡的；这并不是因为我不愿意离开那地方，而是因为我还有许多亲友仍旧留在那儿呢。我是抱着一颗无限渴望的心来到这儿，而且，如果可能的话，我要跟随女基督徒上她的丈夫和她丈夫的王那里去。

解释者说：你这样启程很好，因为你相信真理；你就像路得，她为了爱拿俄米，为了爱她的上帝耶和华，她离开父母和本土，到素不认识的人民中去。“耶和华照你所行的赏赐你，你来投靠耶和华以色列上帝的翅膀下，愿你满得祂的赏赐①。”

晚饭用毕了，他们着手准备安息；两个女人各住一间卧室，孩子们同睡在一间屋子里。慈悲躺在床上，由于心里过于快乐，辗转不能入睡，因为她现在已经不像以前任何时候那么怀疑自己终将要落空了。因此她躺着感谢赞美上帝，祂是那么眷顾她。

次日早晨，太阳一露脸，他们就起身打点行李，准备辞别主人。但是解释者要他们再逗留一会儿；他说，因为你们要整整齐齐地离开这儿。接着他吩咐开头替他们开门的那个少女道，带他们到园子里的浴池里去，让他们在那儿洗个澡，把在旅途中所沾到的尘土洗干净。于是少女天真带领他们走进园子到浴池里去；她告诉他们，他们一定要在那儿洗得干干净净，因为凡是奔走天路的女人，只要她们来拜访他，他就要她们这样做。于是他们都走下池去沐浴，她们两人和孩子们全都走下池去；后来他们洗毕，走出池来，不但浑身芬芳洁净，连全身上下骨节都显得轻松愉快，健壮有力。因此，当他们走进屋里来的时候，比他们出去洗澡的时候美得多了。

---

① 参看《圣经·旧约·路得记》第2章第11、12节。

他们从园子里的浴池回到屋里来的时候，解释者拉住他们，上下打量他们，说："跟月亮一样美。"接着他吩咐人把印子拿来，凡是在那个浴池里沐过浴的人总要给盖上这印子。印子拿来了，他在他们脸上盖上，这一来，在他们日后要去的那些地方，人家都认识他们是什么人。说到这印子，它含有以色列人出埃及时所吃的羊羔的实质和要旨[①]；那印记是盖在两眼之间。盖上了这印子，他们显得更加美丽了，因为那是他们脸上的装饰品。它也使他们倍形庄重，使他们的容貌更像天使了。

接着解释者又对侍候那两个女人的少女说，到法衣室去，拿几件衣服来给这几个人穿。于是她就拿来了几件白衣服，放在他跟前；他吩咐他们穿上；那是"上等的细麻布，洁白，毫无瑕疵"。两个女人穿上之后，彼此一看，大为惊异；因为她们俩都看不见自己的美丽，却互相看得见对方的美丽。因此她们就此开始尊重对方更甚于尊重自己。一个说，你比我美；另一个说，你比我标致。孩子们见大家都变成那样子，也愣住了。

然后解释者又叫一个男仆来，那人名叫大无畏，吩咐他佩上剑，戴上钢盔，带了盾牌。他说，带领我这两个女儿及孩子，护送他们到那座名叫美丽的房子里去，他们下一站将在那儿歇脚。于是大无畏带了武器在他们前面走；解释者对他们说，祝你们一路平安。解释者家里所有的人都纷纷向他们道别。他们上路了，他们边走边唱——

---

① 参看《圣经·旧约·出埃及记》第13章第8至10节。

这地方是我们旅途上第二个站；
　　多少事古往今来别人都不知道，
那些事原是多么美满，
　　如今我们全在这儿看到听到。

那只蜘蛛，那个耙粪土的人，
　　那只母鸡，那些小鸡，
对我来说，都是一种教训；
　　让我从中吸取教益。

那个园子，那片田野，那个屠夫，
　　那只知更鸟和它的食品，
还有那棵腐朽的树，
　　给了我有力的论证；

这一切使我警醒祷告，
　　使我力求真诚；
天天把我的十字架背好，
　　战战兢兢地侍奉我的神。

这时候我在梦中看见他们在赶路，大无畏走在他们前面。他们这样走着走着，后来来到一个地方，以前基督徒的背负就是在这儿从他的背上落下，滚进一个坟墓的。他们在这地方停下来休息；他们颂赞着上帝。女基督徒说，这会儿我想起了在小门那儿那位先生对我们说的话：我们要依靠话语和实际行动来领受赦罪大恩；话语，就是赦罪的允许；至于实际行动，那就是我们的罪得到赦免的方式。那是怎么样的一个允诺，我多少有些明白；可是怎样依靠实际行动得到赦免呢？或者说，怎么样依靠取得赦免的方式得到赦免呢？大无畏先生，我想您是知道的；因此，请求您把这件事告诉我们。

大无畏说：那因已经完成的事迹而得到的赦罪大恩，是由一个人替另一个需要这种恩典的人获得的赦免。那人说，并不是由那些得到赦免的人获得的，而是通过我获得它的方式得到的。因此把这问题再进一步说，你和慈悲，还有这些孩子们所得到的赦罪大恩，是别人取得的，也就是在小门那儿放你进来的那位先生取得的；祂是通过双重的方式得到这个恩典的：祂的正义的行为把你们遮盖起来，祂又流出祂的血洗净你们。

女基督徒说：可是如果祂把祂的正义赐给我们，祂自己怎么办呢？

大无畏说：祂所有的正义多于你们所需要的，或者说，也多于祂自己所需要的。

女基督徒说：请您把这件事说得明白一些。

大无畏说：我衷心愿意这么做；不过我首先必须说明，我们正要谈论到的这一位，乃是无可比拟的至高者。祂具有双重性格，可以明显地辨别出来，但是又不可能分割开来。这两种性格各具有一种正义，而这两种正义对各自所属的性格说来，又都是必不可缺的。所以非要消灭那种性格，才能使它所具有的公道或者正义从它本身分割出来。因此我们并不是生就可以分享那些正义，这两种正义或者其中任一种，并不是理当加在我们身上，使我们成为正义的人，过正义的生活的。除了这两种正义之外，这一位还有另一种正义像这两种性格一样，也跟它们合而为一。那不是属于神性的正义，可以从人性上辨别出来；也不是属于人性的正义，可以从神性上辨别出来；那是一种处于那两种性格的混合体之中的正义。由于祂必须负起作中保的任务，上帝给了祂作中保的资格，因此可以适当地把这种正义称为要胜任这种任务所不可缺的正义。如果祂没有上述第一种正义，祂就没有神性；如果祂没有第二种正义，祂就没有纯洁的人性；如果祂没有第三种正义，祂就没有使祂能胜任作中保的那种至美至善。

因此，祂还有一种正义，那就是按照所受到启示的意旨行事，也可以说，对所受到启示的意旨的顺从；那就是祂放在罪人身上的正义，用以遮盖罪恶的正义。因此保罗[①]说，因一人的悖逆，众人成为罪人，照样，因一人的顺从，众人也成为义了[②]。

女基督徒问：可是，是不是其他的正义对我们毫无用处？

大无畏说：不是的；因为虽然那些正义对祂的性格和任务说来，是必不可少的，并且不能授予他人，然而那释罪的正义是借着它们（其他的正义）才能有效地达到目的。祂的神性方面的正义使

① 原文是：he，即“他”，指耶稣的一个使徒，保罗。
② 参看《圣经 · 新约 · 罗马书》第 5 章第 19 节。

祂有驯服的美德；祂的人性方面的正义使祂能遵命释罪；而联合那两种性格和任务的那种正义，授权那种正义去履行它所注定的工作。

因此，这是基督作为上帝所不需要的一种正义；因为祂没有这种正义，祂还是上帝。这一种正义也并不是基督，作为一个人所必须具备方能成其为人的正义；因为没有了这种正义，祂还是一位十全十美的人。而且，这一种正义是基督作为神人所不需要的。因为祂没有这种正义，祂照样还是一位神人，因此，作为上帝也好，作为神人也好，基督就祂本身说来并不需要这种正义，因而祂可以赐给别人；这是一种释罪的正义，祂自己根本不需要，因此祂把它赐给别人。所以这种正义称作“正义的恩赐”。既然主耶稣基督使自己也处于律法之下，祂必须把这种正义赐给别人；因为束缚祂的律法不仅要求祂施行公义，也要求祂仁慈为怀。因此如果祂有两件衣服，祂一定得，或者说律法规定祂一定得，分一件给没有衣服的人。而我们的主呢，祂的确有两件衣服，一件自己穿，另一件可以赠送别人；因此祂把一件白白地赐给没有衣服的人。所以，女基督徒、慈悲和这儿所有的人所得到的赦罪恩典是依靠一项实际行动，或者说是依靠别人的德行。你们的主基督就是那个作了实际工作的人，祂把祂行动的成果给了祂遇见的第一个可怜的穷人。

而且，为了要用实际行动来赦罪，必须要有一样东西作为代价付给上帝，同时也要有一样东西用来遮盖我们。罪恶使我们处于正义的律法的公正诅咒之下。因此我们必须通过赎买的方式，才能摆脱这个诅咒；赎买方式就是为我们闯下的祸所付出的代价；也就是用你们的主的血来赎买，祂站在你们的地位上代替你们，因你们的罪替你们受死。祂就这样流出血，把你们从你们的罪中赎出来，用正义覆蔽你们那堕落、丑陋的灵魂[①]，为了要在上帝降临审判世界时，使祂从你们身边越过，不伤害你们。

女基督徒说：这太好啦！现在我明白了，我们依靠话语和事迹而获得赦罪，这一事的意义多么深长啊。好慈悲，让我们把这件事牢牢记在心头；我的孩子们，你们也要记住这件事。可是，先生呀，岂不就是这件事使我的好基督徒的重负从他的肩头上脱落，使他狂喜地跳跃了三下吗？

大无畏说：是的，是对这件事的信念把那些绳索割断，除了这种信念，没有一样东西能割断这些绳索；为了要证明给他看这件事的功效，才使他背负重担一直到十字架前。

女基督徒：我本来就这么想了；因为虽然我的心以前就很轻松快乐，现在却比以前更轻松快乐十倍了。我凭我的感觉相信（虽然到现在为止，我只有轻微的感觉），如果世界上负担最沉重的人来到这儿，见到像我现在所看见的景象，同时也有像我这样的信念，他的心一定会欢欣鼓舞起来的。

大无畏说：我们见到这幅景象、深加思考之后，不仅会因重负得到解脱而感到舒适轻快，我们心里还会因之而产生一种亲切的感情；因为一个人只要一想起赦罪大恩并非光靠允许而来，其中还有这样一番可歌可泣的事迹，哪个不会因祂那种救赎的方法深受感

① 参看《圣经·新约·加拉太书》第 3 章第 13 节。

动，对那位为他身受这种苦难的人一往情深呢？

女基督徒说：一点儿不错；想起祂怎样为我流血，我想我的心几乎碎了。啊，您这位可爱的神！啊，您这位神圣的神！您理该得着我；您已经收买了我；您理应得着整个的我；您为我付出了比我本身价值高上一万倍的代价！怪不得我的丈夫因此眼眶中满噙泪水，怪不得他拖着沉重的步子迅速地赶路；我相信他巴不得我跟他一同去；可是，我是个多么卑鄙无耻的人啊！我让他孤孤单单地走了。啊，慈悲，要是你的爸爸和妈妈也来了，那多好！真的，胆怯太太要是也来了，那多好！啊，我多么希望胆怯太太也在这儿啊。毫无疑问，他们一定会深深受到感动；他们不会为了这个人的恐惧，也不会为了那个人强烈的欲望，再转身回家，不愿意当个好天路客的。

大无畏说：你现在是凭着一股热情说这话；你认为你会不会永远这样？而且，并不是所有的人，所有看见你的耶稣流血的人都会有这样的热情。不是有过那样的人吗？他们站在一旁，眼看鲜血从祂的心里涌出，流到地上，他们丝毫不受感动，他们非但不恸哭，却反而百般讥笑祂；非但没有成为祂的门徒，反而硬着心肠反对祂。因此，我的女儿，你们之所以会有这种感情，是由于你们对我所告诉你们的事作了神妙的深思冥想，因而在你们的脑际留下了一个特殊的印象。要记得你们听说过的，母鸡发出普通的咯咯声时，并不给她的鸡雏食物。所以，你们能有这样的热情，是出于一种特殊的恩宠。

这时候，我在睡梦中看见他们往前走着，后来来到基督徒奔走天路时所看到愚蠢、懒惰和傲慢躺着沉睡的那个地方；他们看见那三个人在路那边不远的地方，由铁链吊着。

慈悲见了这情景，问他们的引路人兼指导人道：这三个是什么人呀？他们为什么给吊在这儿啊？

大无畏说：这三个人是品质非常恶劣的人。他们自己并不想走天路，而且还千方百计阻止别人走天路。他们既懒又蠢，不但这样，他们还竭力使别人也变成懒虫蠢货；而且还使他们以为日后他们会有好结果的。基督徒走过这儿时，他们在睡觉；你们此刻经过这儿，他们却给吊着。

慈悲问：可是他们有没有劝服什么人跟他们抱同样的见解？

大无畏说：有。他们使好几个人离开了正路。慢步就听从了他们，学了他们的样。他们还使一个名叫没有劲的人，还有名叫黑心、恋色和糊涂的人，另外还有一个名叫傻丫头的年轻女子，离开正路，成了跟他们一样的人。不但这样，他们还百般毁谤你们的上帝，要人家相信祂是一个冷酷无情的监工。他们把那个美好的地方说得分文不值，说那地方远不及一些胡诌的人所说的那样好。他们后来也开始诽谤起他的仆人们来了，把他们中间最忠心的说成好管闲事的讨厌鬼。不仅如此，他们还把上帝的圣餐说成玉蜀黍的包皮；把祂的子女们的慰藉说成幻觉；说天路客的跋涉和辛劳完全是白费的。

女基督徒说：唔，如果他们是这样的人，我永远不会为了他们而觉得悲伤的。他们这样的遭遇是活该；而且我认为他们给吊在靠大路这么近的地方倒很好，可以让过路人望见，从而吸取教训，受到警诫。不过如果把他们的罪行镌刻在一块铁板或钢板上，再把那块板留在这个他们行邪作恶的地方，告诫告诫其他的坏人，那岂不好吗？

大无畏说：已经这样做了，只要你走近那堵墙，你就可以看得清清楚楚。

慈悲说：不，不；让他们吊着，让他们遗臭万年，让他们的罪行永远把他们赤裸裸地暴露。我觉得在我没有来到之前，他们给绞死，这是出于莫大的恩典；谁敢说他们对我们这样可怜的女人会做些什么呢？于是她把自己的话编成一支歌，唱道：

喂，你们这三个吊在那儿的人，
让所有联合反对真理的人作为借镜，
让后来的人惧怕这种下场，
如果他对天路客不存好心肠。
你啊，我的灵魂，要谨防这些人，
因为他们敌视神圣。

他们这样走啊走的，后来来到了艰难山的山脚下，善良的大无畏先生又趁这个机会告诉他们，当基督徒路过这地方的时候遇到了哪些事情。于是他先把他们带到一个泉水旁。他说，瞧，基督徒在攀登这座山之前，先喝了一些这个泉里的水；那时候这里的水清澈可人，但是现在变得浑浊不堪了，因为有一帮人不甘心让天路客们在这儿饮水止渴，有意用脚搅浑了这里的水①。慈悲听了这番话，

① 参看《圣经·旧约·以西结书》第34章第18节。

说，我可不明白，他们为什么这么嫉妒呀？那位领路人说，这水只要灌进一只上好的壶里，仍旧可以喝的；因为那样，污泥会沉淀到壶底，水就会自然而然地变得清澈。因此女基督徒和她的同伴只得照着他的话去做。她们把水灌进一只瓦壶中，让壶里的水静止不动，后来那些污泥沉淀到壶底，她们就喝那水。

接着他指点他们看山脚下的两条小路，那就是以前形式和虚伪走迷了路的地方。他说，这两条路很危险，基督徒走过这儿时，有两个人在这地方遭了难。而且这两条路上虽然现在看上去已经用链条、柱子和一条沟阻隔住了，但是仍旧有人情愿冒险走；而不情愿走那条上山的路。

女基督徒说："奸诈人的道路，崎岖难行[1]。"他们走那两条路不折断脖子才怪呢。

大无畏说：他们甘愿冒这种险；而且，如果碰巧有时候一个神的仆人看见他们，呼喊他们，告诉他们走错了路，劝他们要防备危险，那时候他们会用奚落的口吻回答他说："论到你奉耶和华的名向我们所说的话，我们必不听从。我们定要成就我们口中所出的一切话[2]。"不但这样，如果你望得远一些，你可以看见这两条路警诫得相当严密，不止有这些柱子和链条堵住，有这条小沟把它们隔开，还有一道篱笆围着呢；可是，他们仍旧要选上这条路走。

女基督徒说：他们偷懒；他们不愿意做费力的事；他们觉得上

---

① 参看《圣经·旧约·箴言》第13章第15节。

② 参看《圣经·旧约·耶利米书》第44章第16、17节。

山的路走起来很不愉快。所以他们应验了经上的话："懒惰人的道，像荆棘的篱笆[①]。"而且他们情愿选择一个陷阱，走在里面，而不愿意登这座山，奔完那通向圣城的路程。

说着他们朝前走去，开始上山，他们往山上走；但是他们还没有走到山顶，女基督徒便气喘吁吁了，她说，登这座山的确叫人气喘得好难受；难怪那帮对他们一时的安乐比他们的灵魂看得更重的人要选择比较平坦的路。接着慈悲说，我一定得坐下来了；孩子中最年幼的一个哭了。大无畏说，喂，喂，不要在这儿坐下，再向上面去一点就是国王的亭子了。说罢，他牵住那个小孩的手，带领他往山上走去。

他们到达亭子时，欣然坐下，因为他们全都热得满头大汗了。于是慈悲说，对于劳苦担重担的人，安息是多么甜蜜[②]！天路客的王为他们预备了这样一个休息场所，祂是多么仁慈啊！我听见过好些人谈到这个亭子，但是从来就没有见过它。不过我们在这儿可要小心，不要让自己睡着了。因为我听说过，基督徒由于打了一会儿瞌睡，吃了不少的苦呢。

接着大无畏先生对孩子们说，喂，可爱的孩子们，你们好吗？你们现在对奔走天路觉得怎么样？年纪最小的那个孩子说，先生，我刚才心跳得几乎要停止了；不过在危急万分的时候，您帮助了我，我很感谢您。现在我想起我妈以前对我说过的一句话，她说，

---

① 参看《圣经·旧约·箴言》第 15 章第 19 节。

② 参看《圣经·新约·马太福音》第 11 章第 28 节。

通往天堂的路像一座梯子，通往地狱去的路像走下山坡一样。可是我情愿攀登梯子寻求新生，我可不高兴下山走向死亡。

于是慈悲说，可是有这么一句俗语：“下山是桩轻松事。”但是詹姆说（这是那孩子的名字），依我看，将有一天往山下走是桩最艰苦的事，而这日子已经不远了。他的主人说，真是个好孩子，你给了她正确的答复。慈悲听了这话微笑着，那个小孩子却把脸涨得红红的。

女基督徒说，喂，你们吃一点东西好吗？趁你们坐下来歇歇腿的时候，让你们的嘴也舒服舒服。我这儿有一块石榴，是解释者先生在我辞别他的时候送给我的；他还给了我一片蜂窝蜜，一小瓶酒。

慈悲说，我就猜想他给了你些东西，因为他把你叫到一旁。

女基督徒说：对，他把我叫进屋去。不过，当初我们离开家的时候，我说过事情应该怎么办，现在还是应该那么办；我所得到的所有的好东西你都有份，因为你那么乐意作我的伴侣。

说完她把食物递过去，他们都吃了，慈悲和孩子们都吃了。女基督徒对大无畏先生说，先生，你也跟我们一样吃一点好吗？但是他回答说，你们还要继续奔走天路，我快要回去了。你们吃的这些东西对你们是非常有益的，我在家里天天吃这种东西。

他们吃了喝了，又聊了一会儿天，后来他们的引路人对他们说，天色不早了，如果你们觉得好的话，我们准备走吧。于是他们站起身来向前行进，小孩子们走在前面；可是女基督徒把她的酒瓶给忘在那亭子里了，因此她差遣她的一个孩子去取。慈悲见到这样的情形，说道，我想这是一个叫人丢东西的地方。基督徒在这儿丢了他的书卷；女基督徒又在这儿把她的酒瓶给忘了。先生，这是什么缘故？于是他们的引路人回答说，就因为睡着了，或者忘记了。有的人在他们应当清醒的时候打瞌睡，有的人在他们应当把事情记住的时候，却淡忘了；就为了这个缘故，有的天路客常常把有些东西丢在这个休憩的地方。天路客在无限欣喜的心情中应当注意并且记住他们所已经得到的东西；但是因为没有这样做，他们的喜乐往往变成悲哀，他们的阳光变成一团乌云：基督徒在这儿所遭遇到的事情就是个例子。

他们来到这样一个地方，当初疑惑和胆怯就是在这儿遇见基督徒，并且因为害怕狮子而劝告基督徒往回走；这时他们看见那地方仿佛已成了一座戏台。在台前，朝着大路，有一块宽阔的板，上面写着一首诗；诗的下面写明了为什么在那地方搭起这样一个台的原因。诗文如下：

见到这座台的人请注意，
　　注意他的心，他的舌；
否则，如果他不加以注意，
　　马上就要蹈前人的覆辙。

在诗句下面写着：这座台是为了惩罚凡是因胆怯或疑惑，不敢再朝前走的天路客；疑惑和胆怯的舌头也就是在这座台上受到热铁的烙烫，因为他们对基督徒的前进百般劝阻。

于是慈悲说，这完全像那位可爱的人所说的话："诡诈的舌头呵，要给你什么呢，要拿什么加给你呢，就是勇士的利箭，和罗腾木的炭火①。"

说着他们朝前走去，后来他们望得见前面的狮子了。大无畏先生是一个有非凡膂力的壮士，所以他并不害怕狮子；但是当他们走近狮子时，原先走在前面的孩子们都要躲在后面，因为他们给狮子吓坏了；于是他们退了回来，跟在后面。他们的引路人看见这个情况，微笑着说，瞧，我的孩子们，前面没有危险的时候，你们是多么喜欢走在前面，一望见狮子，又多么喜欢走在后面啊！

他们继续朝前面走去，大无畏先生抽出他的剑，准备不顾狮子的凶猛，为天路客们开一条路。这时候突然有一个人挺身而出，仿佛是为支援那几只狮子而来；他对天路客的领路人说，你到这儿来干什么？说到这个人，他的名字叫残酷，或者嗜血，这名字是因他杀害天路客而取的；他是大力士的家族。

于是天路客的引路人说，这几个妇女和孩子是奔走天路的；这一条是他们的必经之路；尽管你和狮子阻挡着他们，他们还是要走过去的。

残酷说：这条路不是他们的，他们不可以打这儿过。我是为了抵制你们而来的，我要帮助狮子抵制你们到底。

说句实话，由于狮子的凶猛，和那个支持那些狮子的人的凶横态度，这条路近来已不大有人走，几乎到处长满了草。

---

① 参看《圣经·旧约·诗篇》第120篇第3、4节。

于是女基督徒说，虽然这些日子以来没有人在大道上行走，虽然旅客们过去迫不得已，绕着小路行进，可是既然我现在已经兴起，——“我兴起作以色列的母①，”我就不允许有这种事。

那人听了这话，对狮子发誓说，这路绝对不能通行；命令他们走开，说他们不能走过那条路。

但是他们的引路人大无畏先生，首先逼近残酷，用他的剑狠狠地向他砍过去，那人被迫倒退了几步。

这时，那个企图支援狮子的人说，难道你想在我的土地上杀死我？

大无畏说：我们是站在王的道路上，是你把狮子带到这路上来的；可是，尽管你的狮子守在这里，这些妇女和孩子虽然软弱无力，他们还是要坚持走这条路的。说完他又猛烈地朝那人砍去，那人腿一屈，跪在地上。这一砍，把那人的头盔也砍破了，接着又砍了一下，只见那人的一条手臂被砍断了。这时那个巨人发出令人毛骨悚然的叫喊声，把两个女人吓得面无人色；但是当她们看见他摊手摊脚地躺在地上时，她们大为欣慰。那些狮子有链条拴着，它们光靠自己是无能为力的。因此，那个企图支持它们的老残酷死去后，大无畏先生对那几个天路客说，来吧，跟我走，那些狮子是无法伤害你们的。他们就朝前走去，但是当他们走过狮子的身边时，两个女人吓得直打哆嗦，孩子们也害怕到了极点；然而他们终究安然地走过去了。

后来他们望得见前面一幢守门人住的小屋子了，他们迅速地到

---

① 参看《圣经·旧约·士师记》第 5 章第 6、7 节。

达了那里；他们经过那场风波之后，加快脚步赶到那儿去，因为黑夜里在那一带行走是很危险的。后来他们走到门前，领路人敲了敲门，守门人嚷道，哪个？可是他一听见领路人答应说，“是我啊”，他辨别得出他的声音，就走下来；因为这位领路人以前常常带领天路客到这儿来的。守门人走下来，打开了门，见领路人紧挨着门站在门前（他没有望见站在领路人身后的女人），他对他说，哎哟，大无畏先生，你这么晚到这儿来干什么呀？大无畏答道，我带了几位天路客来，按照我主的圣旨，他们一定得在这儿住下；我要是没有遇到那个支持那些狮子的巨人的阻挡，早已经到这儿了。我跟那巨人作了一场为时不短的、叫人厌恶的格斗，我把他杀了，然后才把这几位天路客安然带到这儿。

守门人说：你也进来宿一宵，明天早上再走好吗？

大无畏说：不，我今晚就得回到我的主人那儿去。

女基督徒说：啊，先生，您要让我们自个儿奔天路，我好不难过啊；您对我们那么忠诚，那么爱护我们，为我们作了那么勇敢坚强的战斗，那么热诚地给我们忠告，我永远也忘不了您的恩德。

接着慈悲说，啊，我们要有您跟我们一同奔完我们的路程，那该有多好啊！像我们这样可怜的女人要没有朋友或保护者的帮助，在这样一条危难重重的道路上，叫我们怎么坚持得了啊！

接下来孩子中最年幼的詹姆说，先生，请您同我们一起去，帮助我们，因为我们是这么软弱，一路上又那么危险。

大无畏说：我是奉我的主人的圣旨行事；如果祂派遣我带领你们一直到底，我非常愿意护送你们。可是开头你们就没有做对；因为当初祂吩咐我护送你们到这儿为止的时候，你们就该要求祂让我护送你们到底，祂会答应的。可是现在我一定得回去；好吧，好女基督徒，慈悲，还有我的英勇的孩子们，再见吧。

过后，守门人警醒先生问女基督徒她是哪儿人，家里有哪些人；她说，我是在毁灭城长大的；我是一个寡妇，我的丈夫已经死了；他名叫天路客基督徒。

守门人说，什么！他是你的丈夫吗？她说，是的，这几个是他的孩子：这位（她指着慈悲说）是我的街坊。

于是守门人伸手打铃，在这种时候他常常这样做，一个少女走到门口，她的名字叫谦恭；守门人对她说，你去告诉家里人，基督徒的妻子女基督徒和她的孩子奔天路到这儿来了。谦恭就转身进屋去，把这消息告诉大家。啊！那个少女一吐露出这项消息，屋子里掀起一片多么喧嚷的欢声啊！

霎时间他们一窝蜂拥到守门人身旁，因为女基督徒这时候还站在门口。于是一个态度最庄重严肃的人对她说，进来，女基督徒，进来，你——那位好人的妻子；进来，你这位有福气的女子，进来，跟你在一起的人都进来吧。女基督徒和她的孩子、伴侣，就都跨进门去。他们进入里面，被那里的人带进一座非常宽敞的屋子，他们被邀请坐下；于是他们一个个就座，有人去通知那屋子里的首长们来看他们，欢迎他们。不一会儿首长们来了，知道了他们是什么人后，就吻了他们每一个人，表示欢迎，接着说，欢迎，欢迎你们这些蒙受上帝恩典的人，欢迎你们来到这儿，我们都是你们的朋友。

由于天色已不早，同时天路客们因旅途上的劳顿，觉得很疲乏；目睹了那一场交战后又让那些凶猛的狮子吓得魂不附体，这时候他们只觉得软绵绵的，浑身乏力，因此他们表示，一有可能，他们希望就能去安歇。屋里的人说，不，你们得先吃一点东西，把精神恢复过来才是；他们已经为客人们预备了一只羔羊，配以惯用的、属于这种羊的作料①。因为守门人事先已知道这些客人要来到他们这儿，所以早已通知家里的人。于是他们一同进晚餐，祈祷过后又同声歌唱赞美诗，唱毕，客人们又表示要去安息。

女基督徒说，如果容我不揣冒昧擅自选择，我希望能让我们住在我的丈夫在这儿宿过的屋子里。于是他们把客人们带到那间屋子里，让他们全都在那屋子里住宿。他们安息下来以后，女基督徒和慈悲就随意谈起来。

女基督徒说：我的丈夫走上天路以后，我一点也没想到有一天我也会跟着走上这条路。

慈悲说：你也同样没有想到自己会像今天这样躺在他躺过的床上，住在他住过的屋子里。

女基督徒说：我更没想到有一天会快快乐乐地见他的面，也没想到会跟他一同敬拜我们的主，我们的王；然而现在我相信会有那么一天。

慈悲说：听！你听见什么声音没有？

女基督徒说：听见的；我想那是他们因我们的来到，觉得高兴而奏乐的声音。

---

① 参看《圣经·旧约·出埃及记》第 12 章第 21 节。

慈悲说：奇妙极了！因我们的来到而高兴，以致屋子里充满了音乐，心坎里充满了音乐，天空中也充满了音乐！

她们就这样谈了一会儿，过后就各自就寝。次晨她们醒过来以后，女基督徒对慈悲说，你昨晚睡着时发出笑声，这是怎么回事？我想你是做了什么梦吧？

慈悲说：我的确做了个梦，而且是场甜蜜的梦；你真听见我笑了吗？

女基督徒说：真听见的；你咯咯咯地笑得好大声哩；慈悲，请你把你的梦告诉我。

慈悲说：我梦见我孤零零地坐在一个冷清清的地方，为我自己那颗冷酷的心痛哭流涕。我在那地方没坐多久，我想我看见许多人把我团团围住，盯着我看，要听一听我在讲些什么。于是他们这样倾听着，我呢，仍旧为自己的铁石心肠伤心地呜呜哭个不停。他们看见这个情景，有的嘲笑我，有的叫我蠢货，有的开始把我推来推去。

正在这个时候，我想，我仰头望了望，望见一位背上有一对翅膀的人向我飞来。他一直飞到我跟前，说，慈悲，什么事情叫你烦恼啦？于是我向他哭诉了一阵，他听了说，你尽管安心吧。他还用自己的手帕拭干我的眼泪，给我穿上金衣银衣。将项链挂在我的脖颈上，将耳环戴在我的耳朵上，将华冠戴在我头上[1]。

过后，他握住我的手，说，跟我来。于是他飘飘然往上升，我也跟着上升，后来我们来到了一个金光辉煌的门前。他敲了敲门；

① 参看《圣经·旧约·以西结书》第16章第8至12节。

里面的人把门打开了，他走了进去，我跟随着他走到一个宝座前面，宝座上坐着上帝，祂对我说，欢迎你来，女儿。那地方灿烂夺目，像闪烁的星星，更像光芒万丈的太阳，我想我还见到你的丈夫在那儿。后来我从睡梦中醒了过来。可是，我笑了吗？

女基督徒说：笑了吗！当然笑了，而且见到你自己遇上那么美好的事，当然要笑的。允许我告诉你，我相信这真是一场好梦；而且你已经发现梦的上半段的情景是真实的，你最终同样会发现它的后半段情景也是真实的。"上帝说一次、两次，世人却不理会。人躺在床上沉睡的时候，上帝就用梦和夜间的异象，开通他们的耳朵，将当受的教训印在他们心上[①]。"我们躺在床上的时候，不需要醒着跟上帝交谈；祂能在我们睡梦中来探望我们，使我们听见祂的声音。我们的心在睡梦中常常是清醒着的；上帝能对我们的心说话，用话语，用箴言，或者用异兆和比喻，就像跟一个醒着的人说话一样清楚。

慈悲说：啊，我真高兴做了这样一个梦，因为我希望看到这个梦不久得到应验，使我再笑笑。

女基督徒说：我想我们该起身了，看看我们该做些什么。

慈悲说：如果他们邀请我们再住一小段时间，我们就接受他们的邀请吧。我更情愿在这儿再暂住一阵子，跟这些少女再混得熟一点；我觉得贤慧，虔诚和仁爱的面貌又美丽又庄重。

女基督徒说：我们回头看看他们有没有什么打算吧。

于是她们起身，梳洗完毕，走下楼来，互相探询对方睡得好不

---

① 参看《圣经·旧约·约伯记》第33章第14至16节。

好，舒服不舒服。

慈悲说：睡得再好也没有了；我平生极少像昨晚睡得那么香甜。

接着贤慧和虔诚说，如果你们能答应我们的邀请，再在这儿暂住一阵子，你们可以享用这儿的一切东西。

仁爱说，对，而且我们都非常乐意接待你们。

于是他们同意留下来，就这样又住了个把月，而且互相得益不浅。贤慧想知道女基督徒怎么教育她的孩子们，她要求女基督徒让她向那些孩子问一些问题，女基督徒一口答应。贤慧开头先向最小的孩子詹姆发问。

贤慧说：喂，詹姆，你能告诉我谁创造了你吗？

詹姆说：是上帝——那位圣父，那位圣子，那位圣灵。

贤慧问：好孩子，你可知道谁救了你吗？

詹姆说：上帝——那位圣父，那位圣子，那位圣灵。

贤慧说：真是个好孩子。可是上帝——那位父神，祂怎么救你的呢？

詹姆说：祂以祂的恩典救了我。

贤慧问：上帝——那位圣子，怎么救赎了你的？

詹姆说：祂以祂的义救赎了我，祂为我受死、流血，祂为我活。

贤慧问：上帝——那位圣灵，祂又怎么样救了你的？

詹姆说：祂通过启发拯救了我，祂为我清除了一切污秽，保住了我。

这时候贤慧对女基督徒说，你这样教育了你的孩子，你该受到褒奖。既然他们中间最小的一个已经能答复得这么好，我想我不需要再用这些问题去问其余的孩子了。我现在要跟那较大的一个孩子谈一谈。

接着贤慧就说：喂，约瑟（那孩子名叫约瑟），你肯让我来考问你一下吗？

约瑟说：我非常愿意。

贤慧问：人是什么？

约瑟说：是有理性的生物，就像我弟弟所说的，是上帝把他造成这样。

贤慧问："拯救"这个字含有什么意义？

约瑟说：它含有这样的意义：人由于犯了罪，使自己陷入悲惨的受困被囚的状态。

贤慧问：他为三位一体所救赎，这含有什么意义？

约瑟说：含有这样的意义；罪恶是非常强大、非常凶猛的暴君，除了上帝，没有一个人能把我们从那暴君的掌握中拉出来；而上帝又是那么仁慈，那么爱人，祂真的把人从这种悲惨的状态中拉出来。

贤慧问：上帝为什么要拯救可怜的人？

约瑟说：为了要让荣耀归于上帝，归于祂的恩典和祂的正义等等，为了要使祂的人永远幸福。

贤慧问：哪种人一定会得到拯救？

约瑟说：接受祂的救恩的人。

贤慧问：好孩子，约瑟；你的妈妈把你教育得很好，你也留心听了她对你说的话。

于是贤慧对撒母耳（他是第二个孩子）说，喂，撒母耳，你愿意我向你发问吗？

撒母耳说：我愿意，真愿意，请问吧。

贤慧问：什么是天堂？

撒母耳说：是一个幸福的所在，至乐的境界，因为上帝住在那儿。

贤慧问：什么是地狱？

撒母耳说：是个悲惨透顶的地方，悲惨到了极点的境界，因为那儿是罪恶、魔鬼和死亡的所在地。

贤慧问：你为什么要到天堂去？

撒母耳说：因为在那儿我可以见到上帝，永不疲乏地侍候祂；在那儿我可以见到基督，永永远远地爱祂；在那儿我可以让圣灵丰丰富富地充满我，我在这儿是绝对享受不到这种充满的。

贤慧说：也是个非常好的孩子，而且学习得很好的孩子。

接下来她跟最大的孩子攀谈起来，那孩子名叫马太；她对他说，喂，马太，我也问你一些问题，好吗？

马太说：我非常愿意。

贤慧问：那么我要问你，居上帝之先，或者说在上帝之前，有没有什么东西存在？

马太说：没有，因为上帝是永恒的；在头一天开始之前，除了上帝，没有一样东西存在；“因为六日之内，耶和华造天、地、海和其中的万物[1]。”

---

① 参看《圣经·旧约·出埃及记》第20章第11节。

贤慧问：你对《圣经》有什么样的看法？

马太说：《圣经》上所记载的是上帝的圣言。

贤慧问：《圣经》里的话，你是不是全部都懂得？

马太说：不，有许多不懂得。

贤慧问：你看到自己看不懂的地方时，怎么办呢？

马太说：我认为上帝比我有智慧。我祈求祂让我看懂那里面所有祂知道对我有益的话语。

贤慧问：你对死人复活这件事怎么相信的？

马太回答：我相信死人像给埋葬的时候那模样复活；复活后每个人的本质没有改变，所不同的是不再败坏了。我根据两个原因相信这件事：第一，因为上帝有这样的允许；第二，因为祂有能力办到这件事。

于是贤慧对所有的孩子说，你们要继续听你们妈妈的话，因为她能教你们更多的东西，你们也必须勤于听取别人所讲的有益的话语；因为他们是为你们说那些话的。也要细心观察天地万物所给你们的教导；但是尤其要多多默想那本使你们爸爸成为天路客的书。至于我，趁你们在这儿，我要尽力教你们一些东西，你们如果向我提出对敬神这一事有启发作用的问题，我会很高兴的。

且说这几个天路客在这地方住了一个星期后，有一个假装对慈悲怀有好意的人来访问她，那人名叫活泼先生；他是个有教养的人，一个虚伪的信徒，对世俗的事非常接近。他就这样一次，两次，多次来访慈悲，而且向她吐露爱情。

说到慈悲的容貌，的确长得很美，因此更显得妩媚动人。她时刻一心想找事做；当她自己的事都已经做好的时候，她就替人家织长筒袜，缝外衣，而且把这些东西送给贫穷的人。而活泼先生，由于不知道她织缝的东西的去路，不知道她怎样处理那些东西，似乎非常惊奇，因为他发现她两手从来没有闲过。他自忖着，我敢保证她将是一个好主妇。

后来慈悲把这件事告诉那屋子里的少女们，向她们探询他的为人，等等，因为她们对他了解得比她清楚些。于是她们告诉她，他是个非常忙碌的年轻人，一个虚伪的信徒；而且她们恐怕他对善的力量一无所知。

慈悲说，好，那么我不再看他一眼了；因为我决心永远不让我的灵魂受到任何束缚。

这时候贤慧回答说，倒不需要下什么大功夫使他打消这个念头；因为只要她继续她一向的作风，为贫穷人做种种的工作，他过不了多久自然就会冷淡的。

后来活泼先生又来看慈悲，他见她仍旧做着原来的工作，替穷人制造各种东西。于是他说，怎么啦！老做这些事？她说，是的，为我自己做，也可以说是为穷苦人做。他说，你这样做，一天可以赚多少钱？她回答说："我做这些事，为的是要多做好事，为自己打下美好的基础，预备将来叫我可以获得永生[①]。"他说，请告诉我，你怎么处理这些东西呢？她说，把衣服供给没得穿的人。他一听这话，脸色完全变了。从此他不再来看她了。人家问他为什么不

① 参看《圣经·新约·提摩太前书》第6章第18、19节。

跟慈悲来往，他说慈悲的确是个漂亮的姑娘，可是不太健康。

活泼先生不再追求慈悲以后，贤慧说，我不是对你说过，活泼先生不消多久就会放弃你的吗？而且他还会编一套话诽谤你；因为尽管他虚伪地信奉宗教，而且表面上钟情于慈悲，然而慈悲和他两人的性格迥然不同，我相信他们的婚事怎么也不会成功的。

慈悲说：虽然我从来没有对任何人说过，我以前有过好几次可能结婚的机会；虽然那几位先生说不出我有什么缺点，可是他们就不喜欢我的种种条件。因此他们跟我都合不来。

贤慧说：在现今这时代，人们对怜悯这种感情是很不重视的，至多只在口头上谈谈；像你那样把这种感情付诸实践，那是很少人做得到的。

慈悲说：好吧，如果没有人跟我结婚，我就做闺女到老吧；或者我这些条件就好比是我的丈夫吧，因为我不能改变我的性格；要让一个人来妨碍我这种性格，那只要我活着一天，我就决不能容忍那样做的。我以前有一个姊姊，名叫慷慨，她就嫁给一个这样的家伙，可是他们俩就老合不来，由于我的姊姊坚持她过去的作风——那就是，乐意帮助穷人——她的丈夫当着十字架对她破口大骂一顿，然后把她赶出去了。

贤慧说：而且我敢说他还自称是个信徒呢！

慈悲说：对，他是一个信徒，像这种信徒在现今世上有的是；可我就一个也不希罕。

有一天女基督徒的长子马太生病了，而且病势很重，他觉得肚子非常疼痛，一阵阵地腹痛如绞。有一个技巧先生住在离那儿不远的地方，他是一个医术高明的年老医生。因此女基督徒希望他能来为她儿子诊治，于是他们就去把他请来。他进了屋，对孩子略加诊断，就断定他肚子里有病。过后他问孩子的母亲，马太最近吃了些什么？女基督徒说，吃了些什么！吃的全是卫生的东西呀。那医生解答道，这孩子吃过一种东西，那东西滞留在他的胃里没有消化掉，而且要不想个办法，那东西是不会排泄出来的。我告诉你，他一定得服泻药，不然就会不治而死。

这时候撒母耳说，妈妈，我们一离开这条路开头的那个小门后，我的哥哥摘了往嘴里塞的是什么呀？靠左边，在一堵墙的后面不是有一棵果子树吗？有些枝桠伸展到墙外来，我哥哥的确摘过果子吃的。

女基督徒说：不错，我的孩子，他的确从枝桠上摘了吃；见他那么顽皮，我还申斥了他，可是他还是要吃。

技巧说：我早就料到他吃过不卫生的东西了；而且那东西——就是说，那果子——又恰恰是最有害的。那是魔王果园里的果子。我觉得奇怪，怎么没有人事先警告你这件事；许多人因吃了那果子死亡哩。

女基督徒听了这席话，不由得哭泣起来；她说，唉，不听话的孩子！唉，糊涂的妈妈！孩子现在这样子，我可怎么办呢？

技巧说：哎，不要太沮丧了；孩子的病可能会好的，不过他得泻一下肚子，还得让他呕吐。

女基督徒说：先生，请您尽您的力量医治他吧，不论要花多少钱，我都不会不同意的。

技巧说：不，我希望我不会做不合理的事。于是他给病人服了一帖泻药，但是药力太轻微了；据说那是由山羊的血、小母牛的尸灰、牛膝草的汁和其他的东西合制成的[1]。技巧先生发现那种泻药不奏效后，又为他配制了另一种泻药；那是由基督的肉和血合制成的[2]。（你也知道，医生有时候会用希奇古怪的药医治病人的。）把那样东西制成了丸药，加上一两个允许，还加上适当分量的食盐[3]。他得绝食，三颗同时吞下，用八分之一品脱忏悔的泪水和服。

那帖药制好后，就拿到孩子跟前，可是那孩子虽然肚子痛得仿佛自己快要给扯得粉碎了，他还是怎么也不肯吃。医生说，喂，喂，你一定得吃下去。孩子说，这药叫我作呕呀。孩子的母亲说，我一定要你吞下去。孩子说，我会呕吐的。女基督徒对技巧先生说，先生，请问这药是什么味道？医生说，并不难吃，女基督徒听了就用舌尖舔了舔一颗药丸。过后她说，啊，马太，这药比蜂蜜还要甜哩。如果你爱你的妈妈，爱你的三个弟弟，爱慈悲，爱你自己的性命的话，你吃了吧。到后来好容易才说服了他，作了一个短短的祈祷祝谢后，他吞下那药，而且觉得胃里很舒服。那药的效果很不错；他不久就安然入睡，安安静静地休息了；那药又使他体温增高，发了一身汗，他的腹痛病完全治愈了。

因此不久他就起床，撑着手杖散步，从一个屋子踱到另一个屋子，跟贤慧、虔诚和仁爱谈论自己那场病以及他获得痊愈的经过。

---

① 参看《圣经·新约·希伯来书》第9章第19节；第10章第1至4节。
② 参看《圣经·新约·约翰福音》第6章第54至57节。
③ 参看《圣经·新约·马可福音》第9章第49节。

孩子病愈后，女基督徒问技巧先生说，先生，您这样辛勤看顾了我和我的孩子，我该怎样酬谢您呢？技巧先生说，按照规定，像这种情况，你必须酬答医师学院的大师①。

她问：先生，这种丸药还可以治什么病？

技巧说：它是一种万能丸药；凡是天路客可能感染上的任何疾病，它都能医治；要是配制得好，可以保存，不论多久都不会坏。

女基督徒问：先生，请替我配制十二盒这种丸药；因为如果我有了这种药，我再也不吃别的药了。

技巧说：这种丸药对于预防疾病，跟医治疾病同样有效。我敢说，而且我敢肯定，一个人只要适当地服用这种药，他会永远活着②。不过好女基督徒，你必须完全按照我所规定的那种方法服用这些丸药，否则一点功效也不会有的。说罢他把女基督徒本人所需用的药，她的孩子们和慈悲所需用的药都交给女基督徒；还嘱咐马太要注意不要再吃生李子；然后他一一吻了他们，径自走了。

上文已经提到过，贤慧曾经叮嘱孩子们说，他们可以随时向她提出一些有益的问题，她会很愿意跟他们谈谈的。

于是生过那场病的马太问道，为什么药大都是苦的？

贤慧说：这说明一颗世俗的心对于上帝的话语和祂的话语所产生的效果是多么不欢迎。

马太问：为什么有效的药会使你腹泻呕吐？

---

① 指上帝，见《圣经·新约·希伯来书》第 13 章第 11 至 15 节。

② 参看《圣经·新约·约翰福音》第 6 章第 51 节。

贤慧说：这说明当那话语奏效时，它会把一个人的心和灵清洗干净。因为上帝的话语对一个人心灵的作用正如药物对他的身体的作用一样。

马太问：我们看见火往上冒焰，看见太阳往下放射光芒和使人温暖的感觉，我们从这两桩事上该得到什么教训？

贤慧说：从火往上冒焰这桩事上，我们可以知道我们要靠热烈恳切的愿望上升到天上去。从太阳向下放射暖气、光芒和令人愉快的感觉这桩事上，我们知道救世主，虽然高高在上，祂却向我们下界的这些人施恩典和慈爱。

马太问：云朵从哪儿取得它的水分？

贤慧说：从海洋里。

马太问：我们从这事上可以得到怎么样的教训？

贤慧说：我们从这事上可以知道牧师们该向上帝聆取训诲。

马太问：云为什么化成水撒在地上？

贤慧说：这说明牧师该向世人传扬他们所认识的上帝。

马太问：为什么虹要由阳光引起？

贤慧说：为的是要说明上帝施恩给我们的圣约是靠着基督得到确定。

马太问：为什么泉水要由海洋里流来，再从地底下冒出来？

贤慧说：为的是要说明上帝的恩典是通过基督的身体施给我们的。

马太问：为什么有的泉水是从山顶上冒出来的？

贤慧说：这说明恩典的圣灵在许多穷苦低贱的人身上发动，照样，它也在有些伟大高贵的人物身上发动。

马太问：为什么蜡烛上的火紧缠住烛心？

贤慧说：这说明除非天恩在我们内心照耀，我们心里是没有生命的真光的。

马太问：为了维持烛光，为什么烛心、烛油都得消耗掉？

贤慧说：为的要说明我们的身体、灵魂和一切都得用来为那存在我们里面的、上帝的恩典服务，并且为了使它保持着良好的状态而消耗掉。

马太问：鹈鹕为什么用嘴啄穿自己的胸膛？

贤慧说：为的要用自己的血喂养它的孩子；从这件事上可以看出基督，这位天上的神，是多么爱祂的子女，祂的子民，祂用自己的鲜血拯救他们脱离死亡。

马太问：一个人听见公鸡啼叫，可以得到什么教训？

贤慧说：这可以使他去追忆彼得的罪孽，去追忆彼得痛悔的心情[①]。公鸡啼叫也说明白昼就要来临；那么，让公鸡的啼叫声使你记住那可怕的最后审判的一天吧。

他们在这地方做客，到这时候差不多已满一个月了；因此他们向那儿的主人们表示要动身了。这时约瑟对他的妈妈说，您可不要忘了捎个信到解释者家里，要求他应允派遣大无畏先生到我们这儿来，那么在余下的旅途上他就可以作我们的向导。女基督徒说，好孩子，我差点儿都忘了这件事。于是她写了一份申请书，要求守门

① 参看《圣经·新约·马太福音》第26章第69至74节。

人警醒先生差遣一个合适的人把它送给解释者先生；后来那份申请书送到了解释者手里，他阅读过后，对送信人说，你回去告诉他们，我答应派遣大无畏先生到他们那儿去。

女基督徒在那儿做客的那家人见他们决定要继续走上旅程，便通知全家人聚集在一起，为了他们的王送来这几位于他们有益的客人这一事，一同向他们的王申达谢意。他们道谢完毕，对女基督徒说，我们按照一向招待天路客的惯例，也请你们看一些东西好不好？看了那些东西，你们在旅途上就可以反复思想。于是他们带领女基督徒和她的孩子们，还有慈悲，一同走进一个小房间，让他们看一只夏娃吃过的苹果，当初夏娃还让她的丈夫也吃那只苹果，后来就为了这一举动，他们两人都被撵出乐园[1]；他们问女基督徒可知道那是什么。女基督徒说，这是可以吃的东西还是毒物，我不知道。于是他们把这桩事的始末告诉了她，她高举起双手，大为惊愕。

之后，他们又把她带到一个地方，让她瞧瞧雅各的梯子。那时候有几个天使正在攀登梯子。女基督徒目不转睛地望着天使们向上走去；所有其余的人也全都抬头望着[2]。接着大家开始走开，那家人打算再把他们带到另一个地方去，让他们看另一些东西；但是詹姆对他的母亲说，请您要求他们在这里多逗留一会儿，这真是一个奇观。因此他们又回到了那地方，站着尽情地望着那幅叫人感到无限

① 参看《圣经·旧约·创世记》第3章第6至23节。

② 参看同上书第28章第12节。

愉快的景象。后来他们又给领到一个地方，那儿挂着一个金锚。他们叫女基督徒上前把它取下；他们说，你该把它带在身边，因为在天国里你非持有这个金锚不可，有了它，遇上狂风暴雨，你也就可以站得稳如泰山。他们听了这一席话，心里高兴极了①。过后他们又带领女基督徒们来到一座山上，在那山上我们的祖先亚伯拉罕曾经把自己的儿子以撒奉献给上帝，他们带领女基督徒们观看那座祭坛，那几捆柴火，那一团火和那把利刃；这些东西直到这一天还存留着②。他们见到了这些东西后，都举起双手，深感庆幸，说，啊，亚伯拉罕多么忠诚啊，他多么挚爱他的主，多么甘愿摒弃自己的一切啊！

他们带领女基督徒们看过这一切东西后，贤慧又领他们走进一间餐室，那里有两只有键乐器③，她上前弹奏起来，把她带领他们看到的东西编成一首这么优美动人的歌：

夏娃的苹果，我们已经让你们见到，
　　你们要提防它；
雅各的梯子你们也已见到，
　　天使们在那里上上下下。

你们得到了一个锚；

---

① 参看《圣经·新约·希伯来书》第6章第19节。
② 参看《圣经·旧约·创世记》第22章第9节。
③ 十六、十七世纪时的一种方形无脚乐器。

但是你们切不要因此满足，
直到你们跟亚伯拉罕一样，
把你们最心爱的东西献出。

正在这时候，传来叩门声；于是守门人把门打开，看啊，不是大无畏先生站在门外吗？！他走进屋子时，屋子里顿时充满了多么欢欣的气氛啊！因为仅仅在短短的一段时间以前，他杀死了那个巨人残酷，也就是嗜血，营救他们脱离了狮子的危害，那幕情景重又在他们脑际呈现了。

大无畏先生对女基督徒和慈悲说，我的主送你们两位每人一瓶酒，还有烤玉米和两只石榴；他也送了孩子们一些无花果和葡萄干，供你们路上食用。

于是他们动身了；贤慧和虔诚陪伴着他们。他们走到门口时，女基督徒问守门人最近有没有人走过门前。他说，最近没有；不过，前些时候，有一个人走过这儿，他告诉我，最近在你们现在要去的那条大路上发生了一桩大抢劫案；不过他说，那些盗贼已经给逮捕起来了，不久就要判处死刑。女基督徒和慈悲听了，都害怕起来；但是马太说，妈妈，只要有大无畏先生跟我们同路，做我们的向导，什么都不用怕。

于是女基督徒对守门人说，先生，我非常感激您，自从我来到这儿以后，您这么友爱地照料了我；您对我的孩子们也是那么疼爱亲切。我不知道该怎么样报答您的友情；因此，请您接受我这件聊表敬意的、微乎其微的东西。说着，她塞了一枚金币在他手里；守门人向她深深鞠一个躬，说，愿您的长袍永远保持洁白，愿您的头永远不需要膏油。愿慈悲永生不死，愿她勤勉做工。他又对孩子们说，你们要逃避年轻人的欲望，和严肃而有智慧的人同心追求圣洁；那样你们就会使你们妈妈心里充满喜乐，就会博得所有稳重人的称赞。过后他们向守门人道谢，辞别上路。

这时我在梦中看见他们往前走去，后来他们到达了山顶，虔诚突然想起一件事，喊道，哎呀！我把我原要送给女基督徒和她的同伴们的礼物给忘了；我要回去把它拿来。于是她跑去拿了。虔诚走了以后，女基督徒觉得好像听见从附近靠右边的一个小树丛里传来一阵非常奇妙悦耳的音调，唱出一段近似下面这样的歌词——

在我的一生中，您的恩典
　　这么坦率地向我显示，
您的住处将永远永远
　　是我的栖身之室。

她继续倾耳谛听，她觉得听见另一阵歌声回答着——

为什么呢？因为主，我们的上帝，很是仁慈，
　　祂的慈爱永不改变；
祂的真理，自始至终坚定不移，
　　而将持续，从永恒到永恒。

女基督徒听毕，问贤慧谁唱出这么奇妙的音调。贤慧回答说，那是我们这一地区的鸟鸣；它们不常发出这种啁啾，只有在春天百花齐放、日光和煦的日子里，你可以听到它们整天叽叽喳喳唱个不停。她又说，我们常常踱到野外去谛听；也常常把它们收养在家里。在我们心里郁闷的时候，有它们做伴是非常好的；它们使林子、小丛林和僻静的地方成为令人身心愉快的所在。

这时，虔诚回来了；她对女基督徒说，喂，我给你带来了一张图，上面画有你在我们家里所见到的一切东西，你可以在你记忆力模糊的时候，看一看这张图，使自己想起那些东西，借着它们得到教训和安慰。

这时候他们开始走下坡路，朝屈辱谷走去。那是一座陡峭的山，一路滑溜溜的；但是他们的步伐非常小心，因此安安稳稳到了山脚下。他们到了屈辱谷中时，虔诚对女基督徒说，你的丈夫以前就在这地方遇上那个丑恶的敌人魔王，他们就在这儿打了那场骇人听闻的仗；我想你一定已经风闻那件事了。不过你们尽可以放胆；只要有大无畏先生做你们的带路兼指导人，你们的运气是会好些的。于是他们委托天路客的领路人一路护送他们后，领路人就朝前走去，天路客们跟在后面。

然后大无畏先生说，我们见这个山谷不必这么心惊胆战；除非我们自己去招引，这儿根本没有什么东西会伤害我们。基督徒的确在这儿遇上了魔王，而且跟他作了一场激烈的战斗；不过那场骚扰是他在下山时所犯过失的后果；因为凡是在那儿犯过差错的人，一定得准备在这儿有一场格斗。而且就是为了这个缘故，这个山谷才有这么一个叫人难堪的名字。因为普通的人听说有人在这样一个地方，遇到一些令人毛骨悚然的事，就认为这地方常有恶毒的魔鬼或者邪灵出没；可是，哎呀！那是他们自己的行为造成的后果，那些事由于那缘故才临到他们身上的。

这个屈辱谷根本跟乌鸦飞过的任何地方一样丰饶；而且我相信，如果我们运气好的话，我们在这儿附近也许能发现什么东西，可以让我们知道当初基督徒为什么在这地方受到那么猛烈的攻击。

这时雅各对他的母亲说，瞧，那边有一根柱子，好像上面还写着一些字；让我们过去看看写的是些什么。于是他们走了过去，看见那上面写着："让基督徒在来到这儿之前所犯的过失，和他在这儿所经历的战斗，成为后来者的警诫。"

领路人说，瞧，我不是对你们说过，在这儿附近有样东西会让人们知道基督徒为什么在这地方会遭到这么猛烈的袭击吗？说着他转过身去对女基督徒说，不可以轻蔑基督徒，尤其不可以轻蔑其他许多有这样的命运和遭遇的人。因为攀登这座山要比下山容易些；在这一带像这样的山可不多。不过我们不要谈这个好人吧，他已安息了；他也英勇地战胜了他的仇敌；但愿天上的上帝允许，当我们受到考验的时候，我们的运气不比他更坏。

但是我们还要谈一谈这个屈辱谷。在这一带，这块地最好、最丰饶。这是一块肥沃的地，而且，正如你看见的，大部分是牧场；而且如果一个人像我们现在一样，来到这儿的时候正值夏季，如果他以前对这地方完全不熟悉，如果他也喜欢以眼目的享受自娱，那么他可以饱览使他身心愉快的东西了。瞧，这个山谷是多么葱翠；

谷中长着百合花，多么美丽。我知道许多劳苦的人在这个屈辱谷中置有上好的产业（因为“上帝阻挡骄傲的人，赐恩给谦卑的人[1]”。）；因为这儿的土壤的确非常肥沃，果实一簇一簇地生产出来。有的人还希望从这儿可以直接通往他们天父的住处，那样他们就不必再历尽艰苦翻山越岭了；可是道路毕竟是道路，总有个尽头的。

他们正边走边谈时，望见一个男孩子在牧放他父亲的羊群。那孩子衣服非常粗陋，但是一张脸却显得神采奕奕，而且长得很漂亮；他独个儿坐着，哼啊哼地唱着歌。大无畏先生说，听那个牧人的孩子说些什么；于是大家留心倾听，那孩子说道：

落魄的人不必害怕跌倒；
　　卑微的人不必惧怕傲慢；
谦卑的人永远永远
　　有上帝作他的引导。

我满足于我的现状，
　　不论是少还是多；
而且，主啊，知足仍旧是我的渴望，
　　因为这样的人会得到您的救赎。

① 参看《圣经·新约·雅各书》第4章第6节，《圣经·新约·彼得前书》第5章第5节。

奔走天路的人

　　身上压着这种负担；

眼前利益虽少，往后的福分

　　将是优美无比，绵延不断。

接着他们的领路人说，你们听见他的话没有？我敢说这个孩子过的生活比穿戴丝绸细软的人更愉快，怀中拥有更多那称为“内心安逸”的药草。不过让我们再继续谈下去。

我们的主以前在这个山谷里有一所别墅；祂很喜欢住在这儿。祂也爱在这些草场上散步，因为这儿的空气使人心旷神怡，而且，处在这个环境中，一个人可以享到清静，摆脱那种俗世的忙碌生涯。到处都喧闹混乱不堪，惟独屈辱谷是个空旷偏僻的所在。在这儿，一个人不会像他在别的环境中那样，受到阻碍，不能安静地沉思。这是一个除了那些爱好天路客生涯的人以外，谁也不会踏进来的山谷。而且虽然基督徒不幸在这儿遇见魔王，跟他来了一场紧张万状的交战，可是我必须告诉你们，以前有人曾经在这儿遇见天使，在这儿觅得珍珠，还在这儿得到生命的话语。

我在前面有没有提到我们的主以前在这儿有过别墅，他喜欢在这儿散步？我还要补充一下：祂在这儿每年还留下了一笔款子，在某些季节里真诚地交给那些爱慕并且踏上这些土地的人们，作为他们旅途的生活费用，同时进一步鼓励他们在天路上继续前进。

这时候他们一路走着，撒母耳对大无畏先生说，先生，我听说我的爸爸曾跟魔王在这个山谷里交战；可是他们俩在哪儿打起来的？我看到这个山谷可大呢。

大无畏说：你的爸爸是在前面紧接健忘草场的那一头的一条狭路上跟魔王交战的。而且那儿的确是这一带最危险的地方；因为天路客不论在什么时候遭到任何袭击，总是在他们忘记了自己蒙受了怎样的恩典的时候，忘记了他们是多么不配得到这样的恩典的时候。别人也在这地方经历过种种困难，不过还是等我们到了那儿再谈论那地方吧；因为我相信，直到今天，在那地方不是还留着当初那场格斗的残迹，就是已经建立起什么石碑，来证明在那儿曾经有过那么一场格斗。

慈悲听了这一席话，说，我认为我在这山谷里跟在任何其他我们走过的地方同样愉快；我认为这地方对我的情绪正适合。我喜欢待在这种听不见马车的嘎啦嘎啦声和车轮的辘辘声的环境中。我认为在这儿一个人可以清清静静地想一想，他自己是怎么样的人，从哪儿来的，自己曾经做过什么事，国王召他去做什么。在这儿，一个人可以静思默想，伤心感动，软化下来，直到他的眼目像希实本门旁的水池[①]。那些人凭正确的方法走过“流泪谷，叫这谷变为泉源之地，并有秋雨之福”，那由上帝从天赐下给谷中人们的秋雨，“也盖满了全谷[②]”。在这个山谷中，王也会赐给他们葡萄园[③]；凡走过那个山谷的人都会歌唱，就像基督徒一样，他虽然遇到魔王，他仍歌唱。

---

① 参看《圣经·旧约·雅歌》第7章第4节。
② 参看《圣经·旧约·诗篇》第84篇第6节。
③ 参看《圣经·旧约·何西阿书》第2章第15节。

他们的领路人说，的确是这样。我走过这个山谷许多次了，我觉得自己从来没有比在这儿更愉快的时候。我也当过好几个天路客的领路人，他们也这么说。国王说：“我所看顾的就是虚心痛悔，因我话而战兢的人[①]。”

此刻他们来到了上文提及的、过去发生那场交战的地方。于是领路人对女基督徒和她的孩子们以及慈悲说，就在这儿，基督徒站在这块地上，魔王从那边走过来袭击他。瞧，我不是告诉过你，直到今天，在这儿这些石头上还可以看到你丈夫的血迹？看啊，至今也还可以看到在这儿到处都是魔王折断了的标枪的碎片。也看看他们为了要保持有利于攻击对方的地位，在交战的当儿，他们的脚在地面上怎样留下了深深的足印；他们朝侧面挥舞武器时，怎样把这些石头砸得粉碎。的确，基督徒在这儿现出了大丈夫的气概，他表现出赫拉克勒斯所可能表现的英勇，即使赫拉克勒斯本人在这儿，他也不见得更英勇。魔王给击败后，他向邻谷节节后退，那座山谷叫做死荫谷，我们马上就要走进那座山谷了。

看啊，那边也竖立着一块石碑，上面雕刻着几行字，为了使他万世流芳，这场交战和基督徒的胜利给记载在上面。由于那块石碑就在他们面前路旁，他们走上前去看那几行字，现在让我逐字记录于下：

这儿附近曾发生一场激战，
　　无比奇妙，无比真实；

① 参看《圣经·旧约·以赛亚书》第66章第2节。

基督徒和魔王都企望
　　把对方收拾。

那人极端英勇地表现了大丈夫气概，
　　他迫使恶魔逃走；
我为此事建立了石碑一块，
　　来证明这场辉煌的战斗。

他们经过这地方后，来到了死荫谷的边缘。这个山谷比前一个山谷长一些；这也是个常有各种各样邪灵以种种不可思议的方式出没其间的地方，有许多人能够证明这情况。但是这两个女人和孩子们走过这个山谷时，比较幸运，因为那时正值白昼，而且他们又有大无畏先生做他们的领路人。

他们踏进这个山谷时，他们觉得听见一阵好像由垂死的人发出的呻吟——很大声的呻吟。他们也觉得听见凄惨的哭诉声，似乎是从一个悲痛欲绝的人口中吐出的。这些声音使孩子们簌簌发抖，两个女人顿时面无人色；但是他们的领路人叫他们不必担忧。

于是他们又行走了一段路，他们觉得他们脚下的大地微微震动，仿佛地底下空洞洞的；他们还听见一种嘶嘶嘶的声音，好像是蛇叫，但是直到那时刻，还是什么东西也没有出现。于是孩子们开口了，他们说，难道我们还没有走完这个阴森森的地方吗？但是领路人劝他们壮起胆来，留心自己的脚步，免得冷不防地踏进什么陷阱。

这时候雅各害病了，不过我想他这场病是由惊吓引起的；于是他的母亲让他喝一点酒，那是他们在解释者家中收到的礼物，还让雅各服了技巧先生配制的三颗丸药，之后，那孩子渐渐恢复了健康。于是他们上路了，后来他们走到了接近山谷中央的地方；这时候女基督徒说，我好像看见在我们前面那边路上有个什么东西——我从来没有看见过那样的东西。雅各听了，说，妈妈，那是什么呀？女基督徒说，那是个丑陋的东西，孩子，是个丑东西。雅各说，可是，妈妈，它像什么东西呢？女基督徒说，我说不上来它究竟像什么东西。后来那东西离他们很近了。这时候她说，很近啦。

大无畏先生说，好，谁最害怕，谁就挨着我走。那个恶魔走近来了，领路人迎了上去；但是那恶魔正要碰上他的时候，倏地在他们眼前消失得无影无踪了。这使他们想起不久以前听到的一句话："务要抵挡魔鬼，魔鬼就离开你们逃跑①。"

他们继续朝前走，精神已稍稍振作一些。可是他们还没有走多远，慈悲朝身后一望，她觉得好像看见一个跟狮子非常相似的东西，迈着大步向他们追来；那东西发出一种空洞的吼声；每一声吼叫，都在整个山谷里荡起一阵回声，除了他们的领路人之外，每一声吼叫都使他们全体人的心绞痛一下。后来那头狮子追上来了；大无畏先生转身走到后面，让天路客们走在他自己前面。狮子飞奔过来，大无畏先生准备跟它交锋了。但是那狮子看到对方坚决要抵挡，它就退去，从此不再露脸了。

---

① 参看《圣经·新约·雅各书》第4章第7节。

然后他们又往前走，他们的领路人走在前面，后来到了一个地方，路上有一个大坑，坑口有路面那么宽，路中断了；他们还没有做好越过这个坑的准备，突然来了一阵浓雾，把他们笼罩住了，四周一团漆黑，他们什么也看不见。天路客们说，哎呀！我们现在怎么办呢？但是他们的领路人回答说，不要怕；站住，等着看这个场面怎么结束。因此他们就在那儿站住，因为他们的路给破坏了。这时候他们觉得仇敌的叫喊声和奔来奔去的声音听得更清楚了；坑里熊熊的火光和从坑里冒出来的烟也看得更清楚了。女基督徒对慈悲说，现在我可知道我的丈夫有过怎么样的经历了。我以前听说过不少关于这地方的情形，但是今天才身历其境。可怜的人儿！他在黑夜里孤零零在这条路上走；他几乎在黑夜中走完了这整条路；而且这些恶魔还从四面八方频频吓唬他，仿佛要把他撕得四分五裂似的。许多人谈论过死荫谷，但是非到身历其境，没有一个人真正知道它是个怎么样的地方。“心中的苦楚，自己知道。心里的喜乐，外人无干[1]。”处在这个境地中真令人毛骨悚然。

大无畏说：这好像在深水中行事，或者像是走进深渊；好像处身于海洋中央，又像走下高山深谷；目前好像世界用它的栅栏把我们团团围住，把我们永远封锁在这儿了。但是“这人行在暗中，没有亮光，当倚靠耶和华的名，仗赖自己的神[2]”。至于我已经告诉过你们，我在这个山谷中走过好多次了，而且遇到过比现在严重得多

---

① 参看《圣经·旧约·箴言》第14章第10节。

② 参看《圣经·旧约·以赛亚书》第50章第10节。

的困难，然而你们看，我不是还活着吗？我不愿意夸口，因为我不是我自己的救主。不过我确信我们会得到完全的拯救。来，让我们向那位能在黑暗中照亮我们的祂祈求亮光。祂不但能斥责这些恶魔，还能斥责地狱里所有的撒旦。

于是他们呼天抢地地祷告着，接着上帝赐下亮光拯救了他们；因为他们面前现在已经没有阻碍，刚才有一个坑的地方已成为一片平地。但是他们还没有走完那个山谷，因此他们仍旧向前行进，闻到一阵阵恶臭和令人作呕的气味，使他们感到烦恼透顶。慈悲对女基督徒说，我们在这儿真不像以前在小门那儿，或者在解释者家里和我们最后待的那个人家那么愉快。一个孩子说，啊，不过路过这儿比老住在这儿已经好多了；而且我想也许我们之所以必须路过这条路，才能到达那个为我们准备的家，有一个原因就是：这一来我们的家就会显得更甜蜜可爱了。

领路人说，讲得好，撒母耳，你现在说话可像个大人呢。那孩子说，不用说，如果将来我离开这地方，我想我一定会重视亮光和正路，比我平生任何时候更重视。于是领路人说，我们不久就会离开这个地方的。

说着他们仍旧赶他们的路，约瑟说，我们难道到现在还望不见这个山谷的尽头？领路人说，留心你的脚步，因为我们马上就要走到满布陷阱的地方了。他们听了这话，每次落脚都谨慎非凡，朝前一路走去；但是他们想起那些陷阱，心里非常担忧。后来他们来到了前后左右满布陷阱的地方，他们看见有一个人给扔在靠左边的一个沟渠里，血肉模糊。领路人说，这是个名叫不小心的人，当初路过这儿，他躺在这儿已经很久了。当他给俘获杀戮时，有一个叫留心的跟他在一起，不过留心脱逃了。你们简直无法想象在这儿附近有多少人遭到惨死；虽然这样，可是人们还是凭着愚蠢的冒险劲儿，轻率地走上天路，连领路人也没有。可怜的基督徒！他竟然逃过这个地方，这简直是奇迹！不过他是深受上帝的宠爱的；而且他自己还有一颗善良的心，不然的话，他怎么也逃不出这个山谷的。

这时候他们已走近这条路的尽头了；那里正是基督徒当初路过时发现一个洞穴的地方；这时候从洞穴里冲出一个名叫大槌的彪形大汉。这个大槌一向惯于使用各种各样诡诈的话语损害年轻的天路客；他叫唤大无畏的名字，对他说，这种事情我禁止过你多少次了？大无畏先生说，什么事情？巨人说，什么事情！你心里明白什么事情！不过我可要结束你这种活动了。大无畏先生说，但是在我们动手之前，让我们先弄明白我们为什么得动武（这时候女人和孩子们都站住，浑身抖个不停，不知怎样是好）？巨人说，你在乡间大肆抢劫，而且用的是最恶劣的偷窃手段。大无畏先生说，这不过是些概括的话，朋友，详细谈一谈具体事例吧。

于是巨人说，你使出了拐子的手腕；你搜罗了妇女孩童，把他们带到一个陌生的国度里去，削弱了我主人的王国的权势。大无畏回答，可是我是天上上帝的仆人呀；劝告罪人悔改是我的本分。我奉命不遗余力地使男女老少“从黑暗中归向光明，从撒旦权下归向神[①]”；如果这真是使你跟我吵闹的理由，那么只等你高兴，我们就

① 参看《圣经 · 新约 · 使徒行传》第 26 章第 18 节。

动手。

然后巨人走近来，大无畏先生向他迎过去；他一边走一边抽出他的剑来；但是巨人手里握着一根棍子。于是他们马上交锋起来，巨人第一棍就把大无畏先生打得一个膝盖跪在地上。女人和孩子们见了，都给吓得哭哭嚷嚷。接着大无畏先生定一定神，精神百倍地挥舞利剑杀过去，一剑刺伤了巨人的手臂。他们这样战斗了一小时之久，使尽了全身的气力，弄到后来，从巨人鼻孔里喷出的气就像煮得滚沸的大锅里冒出来的热气一样。

这时候双方都坐下来休息，不过大无畏先生开始祷告起来；而那些女人和孩子们在他们交战的当儿，始终只顾一味叹息号哭。

双方休息了一阵，恢复了精神以后，又开始交锋了；大无畏先生一剑过去，把巨人击倒在地上。巨人说，不，住手，让我起来再打。大无畏先生也就公正地让他站起身来。他们就这样你一棍来我一剑去地又打起来，巨人一棍挥过去，只差一点点，险些儿把大无畏先生的头颅给打得粉碎。

大无畏先生见来势凶猛，拼着他的全部精力飞奔过去，一剑在巨人第五根肋骨下面刺穿了他的胸膛。巨人吃了这一剑，只觉得昏沉沉的，再也抡不起棍子来。大无畏先生又挥了一剑，把巨人的头颅从他的肩膀上砍了下来。女人和孩子们这才大声欢呼起来，大无畏先生也高声颂赞上帝赐下这样的救援。

这以后，他们竖起一根柱子，把巨人的头颅拴在上面，在头颅下方为过路客写了这样几行字——

这颗头颅是属于

　　一个对天路客施行暴虐的人；

他拦住他们的去路，一个不放过，

　　把他们摧残尽净。

直到我大无畏兴起，

　　充当了天路客的向导；

直到我奋起，

　　把天路客的死敌打倒。

这时候我看见他们朝附近一个斜坡走去，那个斜坡是特别为了便于天路客们在上面眺望而堆砌起来的（就在这儿基督徒第一次看见他的兄弟忠信）。于是他们在这儿坐下休息；他们在这儿也吃喝了一些东西，欢乐了一阵子，因为他们从一个那么凶恶的仇敌手中给拯救了出来。他们这样坐着吃喝的时候，女基督徒问领路人在战斗中有没有受到创伤。大无畏先生说，除了皮肉上受了一点伤之外，并没有什么；然而这对我说来，完全不是一种损害，这个创伤如今成了我对我的主和你们的一片爱心的证据；而且借着恩典，足以增加我的最后奖赏。

女基督徒问：好先生，你看见他抡着棍子朝你扑来的当儿，你心里害怕不？

他说，我的本分是对自己的能力不抱丝毫的信心，那样我才能信靠那位比一切的一切都强大的上帝。

女基督徒问：他头一棍把你打倒在地上的时候，你心里是怎么个想法？

他回答说，唔，我想我的主亲身受到了这样的对待，然而最后的胜利是属于祂的。

马太说：不管你们大家怎么想，我觉得上帝在带领我们走出这个山谷，和把我们从这个敌人的手里搭救出来，这两桩事上，待我们实在太好了；我个人认为我们的上帝既然现在在这样一个地方，向我们这样证明了祂的爱，我们此后再也没有理由不信任祂了。

后来他们站起身来，又往前走去。在他们前面不远的地方有一棵橡树；他们走近那棵树时，看见在树荫里有一个年老的天路客睡得正香。他们从他的服装上，从他的手杖和腰带上，知道他是个天路客。

于是领路人大无畏先生把他推醒；那位老人睁开眼来，大声喝道，干什么？你是什么人？你到这儿来做什么？

大无畏说：来，朋友，不要这么生气；我们都是你的朋友。但是老人站了起来，保持着警惕，一定要知道他们究竟是什么人。领路人说，我名叫大无畏，我是这些天路客的领路人，他们是上天国去的。

诚实先生听了这话，说，我恳求你们宽恕我。我刚才深恐你们是不久以前抢走小信的钱的那个强盗的同伙；但是我现在看清楚了，我知道你们是善良的人。

大无畏问：那么，如果我们真是那个强盗的同伙，你要怎么样或者你能怎么样自卫呢？

诚实说：怎么样！当然我要跟你们对抗到我最后一口气；而且

如果我那样做了，我确信你们绝对打不败我；因为一个基督徒除非他自己投降，他是永远打不倒的。

大无畏说：说得好，长老！凭您的话我知道您是真正的战士，因为您说出了真理。

诚实说：我也可以凭您这句话知道你明白真正行走天路是怎么回事，因为别人都认为我们是最容易征服的。

大无畏说：哎，我们现在这么幸运地相遇了，请允许我请教大名，我还要请问您是从哪儿来的。

诚实说：我不能告诉您我的名字。我是从愚蠢城来的，那城离毁灭城四纬度左右。

大无畏问：啊！您是哪个乡的人？那么我想我大概猜得出您是谁；您的大名是老诚实，是不是？

那位老人听了这话，脸上一红，说，不是抽象的诚实；不过我的名字是叫做诚实，而且我希望我的本性跟我的名字相符。接着那位老人又说，可是，先生，既然我是从这样一个地方来的，您怎么猜得出我是这样一个人呢？

大无畏说：我从前从我的主那儿听说过您，因为地上所发生的一切事祂全都知道，不过我常常觉得奇怪，竟有人从你们那地方来，你们那个城比毁灭城更糟呢。

诚实说：对，我们离太阳更远一些，因此更冷酷更无知；不过如果一个人待在一座冰山里，只要正义的阳光投射在他身上，他那冷酷的心就会软化。我当初就是这样情形。

大无畏说：我相信您这话，诚实长老，我相信；因为我知道这是事实。

接着老先生给每个天路客一个圣洁仁爱的吻，问他们名叫什么，又问他们奔走天路以来，一切是否顺遂。

于是女基督徒说，我想您已经听到过我的名字；好基督徒是我的丈夫，这四个是他的孩子。当她告诉那位老先生她是什么人时，你可想得到他是多么激动吗？他高兴得跳了起来，微笑着，给了他们无数的祝福，说，关于你丈夫的事，关于他出门的事和当初他所经历的战斗，我已经听见过很多了。我要告诉你一件事，好让你得到欣慰，那就是你丈夫的名声传遍了这一带呢；他在一切环境中能保持坚定不移的信心，胆量，忍耐，诚恳，这使得他的声誉大大提高了。

说完这一席话，他掉过头来望着孩子们，问他们叫什么名字，孩子们一一告诉了他。于是他对他们说，马太，你要像那位税吏马太①——不要陷在他那种罪恶之中，却要具有他那种美德。撒母耳，你要像那位先知撒母耳②——他满有信心，而且坚持祷告。他又说，约瑟，你要像在波提乏家里的那位约瑟③——纯洁，不受引诱。雅各，你要像那位正直人雅各④，又要像我们主的兄弟雅各。接着他们把慈悲的事告诉这位老先生，述说她怎样离开她的家乡和她的亲戚，跟随了女基督徒和她的孩子们。这位年老的忠厚人听了，就

---

① 耶稣的十二门徒之一，参阅《圣经·新约·马太福音》第10章第3节。
② 他一生的事迹参看《圣经·旧约·撒母耳记上》第1至25章。
③ 参看《圣经·旧约·创世记》第39章。
④ 参看《圣经·新约·使徒行传》第1章第13、14节。

说，慈悲，这是你的名字么？你将靠着一颗慈悲心的支持和带领，克服沿途向你袭击的一切困难，直到你到达一个地方，在那儿你将怀着无限欣慰的心面对着上帝。谈话之间，领路人大无畏先生始终喜形于色，含笑望着他的同伴们。

且说，他们一路走着的时候，领路人问老先生可认识一个名叫惧怕先生的人，那人是从老先生的家乡出发走上天路的。

诚实说：我认识他，而且跟他很熟呢。他在这方面，本质上是具有根基的。但是在我平生所遇见的人当中，他可以算是最麻烦的一种人了。

大无畏说：你的确了解他，因为你把他的个性形容得很正确。

诚实说：了解他！要知道我们俩过去是很亲密的同伴呢；我们俩几乎形影不离；当他最初开始想到我们将来的结局时，我正在一旁呢。

大无畏说：我曾经是他的领路人，从我主人的家一路到天国的门前。

诚实说：那么您知道他是个够麻烦的人啦。

大无畏说：我的确知道；不过我的耐性还不错，因为担任像我这种任务的人常常得护送这种人。

诚实说：哎，那么请您把他的事情告诉我们一些，告诉我们在您引导他期间，他的情形怎么样。

大无畏说：咳，他老担忧自己不配到他一心向往的那地方去。他只要听到人家似乎略微意味着反对的话语，心里就害怕起来。我听说他躺在灰心沼旁边呼号了一个月以上；他虽然看见有一些人在他跟前越过泥沼，而且好几个人要帮助他，他还是不敢往前走。他又不愿意往回走。他说如果走不到天国，他情愿死；然而他一遇到困难，又沮丧万分，而且一路上不论碰上什么人丢下的麦秸，总要给绊倒。他在灰心沼旁边待了很久以后，这事我上面已经说过，后来在一个晴朗的早晨，不知道怎么的，他居然壮起胆来，越过了泥沼；但是他出了泥沼以后，他还觉得难以相信自己已经脱离那地方。我相信，他心头上就有着一个灰心沼——那是个他随身带着的泥沼——不然，他无论如何不会那么垂头丧气的。后来他来到了那个小门前——你们知道我指的是哪个门——就是在这条路开头的那个门，在那儿他也站了好一阵子以后才敢举手敲门。门打开后，他又退后，让别人先走进门去，口口声声说自己不配进那个门。虽然他比有的人先来到门前，可是好多人反而先跨进门去。那个可怜的人就一味站在那儿哆嗦着，畏畏缩缩的；那副模样，不管谁见了都会不由得深深怜悯他的。但是他又不肯回去。最后他拿起悬挂在门上的那个锤子，在门上轻轻地敲了一两下；接着一个人开了门，但是他又像以前一样缩了回去。那个开门的人跨出门来走近他，说，你这个发抖的人，你要什么啊？他听了这话往地上倒下身去。跟他说话的人见他这样昏厥过去，觉得很奇怪；于是对他说，愿你平安。起来吧，因为我已经为你打开了门；请进来吧，因为你是个幸福的人。于是他站起来，颤抖着走进了门；到了里面以后，他惭愧得不肯抬起头来。后来，他在那儿受到了像你们所知道的种种招待，过了一些时候，他们嘱咐他再上路，还向他指出他应走的路。于是他上路了，后来来到了我们的门前，但是他在我的主人解释者的门前跟当初在那个小门前的情形一模一样。他在附近踯躅着，挨着冻，久久不敢敲门；但是他又不肯回去——那季节的夜晚既漫长又寒冷。而且他怀里还有一封紧要的信，请我的主人接待他呢！那封信上还要求我的主人允许他在那儿住宿，并派遣一个强壮英勇的领路人陪伴他，理由是他是个胆小如鼠的人；然而，虽然这样，他还是不敢敲门。于是他在附近徘徊个不停，到后来，可怜的人啊，他几乎要饿死了；他竟气馁到这般地步，明明看见好几个人敲了门进去，自己还是不敢走近前去。最后，我想，还是我往窗外张望，望见一个人在门前踱来踱去，我走出门去，问他是什么人。可是，只见那个可怜的人呀，眼泪汪汪的一副可怜相；因此我明白了他要的是什么。我回到屋子里，把这事告诉了屋里的人，我们大家又把这事向我们的主人报告；于是他嘱我再走出去，恳求那人进屋来；但是我敢说，那可是件大难事呢。最后，他走进门来了；而我在这儿可要替我的主人说两句话哩，祂待那人真是无微不至、仁慈之极。餐桌上好菜并不多，但是那人的碟子里就给放上了一些。后来他呈上那封信；我的主人接过手来看了，说他的要求可以允许。他在那儿待了相当长时候以后，似乎振作了些，比较自在了些。因为你们要知道，我主人的心肠非常软，尤其是见到畏怯的人特别怜悯；因此祂对那人百般体贴，使他得到了无限的鼓舞。后来，他看过了那地方的种种东西，准备再走上到天国去的路程时，我的主人像以前对待基督徒一样，给他一瓶酒和一些上好的食物。我们就这样出发了，我走在他前面；那人沉默寡言，然而叹气的时候，却叹出声来。

我们走到那个吊着三个人的地方的时候，他说他怀疑自己以后是不是也会有这样的结局。不过当他看见十字架和坟墓时，他显得很愉快。他确实很想在那儿多待一会儿，多看两眼，而且在后来的一段时间里显得高兴了一点。他来到艰难山时，一点儿也不想逃避，见了狮子也并不十分畏惧；因为你们要知道，他并不是因为这一类的东西心里感到苦恼，他所挂虑的是他最终会不会被接纳的问题。

我想我在他还不愿意那样做的时候，把他领进了百美宫。进屋之后，我也介绍他认识了那些少女；但是他不好意思跟我们走在一起。他总喜欢孤零零地独个儿待着；然而他对有意义的谈话总是非常感兴趣，常常会躲在屏风后面谛听。他也非常喜欢观看古老的东西，然后反复思想。事后他对我说他很喜欢住在他最后离开的那两间屋子里——那就是：在小门那儿的屋子和解释者的屋子——可是他没有胆量提出要求来。

后来我们又从百美宫出来，下山往屈辱谷走去，我生平没有见过一个人像他走得这么好；因为不论他自己显得多么卑贱，他都不介意，只要他最终能得到幸福。而且我觉得似乎他跟那个山谷之间存在着一种同情；因为在整个路程上，我没有看见哪个地方让他比走在那个山谷中时更显得自在。

在那儿，他常常要躺下身去，紧贴着地面，吻着生长在那个谷中的花朵。东方一发白，他就起身，在山谷中来回探索着，散步着。

但是当他来到死荫谷的入口时，那光景使我以为我的客人要完蛋了；并不是为了他有任何归意——这是他一向所反对的——而是他吓得不成个样子了。他喊道，哎呀，大小鬼怪要害死我啦！大小鬼怪要害死我啦！我无法阻止他。他在谷中不停地嚷着，大声地嚷着，如果让那些鬼怪听到，准会前来攻击我们的。

不过我清清楚楚地注意到，他走过那个山谷时，那地方保持着一片我从来没有见过的静寂。我推测当时我们的主特别压制着那地方的仇敌们，他们奉令在惧怕先生还没有走完那个山谷之前，不得骚扰干预。

如果把一切的事情都告诉你们，那要显得太冗长沉闷了些；因此我们再提一两件事就结束这个故事吧。来到浮华市集时，我还以为他要跟全市集的人打架呢。他见到他们那些愚行，怒火中烧，我当时深恐在那儿我们两人都要挨到一顿毒打呢。到着魔之地时，他异常警醒。可是当他走近那条没有桥梁的河边时，他的心又沉重起来了。他说，完了，完了，他一定会淹死，永远也不能欢天喜地地一睹慈容，瞻仰他不远千里而来拜望的那副慈容了。

在这儿，我也见到了一件不平凡的奇事——我一生就没有见到那条河里的水位那么低落过；因此他最后涉水而过，河水没过雨鞋不多。走近天门时，大无畏先生向他告别了，并且祝他受到上天美好的接待。他说，我一定会的，一定会的。于是我们分手了，我也就不再看见他了。

诚实说：这么说，他最后很好啦？

大无畏说：对，很好；我始终认为他很好。他有美丽的灵魂，可就是常常意气消沉，以致他的生活成为他自己的重担，成为别人的烦恼。他比许多人更怕犯罪。他非常害怕自己做出什么对别人有害的事情，因此他往往连合法的事都克制着自己不做，因为他不愿意得罪人。

诚实说：可是，为什么这么好的一个人，一生竟会这么忧郁？

大无畏说：这里面有着两重原因。其一是：富有智慧的上帝的旨意如此；有的人要吹笛，有的人要哭泣①。而惧怕先生是个吹低音的人。他和他的同伴们吹喇叭②，从那些喇叭里吹出来的调子比其他音乐的调子凄凉；然而确实有人认为低音是音乐的基础。就我个人来说，我甚不重视那并非出自一颗沉重的心的表白。音乐家在校准乐器的音调时，第一次拨动的总是低音琴弦。上帝在使一个人的灵魂跟祂合调时，也是首先拨动这条琴弦。可是惧怕先生却有这样一个缺点：他除了低音外，其他音调都不会奏，直到接近他的结局的时候，才改变他的音调。

我这样大胆地利用隐喻谈论，是为了要促进年轻的读者的智慧成熟，又因为在《启示录》③中，得救的人给比作一群音乐家，在宝座前吹喇叭，弹竖琴，歌唱。

诚实说：凭您所谈的关于他的那些事，可以看出他是一个非常热诚的人。他对种种困难，对狮子或浮华市集都毫不惧怕，对罪恶、死亡和地狱却怕得厉害，因为他对自己在天国将得到的财产毫无把握。

大无畏说：您说得对。他所挂虑的就是这些东西。而且你观察

---

① 参看《圣经·新约·马太福音》第 11 章第 16、17 节。

② 中世纪的一种喇叭，乐声低沉，乐声是由乐器上的滑盖掌握。

③ 参看《圣经·新约》的最后一部书。

得完全正确，他的那些烦恼是由于他对这一切缺乏坚强的信心，是由于他在一个天路客的实践生活中勇气不足。常言说得好，“如遇火把挡住去路，他必将它把住”，我相信他就是这样的人；但是压倒他的那些东西，从来就没有人能轻易地摆脱。

然后女基督徒说，听了关于惧怕先生的事真使我获益不浅。我原以为没有一个人像我这样。可是我现在发觉这个好人和我之间有一些相同的地方；只是我们有两件事不同。他极其烦恼，烦恼得爆发了出来；而我却把我的烦恼藏在心里。他的烦恼紧压心头，以至于不敢敲打那些专为招待天路客而设的住所的门；而我呢，却正因有烦恼才把门敲得特别响。

慈悲说：如果我也可以说句真心话，我得承认我有的地方跟他也有些相像。因为我始终非常挂虑两件事，那就是自己究竟能不能渡过那条河，能不能进天堂。我想，啊，我如果能在那儿住下，那多幸福啊！只要能在那儿住下，我就心满意足了，即使要放弃世上一切来换取那个住所，也在所不惜的。

接着马太说，恐惧心使我顾虑自己内心里丝毫未曾具有那随着救赎而来的东西。不过既然像他这样善良的人都会有这种情况，那这又怎不会发生在我身上呢？

雅各说，没有惧怕，就没有恩典。虽然害怕地狱，并不一定能得到恩典，可是对上帝不存敬畏的心，就必定得不到恩典。

大无畏说：说得真好，雅各；你说得很中肯。因为敬畏上帝是智慧的开端；而且，没有开头的人，当然既走不到中途，更达不到终点。不过让我们来赠送他一首告别辞，然后再结束我们关于惧怕先生的谈话吧——

啊，惧怕先生，您当初，
　在这儿敬畏您的上帝，
当初在这儿，您深虑
　会做下出卖您自己的事。
您是否害怕那条河和那个坑？
　但愿别人也害怕！
因为，那些不及您聪明的人，
　他们会把自己糟蹋。

这时候我看见他们继续谈着。因为大无畏先生结束了关于惧怕先生的谈话后，诚实先生开始把另外一个人的事告诉他们，那人名叫任性。诚实先生说，他冒充天路客；可是我相信他一定不是从天路开头的那扇小门进来的。

大无畏说：您跟他谈过这件事吗？

诚实说：谈过的，而且不止一两次呢；可是他总执迷不悟，还是要凭自己的意思行事。他既不关心人家，也不考虑考虑论证，更不肯从先例吸取教训；他想做什么就做什么，简直就没有办法劝得了他，改变他的作风。

大无畏说：那么，请问他有什么原则吗？我想您一定知道的。

诚实说：他认为一个人既可以学习天路客的美德，也可以学习他们的恶行；而且认为如果他两者兼有，一定可以得救。

大无畏说：怎么说的？如果他说，一个最好的人可能既有天路客的恶行，又具有天路客所应具有的美德，那倒不能怎么怪他；因为我们的确没有摆脱所有的罪恶，我们只是谨防犯罪，尽量不犯罪。但是我相信您指的不是这个；如果我没有误解您的话，您的意思是说他认为一个人可以那样做。

诚实说：对，对，我是这个意思，他就这么相信，也就这么做。

大无畏说：但是他这样做有什么根据呢？

诚实说：唔，他说他有《圣经》作证呢。

大无畏说：诚实先生，请您再讲得仔细一些。

诚实说：我会讲得仔细一些的。他说，上帝心爱的人大卫侵占了人家的妻子；因此他也可以那么做。他说，实行一夫多妻的是所罗门；因此他也可以多娶几个妻子。他说，撒拉和埃及那些敬虔的收生婆都撒了谎①，喇合也因撒谎得到活命②；那么他当然也可以撒谎。他又说，门徒们听从他们夫子的话，牵走了人家的驴子③，因此他有理由也可以那么做。他还说，雅各秉承了他父亲那种狡猾和虚伪的作风；那么他又为什么不能也那样呢？

大无畏说：他倒确实大有根据！不过您能肯定他有这种想法吗？

诚实说：我亲耳听见他这样主张的，他带着《圣经》作证，还提出种种论证什么的为自己辩护呢。

---

① 参看《圣经·旧约·出埃及记》第1章第15至19节。
② 参看《圣经·旧约·约书亚记》第2章，又第6章第22至25节。
③ 参看《圣经·新约·马太福音》第21章第2至7节。

大无畏说：这种想法可不是世人所能容忍的！

诚实说：您必须正确了解我的话。他并没有说任何人都可以那么做；他的意思是：你只要具有做那些事的人的德行，你也可以那么做。

大无畏说：可是还有什么比这样的结论更荒谬的呢？因为这就等于说，由于善良的人以前因自己的缺点犯过罪，他就可以任意放肆；或者这么说，一阵疾风把一个孩子吹倒，或者一块石头把他绊倒，那孩子因而跌进了一个泥沼，弄得浑身是泥，由于有过这么一回事，他就可以故意躺在泥沼里打滚。谁想得到竟有人让私欲把眼睛弄瞎到这般田地！不过《圣经》上所写的一定确有其事："他们既不顺从，就在道理上绊跌，他们这样绊跌，也是预定的[①]。"而且，他以为那些沉溺于罪恶中的人可能具有敬神者的德行，这也是一种妄想，跟上面说的那种妄想同样荒谬。吃上帝子民的赎罪祭[②]，并不象征一个人有敬畏神的种种德行的。我也不能相信一个有这种想法的人已经信仰上帝，敬爱上帝。可是我知道你曾经严词驳斥他这种说法，请告诉我，他用了什么话为自己辩护的？

诚实说：唉，他呀，他说，由于自己有这种想法才这么做，比起一方面这么做、一方面心里又不以为然的人，要诚实多了。

大无畏说：这是个极可恶的答辩。因为虽然一方面放纵私欲，任其发展，一方面自己心里不以为然，是邪恶的；但是一方面犯

---

① 参看《圣经·新约·彼得前书》第 2 章第 8 节。

② 参看《圣经·旧约·何西阿书》第 4 章第 8 节。

罪，一方面要求容忍这样做，更邪恶；前一类的人偶然绊倒旁观者，而后一类的人会把那些人引进陷阱中去。

诚实说：有许多人的想法同这个人一样，只是不像这个人这样，把自己的想法说出来；而这情形就使得奔天路成为像现在这样无价值、无意义的事了。

大无畏说：您说的是事实，这是令人可悲的事；不过敬畏天堂之王的人将来会从他们那些人中间显露出来的。

女基督徒说：世上希奇古怪的想法实在多。我知道有一个人说过这样的话，他说，到我们临终的时候忏悔还来得及呢。

大无畏说：这种人可不聪明。这个人如果一生中有七天工夫让他奔跑二十英里路，他一定不会愿意拖延到那七天的最后一小时再开始奔跑。

诚实说：您说得对；可是大半自以为是天路客的人就这么做。您知道我是个上了年纪的人，已经在这条路上旅行很久；我见到的事可不少呢。

我见到过一些人，他们开始成为天路客的时候，雄赳赳地，似乎非常有把握，可是过了没有几天工夫，就死在旷野里，永远没有见到天国。我还见到过一些人，他们开始走天路的时候，什么保证也没有做，人家以为他们过不了一天就会泄气的，可是这些人后来却成为非常好的天路客。我还见到过有些人，急匆匆地朝前面奔去，没多久他们用同样快的步子又跑了回来。我也见到过一些人，他们开头百般赞许天路客的生涯，过了不久又用同样的劲头污蔑它。我听说过，有些人刚出发上天堂去的时候，曾肯定地说，确有那么一个地方，但是当他们快要到达天堂的时候，又折了回来说，哪里有什么天堂。我还听说过有些人夸口说，如果遇到阻挡，自己要这般那般的奋不顾身，可是只碰上一场虚惊，就逃之夭夭，什么信心呀，天路客的作风呀，一切的一切，都给扔得远远的了。

他们正这样边谈边走的时候，有一个人迎面飞奔而来，说，先生们，妇女们，如果你们爱惜你们的性命的话，那就快快回头，前面有强盗哪。

于是大无畏先生说，就是以前袭击小信的那三个强盗。他又说，好，我们准备迎战；于是他们仍旧只顾朝前走去。他们在每一个拐弯处都要张望一阵，看看有没有恶棍迎上来；但是不知道他们是由于听说有大无畏先生在场呢，还是另有任务，他们始终就没有找到这些天路客头上来。

这时候女基督徒很希望有个小客栈，可以让自己和孩子们进去歇息歇息，因为他们都感到疲乏了。诚实说，在前面不远有一个客栈，那里住有一位十分可敬的门徒，他名叫该犹①。于是他们都同意到那儿去；由于这位老先生对那位门徒大加夸奖，大家更决心这么办了。他们到了门前，门也不敲，径自跨进屋去，因为人们要走进一个客栈，是根本不敲门的。到了屋子里，他们要求见一见屋主人，于是那位门徒就来到他们跟前。他们问是不是可以让他们在那儿住宿。

---

① 该犹非常有爱心，乐于接待人。参看《圣经·新约·罗马书》第16章第23节。

该犹说：可以，先生们，如果你们是正派的人，因为我的屋子只招待天路客的。女基督徒、慈悲和孩子们听了这话更加欣喜，因为客栈老板是个爱天路客的人。接着他们要求分配房间给他们，那人就打开两个房间，一间给女基督徒和她的孩子们以及慈悲住宿，另一间给大无畏先生和老先生合住。

过后大无畏先生问，好该犹，你有什么东西可以给我们当晚餐吃的？因为这几位天路客今天走了很多路，而且已经相当疲乏。

该犹说：天色已经晚了，我们出去采办菜肴恐有不便；如果那样做能使你们满意的话，我们要用家里现成的东西招待你们。

大无畏说：你家里有现成的东西给我们吃，我们就很满意了；我已经为你作证，你是不会没有合适的食物的。

于是该犹就去吩咐厨师为这许多天路客准备晚饭，厨师的名字叫做尝美味。吩咐完毕，他又回到客人们跟前，说，嗨，我的好朋友们，我真欢迎你们，我真高兴我有座房子可以招待你们；晚饭正在准备，让我们大家先谈一会儿吧。大家听了都说，好。

该犹先开口问：这位年纪较大一些的太太是谁的妻子？这位年轻的姑娘是谁的女儿？

大无畏说：这位太太是一个名叫基督徒的人的妻子，那人是以前的一位天路客；这四个是他的孩子。这位姑娘是这位太太的一个熟人，给她劝动了心，跟着她同奔天路的。这些孩子都像他们的父亲，羡慕他们父亲的行为，要步他的后尘；而且他们只要看见那位老天路客待过的任何地方，或者留下的任何脚印，就会兴高采烈起来，他们渴望也在那些地方待一待，走一走。

于是该犹说，这位是基督徒的妻子，这几个是基督徒的孩子吗？我认识你丈夫的父亲，而且也认识他的祖父。这一家有许多好人；他们的祖先最初是住在安提阿的。我想你听见你的丈夫谈过的吧，他的祖先是些很可敬的人物。比起我所认识的任何人来，他们为了天路客的上帝、祂的道路和爱祂的众人的缘故，都表现得极有美德和忠贞。我听说过你丈夫的许多亲戚为了真理忍受了一切的考验。司提反是让人家用石块打他的头给打死的，他是你丈夫的远祖之一。①雅各是跟司提反同时代的，他是给人用刀杀死的②。你丈夫的远祖当中，还有被扔进狮子坑里去的依格那脱斯③，肉从骨头上给一片片割下来的罗曼纳斯和英勇地站在烈火中的波利卡普④，保罗和彼得的英雄事迹更不必提了。还有给关在一只篮子里，悬挂在露天让黄蜂去蜇的那个人，和给装进袋子扔到海里溺毙的那个人。那一家人当中为奔走天路受害受死的人数简直不可胜数。我真高兴见到你丈夫留下这样四个孩子。我希望他们不辱父名，仿效他们的父亲，获得跟他们的父亲同样的结局。

大无畏说：先生，他们的确是有前途的孩子；他们似乎恳切地学着他们父亲的样儿呢。

该犹说：我就这么说。因此基督徒的后裔要在地面上扩展开

---

① 参看《圣经·新约·使徒行传》第 7 章第 59、60 节。

② 参看同上书第 12 章第 2 节。

③ 依格那脱斯 (Igratius)：公元一世纪末二世纪初的一位教士；驻叙利亚旧都安提阿的主教，在教会中担任长老之职。

④ 波利卡普 (Polycarp，66—155)：基督教驻小亚细亚士每拿城的主教，因对异教攻击猛烈，在亚洲教徒遭受大迫害时期被处火刑殉道。

去，满布在地球上；让女基督徒替她的四个儿子选择几个姑娘，让他们订上婚约，以后再成家等等，那样他们父亲的名字和他祖先的家族的名声才能流芳万世。

诚实说：如果这一族没落了，灭绝了，那真可惜。

该犹说：这一族是不会没落的，但是可能要衰败。女基督徒要听从我的劝告，这个家族才可以维持下去。

这个客栈主人又接下去说，而且，女基督徒，我很高兴看见你和你的朋友慈悲一块儿在这里，你们是一对可爱的人。如果你允许我进一忠言，那就让慈悲跟你结上更亲密的关系吧；要是她愿意的话，把她许配给你的大儿子马太。这是在世上留下后裔的办法。这一门亲事就这样撮合了，到时候他们再结婚；关于这件事以后再谈吧。

该犹又接着往下说，我现在要替女人们说几句话，为她们洗刷洗刷耻辱。因为正如死亡和诅咒因一个女人的缘故临到世上一样，生命和健康也是由女人带到人间来的。“神差遣祂的儿子为女子所生[①]。”而且为了表示后世的女人多么嫌恶夏娃的行为，《圣经·旧约》中的女人都羡慕得子，希望也许她们之中有一个会是救世主的母亲。我还要提一件事，那就是，救世主降临人世时，妇女们都因祂欢欣鼓舞，比世人和天使都先喜乐[②]。我在《圣经》里没有读到过有什么男人曾经给过基督一个银币；但是女人们跟从了祂，把自己

---

① 参看《圣经·新约·加拉太书》第 4 章第 4 节。

② 参看《圣经·新约·路加福音》第 1 章第 41 至 46 节。

的财物献给祂[1]。用泪水洗祂的脚的是个女人[2];在祂埋葬之前，用香膏浇在祂身上的也是女人[3]。祂走往十字架时，流泪的是女人[4];跟着祂的尸体离开十字架，在祂下葬时守在墓前的也是女人[5]。在祂复活的那个清晨，首先见到祂的是女人[6];最早把祂复活的信息通报祂的门徒们的也是女人[7]。可见女人是深受宠爱的,而且从这一系列的事迹上也可以看出她们跟我们一样享有重生的恩典。

这时候厨师差人来报告说，晚饭马上要准备好了，差遣了一个人来铺好台布，安排木盘，端来了面包和食盐，把它们安放得整整齐齐。

马太说，看到这块餐布和这些表示晚餐马上就要端上来的行动，使我的食欲空前旺盛起来啦。

该犹说：那么，但愿你听了这一切对你产生有益的教诲，会更加渴望……在天国里那至高的上帝的筵席上就席；因为世上所有的布道、书本和我们所领受的圣餐，比起我们将来到我们主的家里时祂为我们所预备的筵席，只能算是就席前在餐桌上安排的木盘和食盐。

---

① 参看《圣经·新约·路加福音》第8章第2、3节。
② 参看同上书第7章第37至50节。
③ 参看《圣经·新约·约翰福音》第12章第3节。
④ 参看《圣经·新约·马太福音》第27章第55、56节。
⑤ 参看同上书第27章第61节。
⑥ 参看同上书第24章第1节。
⑦ 参看同上书第24章第22、23节。

后来晚餐端上桌来了。第一道是一块肩肉和一块胸肉[1]，安放在他们面前的桌上；这表示他们在饭前必须祷告上帝，颂赞上帝。说到肩膀，大卫曾经在仰望上帝的时候，高举他的肩膀；至于胸膛，那里面藏着他的心，他弹奏竖琴时，就让胸膛靠在琴上。这两盘菜非常鲜美可口，他们都吃得津津有味。

接着送上来的是一瓶酒，那酒跟鲜血一样红。该犹对大家说，尽情喝吧；这是用真正的葡萄汁酿制的，这酒使上帝的心和众人的心都感到喜乐。于是大家都喝了，而且都感到喜乐。

过后又来了一盘均匀地撒着面包屑的牛奶。该犹说，让孩子们吃这奶，他们可以借着它长大[2]。

后来他们顺着次序送上了一碟奶油和蜂蜜。该犹说，尽情吃吧，因为这两样东西在鼓励并加强你们的判断力和理解力方面是很有帮助的。我们的主，当祂是个小孩的时候，就吃这两样东西的："祂晓得弃恶择善的时候，祂必吃奶油与蜂蜜。[3]"

接着又端来了一盘苹果，那是香味甘美的水果。于是马太说，我们可不可以吃苹果呢，那条蛇就是利用这果子诱惑了我们始祖的母亲的呀。

---

① 原文是"举起的腿和摇的胸"。《圣经·旧约·利未记》第 7 章第 32 至 34 节：耶和华晓谕摩西说，献平安祭时，要举起祭牲的腿，要摇一摇祭牲的胸。

② 这是《圣经》里的一句话："要爱慕那纯净的灵奶，像才生的婴孩爱慕奶一样，叫你们因此渐长，以致得救。"（《圣经·新约·彼得前书》第 2 章第 2 节）

③ 参看《圣经·旧约·以赛亚书》第 7 章第 15 节。

该犹说——

用来诱惑我们的是苹果；
然而玷污我们灵魂的是罪恶，不是苹果。
如果吃了被禁止食用的苹果，会败坏你的血液；
受命享用这些苹果，对我们却有裨益。
那么，凑着祂的细嘴瓶喝吧，你们这些教徒，祂所爱的人；
吃祂的苹果吧，你们这些渴望爱情的人。

马太说，我可实在放不了心呀，因为不久以前，我由于吃了些果子，害过一场病呢。

该犹说：禁止食用的果子，吃了会叫你害病，但是我们的主容许我们吃的果子，对我们不会有害的。

他们正这样谈着话的时候，又送上来一盘东西，那是一盘核桃。席间有一个人说，核桃对于娇嫩的牙齿有损害，尤其是孩子的牙齿；该犹听了这话，说：

难解的经文犹如核桃（我并不认为它们是欺骗人），
它们的外壳使食用者吃不到果仁；
敲开果壳，那样你就能吃到果肉；
这些果子是拿来让你们去壳食肉。

他们非常高兴，在席上坐了很久，谈到许多事物。后来老人说，我的好主人，趁我们吃着你的核桃的时候，请您把这个谜解释给我们听——

有一个人，虽然人家认为他是个疯子，
然而他愈是丢弃，就愈是获得更多的东西。

大家都聚精会神地注意着，要听善良的该犹怎么解释，后者默默地坐了一会儿，接着这样回答道——

凡是乐善好施，救贫济苦，
就将如数获得偿付，还将获得十倍有余。

于是约瑟说，先生，我敢说我原以为您无法作答呢。

该犹说，哎！在这方面，我已经受过很久的训练了；没有一样东西比经验能使你学到更多的本领。我从我的主学到仁慈，我从我的经验发现我因这样做而得到了不少好处。“有施散的，却更增添。有吝惜过度的，反致穷乏。假作富足的，却一无所有。装作穷乏的，却广有财物[①]。”

撒母耳挨近他的妈妈女基督徒轻声说，这是一个至好的人的家；我们在这儿多住些日子，让哥哥马太和慈悲成了婚我们再上路。该犹无意中听见了他这番话，就说，我非常欢迎，我的孩子。

---

① 参看《圣经·旧约·箴言》第11章第24节，第13章第7节。

于是他们在这个客店里住了一个多月，慈悲也就成了马太的妻子。在这期间，慈悲依旧按照她一向的习惯，为穷人缝制外衣和长袍，她这种行为给天路客带来了无上的荣誉。

我们再回到我们的故事上来吧。晚饭后，孩子们都想上床，因为旅途上的劳顿使他们感到疲乏。于是该犹吩咐来人带领他们上卧室去；慈悲说，让我照料他们上床。接着她把他们一个个都安顿好，他们全都睡得很香；可是其余的人却通宵谈个没停；因为该犹和大家谈得那么投契，他们简直就舍不得分手。他们谈着他们的主，谈着各自的种种事情，和旅途上的一切遭遇，谈啊谈的，谈了好多时候，后来那位请该犹解谜的诚实老先生开始打起盹来。大无畏见状说道，怎么，先生啊，你瞌睡啦！来，提起精神来；你来解释解释这个谜。诚实说，说出来让我们听听。于是大无畏说道——

凡是要征服人的，必须使他先投降；
要移居海外的，必须先在家中经过死亡。

嗨！诚实先生说，这个可难了；难于解释，更难于实行。他又说，喂，主人，请您替我解释吧；您解释，我要听您怎么说。

该犹说，不，这个谜是特地为你想出来的，理当由你来说出答案。于是老先生就开口解谜了——

他必须先被恩典所征服，

才会制止自己犯罪；
得到重生的人要想使我信服，
他自己必须先死亡。

该犹说，说得对，那正确的教义和我们的经验都是这样教导我们的。因为，第一，非到恩典显示出来，以它的荣耀制胜一个人的灵魂，那人是毫无勇气对抗罪恶的。再说，罪恶既然是撒旦的绳索，而一个人的灵魂又给这根绳索紧紧捆住，试问在他的灵魂还没有从这种无能为力的情况中解脱出来之前，又叫他怎么抵抗呢？其次，凡是有理性或者对恩典有认识的人决不会相信，像这样一个堕落到不能自拔的人能够成为借以显现恩典的活生生的标志。此刻我想起了一则故事，我要把这则值得一听的故事讲给你们听。从前有两个奔走天路的人，一个从年轻的时候就开始走这条路，另一个等到年纪大了才开始走。那个年轻小伙子得跟他那败坏的品质作艰辛的斗争；而那个老人呢，他已精力衰退，老迈腐朽。然而那年轻人的步履跟那老年人同样平稳，而且轻松的程度也丝毫不亚于老年人。根据这样的情况，试问谁，或者说他们哪一个，得到天恩最明亮的光照？

诚实说：那还用说，当然那个年轻人啰。因为要跟最顽强的阻力搏斗，才能使坚强无比的能力显现得最清楚；尤其是能够跟那些没有受到多大阻力的人并驾齐驱，譬如说老年人，他们前进的阻碍就不大。并且，我还发现老年人有一种错误的想法，而且还因那种想法暗自庆幸呢——那就是，他们自以为很能克制导致堕落的欲望，而实际上他们之所以没有堕落完全是由于年老力衰的缘故——因此他们就往往流于自欺。受恩深的老年人的确最有条件向年轻人进忠言，因为他们见到过最多的空虚的世事。尽管从自然规律上说，老年人最不易腐化，然而，如果一个老年人和一个年轻人一同奔走天路，年轻人对恩典在心灵中的工作却感觉得最清楚，在这方面他是强于老年人了。他们这样谈着，直谈到东方发白。

后来，全家人都起床了，女基督徒嘱咐她的儿子雅各翻开《圣经》念一章；雅各念了《以赛亚书》第五十三章。念完以后，诚实问，为什么《圣经》上说救世主“像根出于干地”；又为什么说“他无佳形美容。”

于是大无畏说，我认为第一个问题的答案是这样的：那是因为基督在其中长大的那个犹太人的教会，当时死气沉沉的，宗教所应有的生气几乎全部丧失殆尽了。至于第二个问题，我有这么个看法：那根本是一句不信的人讲的话，因为他们缺乏洞察我们主的心底的能力，因此他们凭着他那卑微的外表判断他；就好比有一班人，他们不知道宝石外面裹着一层朴实的外壳，由于他们缺乏这种知识，当他们找到一颗宝石时，就像人们对待一颗普通的石块那样，一挥手就把它扔掉了。

该犹说，好，既然你们来到了这里，我知道大无畏先生善于使用他的武器，如果你们高兴的话，等我们吃过东西以后，一起到田野上去，看看我们能不能做些有益的事。离这里一英里左右的地方有一个巨人，名叫屠善，时常出没在国王的这一带大路上，专事骚扰；而且我知道他常盘踞在哪些地方。他是一群盗贼的头子；如果我们能为这地方除害，把他干掉，那岂不是件美事？当时大家异口同声地同意这样做，一同朝那地方出发了——大无畏先生佩着剑，头戴钢盔，手握盾牌；其余的人不是握着矛，就是抡着棍子。

他们一同拥到那个大力士所盘踞的地方时，见他手中正抓着一个名叫低能的人，这人是在旅途上给大力士手下众喽啰拦住，硬抓来献给他们的主子的。这时候大力士正把那人身上的东西一样样拿走，他的目的是要啃他的骨头；因为他天性好吃人肉。

且说，他一眼瞥见大无畏先生和他的朋友们围在他的洞口，一个个手上都握着武器，他问他们来干什么。

大无畏说：我们来要你的命呐；你胆敢在王的大道上把天路客一个个绑架了来，把他们杀戮了，我们是为那些遭冤的人报血仇来的；出来，滚出你的狗洞来。

大力士听了这话，马上披甲戴盔，从洞里走了出来，开始决斗，你来我去地斗了整整一小时以上，然后大家停下来喘气。

后来大力士问道：你们为什么闯进我的地区来？

大无畏说：我早已告诉你，我们是来为天路客报血仇的。

说罢，他们又交战起来，大无畏先生给大力士逼得一步步往后退却；后来他倏地直冲上前，凭着一股惊人的意志，气势汹汹地举起利剑朝大力士的头部和身体的侧面猛挥过去，大力士的武器一下子从他手中掉在地上。于是大无畏挥起剑来，刺将过去，结果了大力士，把他的头割了下来，带回客栈去。他还邀请低能到他住宿的地方去。他们一伙人回到家里以后，把大力士的头颅给家中众人观看，把它摆出来，他们过去就曾经这样对付过好几个恶棍的头颅，这样做为的是要警诫其他像大力士那样阴谋陷害天路客的人。

过后，他们探询低能先生，他是怎么落进大力士的掌握中的。

于是这个可怜的人低能先生回答说：我是个多病的人，这不用说，你们也是可以一目了然的。由于以前死神每天总有一次要敲我的家门，我觉得长久待在家里甭想养得好身体；于是我选择了天路客的生涯，离开了我和我父亲的出生地不坚城，一路跋涉到达这儿。我的体力糟到极点，我的意志也是软弱不堪，但是尽管我只能匍匐前进，我还是决心尽可能在天路上消磨我的一生。我走到路头上那扇小门那儿时，那儿的主人豪爽地接待了我，他既不讨厌我这副病鬼相，又不介意我这种薄弱的意志；不仅如此，他反而还赠送我旅途上需用的种种东西，叮嘱我千万要坚信到底。我到达解释者的家里，也受到非常友爱的招待；他认为攀登艰难山非我能力所能胜任，因此他吩咐他的一个仆人背我上山。我从一班天路客们那儿也确实得到不少安慰，虽然没有一个人愿意像我走得那么慢，而我是限于体力才那么拖着步子走的；然而当他们追上我的时候，他们还是勉励我切不可灰心，又说他们的主要他们安慰软弱的人[①]，说完才按照他们原来步伐的速度走去。后来我来到了攻击巷，就在那儿遇见大力士，他喝令我准备跟他交战。可是，天哪，我是一个弱不禁风的人哪，我更需要的是补品啊；于是他向我扑来，把我抓了去。我以为他不会杀死我。直到他把我带进他的洞穴以后，我仍旧坚信我会活着走出那洞穴，因为我并不是甘心跟他进洞去的；因为

① 参看《圣经·新约·帕撒罗尼迦前书》第5章第14节。

我听说根据上天的律法，凡是被强力掳走的天路客，只要他始终全心全意向着他的主，没有一个会死在敌人的手中。我似乎给掳走，而且我也确实给掳走；然而，你们也瞧见了，我岂不是从死里逃生了吗？为此我要感谢我的主，因为祂是主宰，我也要向你们各位道谢，因为你们是受祂指挥的器皿。我知道我还会遇到其他的袭击；但是我已经下了这么个决心，那就是：能跑的时候，一定要撒腿拼命逃跑；跑不动的时候，一定要勉力行走；走不动的时候，一定要趴在地上尽力爬。最主要的是我要感谢那位爱我的，我在这方面永不改变。我该行走的路途在我前面，我的心远在那条没有架桥的河流那边，虽然像你所看见的，我只是一个意志软弱的人。

这时候诚实老先生问道，以前你认不认识一位惧怕先生？他是一位天路客。

低能说：认不认识他！当然认识的；他从愚蠢城来的，那城在离毁灭城以北四度的地方，离我的家乡也有这么远。但是我们是很熟悉的，因为他是我的叔叔，我父亲的弟弟。他的性情跟我很相像；他比我稍微矮一点，但是我们的脾气差不多。

诚实说：我看出你认识他；我也相信你们两人有亲戚关系，因为你就像他那样脸色苍白，那种斜视的眼神也很像他，而且你们的语气也差不多一模一样。

低能说：大多数认识我们两个人的人都这么说；而且不仅如此，我还发现我在他身上所观察到的有许多地方跟我自己很相像。

善良的该犹说：来，先生，别灰心；我非常欢迎你，我欢迎你到我家里来。你随便要什么，尽管吩咐好了；不论你要我的佣仆替你做什么事，他们随时都愿意为你服务的。

低能先生说：这真是我所万万料不到的恩惠，就像从乌黑得骇人的阴霾中间射出一道阳光来。难道屠善大力士是为了要我得到这个恩惠，才拦阻了我，才坚决不让我再往前走吗？难道他要把我所有的财物掠夺一空后，放我上该犹这儿来吗？而实际的情形正是如此。

低能先生和该犹正这么谈着的时候，有一个人急匆匆地跑到客栈门前来，通报说，在离客栈一英里半光景的地方，有一个名叫不正的天路客给霹雷击毙了。

低能说：我的天哪，他死了吗？前几天我还没有走到这里，他就追上了我，而且愿意和我一路走。大力士屠善抓住我的时候，他也在场；不过他的腿利落，他脱逃了。可是现在看来，似乎他逃到死路上去了，而我让大力士抓住，却反而得到活命啦。

你以为杀身之祸马上就要临头，
却往往从最无望的惨境中得到解救。
看上去万分险恶的命运，
却往往赐生命给卑微的人。
我给掳走，他却脱逃飞奔；
交叉的双手置他于死地，赐我以生命。

这时候，马太和慈悲已成婚了；该犹也把他的女儿菲比嫁给马太的弟弟雅各；之后他们继续在该犹的家里又住了十多天，像所有天路客一样打发他们的时光。

他们要离别的时候，该犹备了丰盛的筵席宴请他们，大家吃吃喝喝，非常快乐。现在到该上路的时候了；于是大无畏先生请客栈里的人开账单来。但是该犹告诉他，在他家里他一向不接受天路客们的膳宿费的。他一年到头招待天路客，他是指望那位仁慈的撒玛利亚人来付账的，那人答应他，不论他在天路客们的膳宿方面花费了多少钱，全部等他回来时付清，决不食言①。

于是大无畏先生说："亲爱的兄弟啊，凡你向做客旅之弟兄所行的，都是忠心的。他们在教会面前证明了你的爱。你若配得过神，帮助他们往前行，这就好了②。"接着该犹跟他们一个个道别，跟他的女儿和女婿道别，还特别跟低能先生道别。他还给低能一些路上饮用的东西。大家都走出门外后，低能先生仿佛要留在后面，迟迟不前。大无畏先生见状说道，请过来，低能先生，请你跟我们一路走；我愿意做你的领路人，你将跟其余的人一同前进。

低能说：天哪！我需要一个合适的同伴。你们全都既活泼又强壮，可是我呢，你们知道我是多么软弱。因此我情愿在后面走，免得由于我的种种弱点，使自己既感到烦恼，又成了你们的累赘。像我刚才所说的，我既衰弱又低能，人家受得了的事，在我就会受不住，以致变得软弱。我不爱欢笑；我不喜欢穿花哨的衣服；我不愿意听无益的闲话。不但如此，由于我自己软弱无能，我还会给某些

---

① 参看《圣经 · 新约 · 路加福音》第 10 章第 34、35 节。

② 参看《圣经 · 新约 · 约翰三书》第一章第 5、6 节。

事情绊倒，而那些事情别人却可以随随便便地去做。我还不明白全部的真理；我是一个非常愚昧的基督徒。有时候，要是听见人家为主而高声欢呼的话，我就觉得心烦，因为我自己不能那样做。我的光景就像处身于身强力壮的人中间的一个虚弱的人一样，就像与健康的人为伍的一个病人一样，或者就像一个藐视灾祸的人；因此我不知应该怎么办。“安逸的人心里藐视灾祸。这灾祸常常等待滑脚的人[①]。”

大无畏先生说：但是，我的兄弟啊，我的任务是要安慰意志不够坚强的人，鼓励软弱的人。你一定得跟我们一路去；我们会等你的；我们会帮助你；我们会因你的缘故，放弃一些出于主见以及注重实行的事；我们在你跟前不辩论自己所疑惑的事；——我们宁愿一切都依顺你，而不愿意让你落在后面。

他们这样谈话的时候，始终都是站在该犹的门前；看啊，他们正谈得起劲，迟疑先生走过他们的跟前，手里握着两根拐杖，他也正在天路上行进。

低能先生说，你怎么走到这里来的呀？我刚才还在埋怨我没有一个合适的同伴呢，只有你合我的意。欢迎，欢迎，好迟疑先生；我希望我们两人能互有照应。

迟疑说：我真喜欢跟你做伴，好低能先生，既然我们这么凑巧地遇上了，我不愿意我们再分手，我甘愿分一根手杖给你用。

低能回答道：不，你这番好意我要向你道谢，不过我还是不打算在我没有瘸腿以前停下来。但是，我想在遇到狗的时候，它也许

① 参看《圣经·旧约·约伯记》第 12 章第 5 节。

会有些用处。

迟疑说：只要我和我的拐杖能使你愉快，请你随意支使我，也随意使用我的手杖，好低能先生。

于是大家就这样走上旅途了。大无畏先生和诚实先生走在前面，女基督徒和她的儿子媳妇们跟在后面，再后面就是低能先生，迟疑先生撑着拐杖一瘸一拐地走着。

诚实说：先生，现在我正在路上行进，请你把在我们之前奔走天路的一些人的有益事迹讲给我们听。

大无畏说：我非常愿意讲。我想你们大概已经听说过以前基督徒在屈辱谷遇见魔王的详细情形，你们也听说过他在死荫谷经历到了怎么样的艰难。我想你们一定也听到过忠信从放肆太太、亚当一世、不知足和知耻那儿受到了种种的折磨——他们是你在路上所能遇到的四个最最诡诈的恶棍。

诚实说：对，我想这些事迹我全都听见过了；善良的忠信从知耻那儿受到的折磨最残酷了；忠信真是个不屈不挠的人啊。

大无畏说：你这句话说得很正确；因为凡是天路客都说知耻是最最不适合于自己的名字的人了。

诚实说：可是，先生啊，请问基督徒和忠信在哪儿遇见多话的？他也是个够有名的人物哩。

大无畏说：他是个脸皮有一寸厚的笨蛋；但是还有不少人学他的样呢。

诚实说：忠信几乎上了他的当哩。

大无畏说：对啊，幸亏基督徒设法很快地就使他的原形暴露出来。

他们像这样走啊走的，后来他们走到了以前宣道师遇见基督徒和忠信的地方，当时宣道师就在这里预言他们在浮华市集所要遭到的横祸。

这时候，他们的领路人说道：基督徒和忠信就在这儿附近遇见宣道师的，宣道师向他们作了预言，谈到他们到了浮华市集要遇到怎么样的苦难。

诚实说：真的吗？我相信当时他给了他们一番严厉的训诲。

大无畏说：是啊，但是他同时还对他们讲了种种鼓励的话。可是我们怎么谈论他们呀？他们是一对像狮子一样慓悍的人；他们脸如坚石。你不记得他们站在审判官面前的时候那种大无畏的精神吗？

诚实说：对，忠信英勇地忍受了一切。

大无畏说：他的确那样，而且后来还发生同样英勇的事哩；因而盼望，另外还有其他的人，就像故事里所提到的那样，都因他的殉难而感动悔改。

诚实说：好吧，请你再谈下去；你知道的事情实在多极了。

大无畏说：基督徒自从离开浮华市集以后，他所遇到的人中间，有一个名叫私心的人最诡诈。

诚实问道：私心！他是什么人？

大无畏说：他是一个诡计多端的人，是一个彻头彻尾的伪君子；他是那种人，不论在怎么样的时势中，他总是保持着宗教信仰；不过他为人狡猾非凡，既不会叫自己吃亏又不至受苦。不论面临怎么样的新局面，他都能使自己的信仰方式随机应变，他的妻子在这方面跟他一样，是个能手。他的主张变幻莫测；不但这样，他还为自己辩护。不过据我所知，他因自私的缘故，结局很糟；我也没有听说过哪一个真正敬畏神的人看得起他的任何一个孩子。

这时候，他们走到了一个地方，从那里望得见遥远的浮华市，在那个城里有一个浮华市集。因此，当他们见自己离那个城已经不远时，他们彼此商量怎样穿过那个城；有的这么说，有的那么说。

最后大无畏说：你们也许知道，我常常担任天路客的领路人穿过这个城。而且，我认识一位拿孙先生[①]，他是塞浦路斯人，是一位老门徒，我们可以在他家里寄宿。如果你们认为好的话，我们就上他家去。

老诚实说：我赞成；女基督徒说：我赞成；低能先生说：我也赞成；其余的人也都表示同意。

你一定料到他们到达城外时，已经是黄昏时分了；不过大无畏先生认识那条上那位老人家里去的路。于是他们就来到了他的门前，大无畏在门外呼叫，屋子里的老人一听见他的声音总是马上认得出来；因此他把门打开，让大家都走了进去。进屋以后，屋主人拿孙问道：你们今天走了多远的路啊？他们答道：从你的朋友该犹家来的。拿孙说：那么你们走了好长一段路啦。一定都累坏了，请快坐下。于是大家都坐下来。

他们的领路人大无畏接着便说：喂，好先生们，你们都好吧？我敢肯定我的朋友是欢迎你们的。

---

① 参见《圣经 · 新约 · 使徒行传》第 21 章第 16 节。

拿孙先生说：我也要告诉你们，我是欢迎你们的；不论你们要什么，尽管说好了，我们会尽我们的力量给你们弄来的。

诚实说：我们已经有好一会儿渴望着要一个藏身之所和一位好伴侣了，现在我希望我们能两样都得到。

拿孙说：至于藏身之所，你们可以看一看这是怎么样的一个地方；但是好伴侣呢，那可需要经过考验才知道有没有哩。

大无畏先生说：那么，你愿意带领这些天路客去看看屋子吗？

拿孙先生说：我愿意。说完他带领他们看了各人的寝室，又看餐室，在那餐室里，大家可以在一起进餐，也可以随意坐坐，一直可以坐到就寝的时候。

这会儿他们各自坐着，旅途的疲乏已经渐渐消失，觉得精神略微恢复了一些了。诚实先生向主人探询这个城里有没有好人。

拿孙说：有一些；但跟城的那一边的好人一比，的确显得很少。

诚实说：可是我们要怎样才可以见一见他们呢？因为对奔走天路的人来说，看见好人就像在海上航行的人望见一轮明月和闪烁的群星一样。

拿孙先生听了把脚一顿，他的女儿恩典闻声走来。于是他对他的女儿说：恩典，去告诉我的朋友们——悔悟先生，圣洁先生，羡圣先生，无欺先生和悔过先生，就说我们家里来了一两个朋友，希望跟他们见见面。

恩典转身寻找他们去了，不一会儿工夫，他们都给请来了；大家寒暄了一阵以后，围着桌子坐了下来。

他们的主人拿孙先生说：他们已经看见了，我家里光临了几位生客，他们都是天路客，都是从远方来的，要到锡安山去。说到这儿他用手指着女基督徒，问道：你们猜她是谁？她是女基督徒，那位大名鼎鼎的天路客基督徒的太太，基督徒和他的兄弟忠信在我们城里曾经受到了多么可耻的对待啊。拿孙先生的众友人听了这句话大为惊奇，倏地全都站起身来，说道：恩典来叫我们的时候，我们完全没有想到我们是给请来见女基督徒的；所以这真是一件大快人心的意外事。接着他们一个个都向她问安，并且问她，那几个年轻人是不是基督徒的孩子。她回答说是的，他们说，你们所敬爱、所服侍的王使你们跟你们的父亲相像，并且把你们带到你们的父亲现在安息的地方去。

大家就座以后，诚实先生问悔悟先生和其他的人，他们这座城目前的情形如何。

悔悟说：在有市集的日子我们可忙极了。我们四面碰壁，处处受到阻碍的时候，要保持心神安宁，那可不是一件容易的事啊！住在这样一个地方，日常接触着像我们所接触的这般人，需要有一条戒律以便提醒自己时刻提防。

诚实说：但是你们的邻人们现在安静不安静？

悔悟说：他们如今比先前温和得多了。你知道以前基督徒和忠信在我们城里受到过怎样的待遇；但是近来，我说啊，他们温和了不知道多少了。我想忠信所流的血一直到目前还像一个重担压在他们身上；因为自从他惨遭焚毙以来，他们感觉惭愧，后来就没有再这样对待别人了。以前我们不敢在街上随便行走；而现在我们可以放心露脸了。以前凡是表白自己信仰的人都遭到唾弃；现在呢，特别在我们城里某些地区（你们知道我们这个城面积很不小呢），信奉宗教被看做光荣的事了。于是悔悟先生问他们道：请你们告诉我，你们奔天路的生涯怎么样？乡下给了你们怎么样的影响？

诚实说：我们的遭遇跟所有旅客的遭遇一样，——我们的旅途有时候很整洁，有时候却污秽不堪；有时候是上坡路，有时候是下坡路；我们从来就拿不稳前面的路程凶吉如何。风不一定老朝我们背后吹来，我们一路上碰见的人也并不全是对我们怀着善意的。我们已经遇到过一些显著的困难，我们此后还要遇到怎么样的事情，此刻可不得而知；不过大多数的时候，我们觉得有一句老话说得非常正确，那就是：一个好人免不了要受苦受难。

悔悟说：你提起了困难；你们碰到了什么困难？

诚实说：唔，还是问我们的领路人大无畏先生吧；他能把那些事讲得最清楚。

大无畏说：我们已经给袭击三四次了。第一次，女基督徒和她的孩子们受到两个歹徒的逼迫，当时他们深恐自己会给活活弄死。后来我们又受到嗜血巨人、大槌巨人和屠善巨人的攻击。的确，我们宁可先下手攻打最后的那个巨人而不愿意让他来找我们。因此情形是这样的：当我们在我的主人该犹的家里，也就是全教会的家里，待了一会儿以后，曾经有人提醒我们，拿起各人的武器，出去兜一圈，看看我们是不是能发现天路客的仇敌中的任何一个；因为我们听说附近有一个出名的大害虫。该犹对于那个恶棍时常出入的地方比我要清楚些，因为他的家就靠近那里。于是我们东张西望，到处搜寻那个巨人的踪迹，终于我们看见了他的洞口；当时我们大为欣喜，鼓起了勇气。于是我们走近他的洞窟；哎呀，我们到达那里的时候，他已经使用武力把低能这个可怜的人儿拉进他的陷阱，正要置他于死地。不过当他瞥见我们的时候，他丢下那个可怜的人，走出洞来；当时我们想他一定以为自己又有另外的活点心可以尝尝了。接下来我们拼死命地迎战，他生龙活虎地向四面八方乱刺乱砍；不过最后他还是给打倒在地上，头颅给割了下来示众，借以警诫后来的作恶者。我对你说的全是事实，这位先生可以亲自作证，他就是从狮子的大嘴里给抢救出来的一头羊。

于是低能先生说：的确是这样，我又惊又喜。惊的是巨人随时会啃我的骨头。喜的是我看见大无畏先生和他的朋友们，举着各式各样的武器走近来解救我。

圣洁说：有两样东西是天路旅客所必不可缺的——那就是勇气和纯洁的生活。如果他们丧失了勇气，他们就再也不能坚持到底；如果他们生活放荡，天路客这称呼就会臭名远扬。羡圣先生接口说道：我希望这个警告在你们中间是不需要的。然而在奔走这条路的人当中，的确有不少人，他们宁可自称为天路上的陌生人，而不愿自称为尘世上的陌生人和旅客。这时候不欺骗先生说：这话完全正确。他们既没有天路客的衣着，又没有天路客的勇气；他们不是正直地走路，他们的脚步歪歪斜斜的，一只鞋子朝里斜，另一只鞋子朝外斜，长筒袜子在后面滑落了下来，这儿一个破口，那儿一个裂缝，真是丢尽了他们的上帝的脸哪。

悔过说：这种事情一定得想个办法；不然，在路上的这些脏东西没有清除以前，天路客们恐怕不会蒙受到恩典，他们的旅程也得不到祝福，而这些又都是他们所渴望的。他们这么聊着消磨时间，后来晚饭都端上桌了，他们一个个也就座了，进了饮食之后，疲乏渐渐消失；饭后各自到卧室就寝。

他们在这个市集上逗留了好些日子，住在拿孙先生家里，后来拿孙先生把自己的女儿恩典和马大分别嫁给女基督徒的儿子撒母耳和约瑟。

我上面说过，他们在这地方住了很久，因为现在这地方跟以前大不相同了。因此这些天路客在城里结识了许多高尚的人，尽了最大的力量为他们效劳。慈悲照她惯常那样，辛勤地为穷人做了不少的事；他们全都非常感激，她在那地方为她的信仰增光不少。我在这里也得为恩典、菲比和马大说一些实话，她们个个天性善良，在各自的处境中也表现得非常好。她们都生了很多儿女；因此，就像上面说过的那样，基督徒的声誉很可能会流芳万世呢。

正值他们居住在这地方的期间，有一头巨大的怪物从丛林里钻出来，杀害了城里许多人。它还带走了他们的孩子，并且教他们喂它的幼儿吃东西；城里没有一个人敢正视这头怪物一眼；他们一听见它前来的声响，全都逃得无影无踪。

这头怪物跟世上任何一种野兽都不像。它的身躯犹如一条龙，有七个头颅，头上顶着十只角[1]。孩子们因它而遭殃不浅，然而它却是由一个女人掌管着。怪物跟人们订立条件；爱命甚于灵魂的人就

---

① 参看《圣经 · 新约 · 启示录》第 12 章第 3 节。

接受了它所提出的种种条件。因此他们一切就受它的支配了。

大无畏先生和那几位到拿孙先生家里来拜望天路客的人彼此誓约，要结队前去与怪物交战，那样他们也许能够把这座城里的居民从这个贪婪无餍的毒蛇的爪牙中解救出来。

于是大无畏、悔悟、圣洁、不欺骗和悔过诸位先生佩上刀剑，出发挑战去了。起初，怪物猖獗万状，用非常轻蔑的眼光盯着它的敌人们；然而他们一个个都是刚强无比的武士，向它迎头痛击，逼得它抱头鼠窜；于是他们一同回到拿孙先生家里。

你得知道，这个怪物出来活动是有一定的季节的，到时候它就着手攫捕城里居民的孩子。每届这种季节，这些刚强勇猛的豪杰必紧紧守望着，不断地予以痛击；到后来它不仅受了伤，而且还跛了脚，它不再像先前那样陷害居民的孩子们了；有的人深信这头怪兽将负伤毙命。

大无畏先生和他的同伴们的声誉就此在城里大大提高；因此有许多人，虽然对事物的看法与他们迥然不同，对他们却生了虔诚尊敬的心。由于这样，那些天路客在这地方也就没有受到什么苛待。然而事实上品质恶劣的人还是有的，他们眼光狭窄得跟鼹鼠一样，理解力也不比一头畜生强；这班人对大无畏先生们就毫不敬重，对他们那些英勇的冒险事迹也视若无睹。

日子一天天地过去，后来到了客人们上路的时候了；他们着手整理行装。他们把朋友们请了来；聚在一起商量了一阵子；他们还匀出一些时间，彼此代为祈祷，祈求上帝保佑对方，有的还送来了男女病人和健康的人所需用的东西，赠给他们各种需用的东西。后来他们出发了；朋友们送了他们一程，直到他们非分手不可了，他们又一次互相把对方交托在上帝的庇荫之下，然后彼此告别。

天路客的同伴们仍旧朝前走去，大无畏先生走在大伙儿前面。妇女和孩子们体质比较弱；他们勉强拖着疲乏的腿行进；因此迟疑和低能两位先生对他们的处境更同情了。

他们离开那些出城给他们送信的人，又跟他们的朋友道别了一次，然后，不一会儿工夫就来到了当年忠信给处死的地方。他们在那儿停留了一下，向上帝感恩，是上帝托住了忠信，使他把自己的十字架背负得那么好；尤其是他们如今发现自己因他英勇蒙难而受益不浅。

他们又朝前走去，后来走得很远了，一路上谈论着基督徒和忠信的种种事情，谈到忠信遇难以后，盼望怎样找上基督徒，跟他结伴一路走。

这时候他们来到了金钱山，这儿有个银矿，多马就为了贪爱这个银矿而中途放弃走天路，有的人认为私心也是摔死在这个矿坑里的，因此他们默默地想着这件事。他们后来到了竖立在金钱山跟前的那个古老的遗迹前面，也就是说那根盐柱前面，从那里举目可以望见所多玛和那条臭气四溢的河流——他们想到像他们那样博学多才的人竟会愚昧得在这里脱离了正路，不禁深深感叹，当初基督徒来到这里的时候也有同样的感触。然而他们一转念又觉得一个人是无法体会别人家所遭受的不幸的，尤其是他们在那儿所看到的东西对他们愚昧的眼睛是那么富有吸引力。

这时候我看见他们不停步地直往前走，后来走到了快乐山前的一条河流旁边——沿着河岸有两排优美的树，吃了那上面的树叶，可以治疗饮食过度所引起的消化不良症；那里的草地终年常青；他们可以在那里躺下安歇。

在河畔草地上有羊栏和羊棚，在那里还有一所特地为了抚育幼年信徒而建的房屋，好让天路上的女客在那房子里抚育她们的婴孩。在那房子里还有一位[1]，祂看顾那些婴孩，祂富有怜悯，祂把这些婴孩抱在手臂上，偎在怀中，温和地带领着有婴孩的母亲们前进。这时候女基督徒劝告她的四个媳妇把她们的婴孩托付给这一位，那样他们就可以在水边安歇，就有了存身之所，就可以得到帮助，得到抚育，而且将来一无缺乏。如果有一个婴孩走迷了路，或者失踪了，这一位会把他寻找回来；受伤的他必缠裹，有病的他必医治[2]。在这里，他们永远不会缺乏吃的喝的，也不会缺乏衣服；在这里，盗贼无法侵袭他们；因为这一位宁死也不肯让一个受托的孩子有三长两短。不仅如此，他们在这里还必定能受到绝好的教养和训诫，受到走正路的教导；而这一点，你也知道，可是一个不小的恩典呢。你也看到这里还有美丽的湖泊，可爱的草场，各种艳丽的花朵，种类繁多的树木，上面结着于人有益的果实——它们可不像马太吃的、从魔王的果园里伸展到墙外的那种果子；它们使病弱者转为强壮，又使强壮的健上加健。因此女基督徒的媳妇们就欢欢喜喜地把她们的娃娃托付给这一位；另一事实也鼓励着她们，使她们

① 即耶稣基督。

② 参看《圣经 · 旧约 · 以西结书》第 34 章第 16 节。

更甘心乐意这样做，那就是：孩子们的一切费用都由国王负担，就像一所专供孩童和孤儿的医院一样。

他们仍旧向前走着。后来走到了小径草地，那里有一排栅栏，以前基督徒和他的伙伴盼望曾越过这排栅栏，落进绝望巨人的手里，给关押在怀疑堡垒里；这时候大家坐了下来商议，要研究一下他们究竟采取怎么样的行动最为正确——既然他们如今一个个全都身强力壮，又有一位像大无畏这么了不起的人领路，他们是不是应该在继续往前走之前协力把这个巨人结果掉，把他的城堡摧毁，如果发现有天路客被囚禁在城堡里，把他们释放出来。于是你这么主张，他那么主张，意见纷纷。一个问道，踏上不圣洁的地方是不是合法？另一个说，只要是为了一个正当的目的，他们是可以那样做的；但是大无畏说，虽然最后的那个说法并不完全正确，然而我一定得遵守圣诫，抵挡罪恶，战胜邪恶，打那美好的信心之仗；请问，如果我不是跟绝望巨人打，我该跟谁打这个美好之仗啊？因此我要倾全力去结果掉他那条狗命，我要把那座怀疑堡垒毁得片瓦不留。接着他又说，谁愿意跟我一起去？老诚实说，我愿意。女基督徒的四个孩子马太、撒母耳、约瑟和雅各异口同声说道，我们也愿意；因为他们都是年轻力壮的人。他们让妇女们留在大路上，派低能和迟疑两位先生留下，在他们出征期间暂时充当妇女们的护卫，迟疑先生的手中仍握着他的拐杖；绝望巨人就住在这儿附近，他们就这样停留在路上，或许会有一个孩子来引领他们也未可知[1]。

---

① 参看《圣经·旧约·以赛亚书》第 11 章第 6 节。

于是大无畏先生、老诚实和那四个年轻人朝山上怀疑堡垒走去，搜寻绝望巨人。他们来到了城堡门前，敲门要求进去，他们使劲地敲门。巨人听到敲门声就走到门旁，他的妻子猜疑尾随着。他喝问道，哪一个胆大包天的东西，竟敢用这种态度来打搅绝望巨人？大无畏先生回答说，是我，是大无畏，我是天国的王手下的一名领路人，我的职责是带领天路客到他们的归宿处；我命令你打开门来放我进去。你自己也准备一下来应战，我此来是要割下你的脑袋，是要毁掉怀疑堡垒。

说到绝望巨人，由于他身材高大，自以为所向无敌；他又自忖着，既然过去我曾屡次制胜天使们，难道我会害怕大无畏不成？于是他戴盔披甲，走出门来。只见他头上顶着钢盔，腰上束着一具火焰四射的胸甲，足登铁履，手里握着一根粗大的木棍。六个勇士一窝蜂拥上前去，前前后后把他团团围住，四面夹攻；女巨人猜疑见状直扑过来，想为他解围，哪知诚实先生一挥刀就把她砍倒。双方拼死力战，绝望巨人终于不支，砰地倒下；但是他哪里甘心就这么一命呜呼，他在地上翻来覆去，折腾了很久，正如他们所说那样，他似乎跟猫一样，有九条命呢；可是大无畏又偏偏是他的死敌，因为他非到把他的脑袋从肩上割下来不肯罢休。这以后，他们就着手拆毁怀疑堡垒，而你知道，既然绝望巨人已经死了，他们尽可以从从容容地做这件事。他们花了七天的工夫才把整个城堡毁掉；在城堡里被他们搭救的天路客中，有一位沮丧先生和他的女儿畏怯，那个父亲已饿得奄奄一息了；这两个人总算死里逃生，由他们救了出来。你要是见到城堡的院子里到处都是的尸体，和地窖里堆得满满的尸骨，不知要惊讶失色到什么地步呢。

大无畏先生和他的同伴们完成了这个任务后，他们收留了沮丧先生和他的女儿畏怯，要保护他们；因为尽管他们是暴君绝望巨人的囚犯，给关在怀疑堡垒里，他们却是善良的人。他们手里提着巨人的头颅（他的尸体已给埋在一堆石块底下），顺着大路走去，到后来他们来到了其余的同伴那里，举起那颗头颅让他们看他们的成绩。低能和迟疑看见那果然是绝望巨人的头颅，两人都喜形于色。这时候如果有这样需要的话，女基督徒可以奏维哦尔[①]，她的媳妇慈悲可以弹琵琶；她见大家这么欢乐，她就奏了一支曲，迟疑随着音乐舞蹈起来。接着他拉了沮丧的女儿畏怯的手蹦蹦跳跳到大路中央，双双婆娑起舞。虽然他放开他手中的那根拐杖，就无法舞蹈，但是我可以告诉你，他拍子的确踏得很准；那女孩子也该受到赞扬的，瞧她配合着音乐的节奏，舞姿多么优美啊。

至于沮丧先生，他对音乐可没有什么兴趣；他对食物的需要比起音乐来要殷切得多呢，因为他已经饿得几乎要咽气了。于是为了应急，女基督徒先把她那瓶酒拿出来，让他喝了一些。过后就着手准备食物，让他痛痛快快地吃个饱；不一会儿，老先生苏醒过来了，而且渐渐复元了。

这时候我在梦中看见他们一阵热闹过后，大无畏先生提起绝望巨人的头颅，把它安置在路旁一根杆子上面，和基督徒以前在这里竖立的一根柱子相对而立，当初基督徒的目的是要警告后来的天路

① 维哦尔是中世纪的一种弦乐器，是小提琴的前身。

客们，提醒他们要谨防踏进绝望巨人的领地。

接着大无畏先生在那颗头颅下面的一块大理石上写了这样的诗句——

这就是那个人的头颅，他的姓名
在往日足使天路客胆战心惊。
他的城堡如今已成废墟，他的妻子猜疑，
已被勇敢的大无畏先生击毙。
对于沮丧和他的女儿畏怯，
大无畏也显出了大丈夫的气魄。
凡是对此事抱有疑惑的人，只要举目
朝这上面望一眼，疑虑即可消除。
当疑惧的瘸子们奋起舞蹈时，这个头颅
也证明了他们已经解脱了畏惧。

这一班人在怀疑堡垒表现了这种英勇气概，并且杀死了绝望巨人后，又一同朝前走去，然后到了快乐山，以前基督徒和盼望曾经在这里饱食了一顿当地各种各样的土产。他们也结识了当地的牧人，那些牧人热诚欢迎他们来到快乐山，正如以前欢迎基督徒一样。

牧人们跟大无畏先生是多年旧交，这时候他们见他身后跟随着那么一大队人，他们对他说，好先生，你带来了好多同伴啊，请问你在哪儿找到他们的呀？

大无畏先生回答道——

首先，这里是女基督徒和她的一伙人，
她的儿子和儿媳，他们仿佛北斗七星，
紧挨着北极星，凭着罗盘的指示，
脱离罪恶，承受恩典，否则他们不会来到这里。
其次，这位是老诚实，他是天路客人；
迟疑也是，我敢保证
他和低能都忠诚无伪，
低能也不愿意给撇下。
跟着来了善良的人沮丧，
他的女儿畏怯也一同前往。
我们可以在这里受到款待，还是继续前行？
究竟该怎么办，请给我们讲明。

牧人们听了这番话，说，你们是我们称心如意的友伴，我们非常欢迎你们；我们对软弱的人跟坚强的人同样欢迎。我们的王注意那发生在我们弟兄中最小的一个身上的事[①]；因此我们切不可拒弱者于门外。说罢，牧人们把他们都领到宫殿门前，一一请他们进门，说道，低能先生请进；迟疑先生，请进；沮丧先生请同你的女儿畏怯太太也进来吧。牧人又对领路人说，对这几位客人，我们点名邀

① 参看《圣经·新约·马太福音》第25章第40节。

请他们进来，因为他们是最容易退缩的人；可是对你和余下的坚强的人，你们可以有你们一向所有的自由。

于是大无畏先生说，今天我看见荣光的确照耀在你们的脸上，而且你们正是我们的主的牧人；因为你们并没有用肋和肩去拥挤这些软弱的人①，你们却照着所应该做的那样，在他们走进宫殿的路上沿途撒下了花朵。

于是生性软弱的和体质瘦弱的都走进宫殿去，大无畏先生和其余的人也都尾随而入。他们一一就座后，牧人问那几个比较软弱的人道：你们各位要吃些什么？因为在这里一切事情都得根据一项原则办理，那就是：支持弱者，警诫骄横任性之辈。接着牧人们为他们设宴，全是些易于消化的菜肴，既味美又滋补；席散后，各自到寝室安歇。

那地方山峰高耸，牧人们一向的习惯是在他们的客人们离去之前，总要带领他们观看一些珍奇的事物。第二天早上，他们见天气晴朗，等客人们梳洗完毕，进了早点以后，牧人们引他们到空旷的山地上，先让他们看以前给基督徒看过的那些事物。

过后牧人们又把他们引领到一些新的地方去。首先去的是奇异山，他们从山上往远处眺望，只见远远地有一个人向众山发号施令，一座座山奉命东挪西移。于是他们向牧人们探询那幅景象含有什么意义。牧人们说，那是一位大惠先生的儿子（关于大惠先生的事，诸位读者在本书第一部中已经看到）；他被派驻在那里教导天

① 参看《圣经·旧约·以西结书》第 34 章第 21 节。

路客们，当他们遇到任何困难时，怎样靠着信心不被吓倒，或者借着信心脱离困难[1]。大无畏先生说：我认识这个人；他是一位胜过许多人的人。

接着牧人们又领他们到另一座山上去，那山叫纯洁山。他们望见一个人穿着一身洁白的衣服；另外有两个名叫偏见和恶意的人，直往他身上扔烂泥。可是，瞧啊，那些烂泥，或者不论什么东西，一眨眼就从他身上脱落，而他的衣服洁白如故，就好像根本没有被烂泥扔过。天路客问道：这是什么意思？牧人们回答道：这人名叫敬神，他的一身衣服是象征他那纯洁的生活。那两个往他身上扔烂泥的是憎恨他的德行的人；可是正如你们所看见的那样，烂泥不粘住他的衣服，凡是洁身自好的人也是如此情形。凡是企图腐蚀这种人的人，他们是白费心机的；因为上帝毫不费事地，就会使这等人的纯洁如同穿过黑暗的亮光，使他们的正义像中午时分的全盛气象。

牧人又带领他们到仁爱山上，指点他们看一个人坐在一捆布匹前面，他用那布为站在他四周的穷人剪裁长短衣服；然而他那一捆，或者说那一卷布匹，始终保持原状，一点没有减少。他们问说，这是什么意思呀？牧人们说，这是要让你们知道，凡是甘心乐意为穷人辛勤工作的人永不缺乏。使他人解渴的，也必获得饮水。那个寡妇虽然送饼给先知，但是她桶里的面粉并不见少。

牧人们还把他们带到一个地方，他们看见一个名叫傻瓜和另一

---

① 参看《圣经 · 新约 · 马可福音》第 11 章第 23、24 节。

个名叫笨蛋的人正在洗涤一个埃塞俄比亚黑人，一心要把他洗得洁白，可是越洗越黑。

于是他们问牧人们，这个景象是什么意思？后者告诉他们说：一个卑鄙的人的情况就是这样的；你想尽种种办法要使这种人得到一个好名声，但是结果只有使他更丑恶了。法利赛人就是这样；所有假冒为善的人也必如此。

后来马太的妻子慈悲对她的婆婆女基督徒说，妈妈，如果可行的话，我想看一看山中那个洞，就是人们都管它叫做“地狱通路”的那条小路。她的婆婆就把她的心事告诉了牧人们。于是他们就都走到那扇门前。那扇门设在山侧；牧人把门打开，叫慈悲留心倾听一会儿。她侧耳而听，只听得有一个声音说：我的爸爸真该死，是他不让我走和平的生命之道。另一个声音说：唉，我早知道这样，我宁可把自己撕个稀烂，也不愿意为了要保持活命而丧失了灵魂！又一个声音说：假如我还有活命的机会，我情愿终生刻苦自制，无论如何是不愿意到这地方来的！接着这个少妇吓了一跳，似乎她脚下的那块地都发出呻吟声而且震颤了起来。她面无人色，哆嗦着离开了那扇门，一边说，免于沉沦在这地方的男女有福了！

牧人们带领他们观看了这些景象以后，又引领他们回到宫里，尽量拿出家里所有的东西来招待他们。慈悲由于是一个已婚少妇，虽然心里非常喜爱那里的一样东西，但是又觉得不好意思开口索取。她的婆婆见她好像脸带病容，就问她哪儿不舒服。慈悲说，餐室墙上挂着一面镜子，我的心老向往着它；如果我不能得到它，我想我怀的胎也许保不住。于是她的婆婆说，我来把你的愿望告诉牧人们，他们不会拒绝你的。但是慈悲说，如果让这些先生们知道我这么贪婪，那多丢脸啊。女基督徒说，不，我的女儿，这并不丢脸，会想望得到那样的东西倒是一种美德呢。慈悲听了这话就说，那么，妈妈，请您问一问诸位牧人，他们愿不愿意卖给我。

说到那面镜子，真是一件罕有的珍品。镜子的一面可以逼真地反映出照镜人的面貌；把它反过来，又可以看见天路客的王本人的面貌。我曾经跟知道这事的人谈过，他们说他们朝那面镜子观看过，他们瞧见祂头上戴着的荆棘冠冕；他们也从镜子里瞧见他手上、脚上和肋旁的洞孔。的确，这一面镜子有这样的优点，不论什么人，只要他想看见祂，都可以在镜子里见到祂，不管这个人要看的是活着的祂还是死去的祂；在地上的祂还是在天上的祂；被侮辱的祂还是被高举的祂；是来受苦受难的祂还是来执掌王权的祂。①

女基督徒因此就独自去见牧人们（他们的名字是：知识、经验、警醒和诚恳），对他们说，我的媳妇中间有一个，我知道她很想望她在这座房子里见到的一件东西；而且她觉得如果你们拒绝了她的要求，她所怀的孩子恐怕要保不住了。

经验说：叫她来吧，叫她来吧；只要我们有力量帮她得到那件东西，她一定可以得到。于是他们把她叫了来，对她说，慈悲，你想要的是什么东西呀？慈悲把脸涨得绯红，说道，餐室墙上挂的那面大镜子。诚恳听了就跑去把它带来，高高兴兴地送给慈悲。慈

① 参看《圣经·新约·雅各书》第1章第23节；《圣经·新约·哥林多前书》第13章第12节；《圣经·新约·哥林多后书》第3章第18节。

悲当下鞠躬道谢，并且说道，从这件事上我知道我在你们眼前蒙恩了。

牧人们也把其他少妇们所想望的东西一一分送她们，同时还大大赞扬了她们的丈夫，因为他们协同大无畏先生把绝望巨人杀死，把怀疑堡垒毁灭。

牧人们在女基督徒的颈项上挂上了一圈项链，在她的四个媳妇颈项上也挂上了项链；给她们在耳朵上戴上了耳环，在额上佩上了宝石。

后来客人们要离去了，牧人们也不再挽留，也没有像以前对基督徒和他的同伴那样，谆谆给予各种告诫。原因是他们有大无畏作他们的领路人，而大无畏对一切都很熟悉，能在较适宜的时机给他们恰当的警告，也就是说，甚至在危险即将来临的时候给他们警告。以前基督徒和他的同伴从牧人们那儿曾经聆取了种种告诫，可是到了有必要把它们付诸实施的时候，却已经把它们忘得一干二净了。因此在这方面，这一伙人处境比基督徒和他的同伴就有利多了。

他们离开了那里，又往前走去，一边歌唱着——

瞧啊，一站又一站，安排得多么恰当，
　好让天路客人歇息！
他们多么热诚地接待我们，一点也不留难，
　让来世成为我们的目标，我们的皈依！

他们把所有珍奇的物品都给了我们，

使我们身为天路客而能生活得欢欣，

他们还赠送我们这样的东西，

让人家一眼就看出我们是天路客，不管走到哪里。

他们离开牧人家不久，就到了一个所在，就是基督徒先前遇见那个家住背教城的变节的地方。因此他们的领路人大无畏先生就把关于那个人的事情告诉他们，他说，基督徒就在这里碰上一个名叫变节的人，那人背上带有反叛的特征。我得谈一谈关于这个人的事；他不论什么人的劝告都不听，一旦绊倒了，任你怎么说，他都不肯再站起身来。当他走到竖着十字架的圣墓所在地，他遇见一个人，那人劝他朝它们看；他却咬牙切齿，跺着脚说，他拿定主意要回家去了。他还没有走到那扇小门时，在路上遇见宣道师，宣道师要伸手把他携带到原来的路上去。但是这个家伙断然拒绝，还向宣道师大肆辱骂，越墙离去，以致宣道师没有能抓住他。

他们仍旧继续赶路；后来走到以前小信被抢劫的地方，看见一个人脸上鲜血淋漓，手里握着一把剑。大无畏先生问道，你是谁？那人答道，我名叫佩真。我是一个天路客，我是到天国去的。我正在走路的时候，突然来了三个人把我紧紧围住，向我提出了三项要挟：第一，要么我跟他们结伙；第二，要么我掉头回家去；第三，再不然就立时死去。对第一个要挟，我回答说，我很久以来就已经是一个忠实的人，所以不要妄想我把自己的命运跟盗贼们系在一起吧。接着他们就追问我对第二个要挟的答复。我告诉他们要是我原来待的地方对我没有什么不合适，我也不会把它抛弃掉；但是我觉得它对我完全不合适，对我也很不利，我才撇下它走上这条路。紧接着他们又向我追索第三个答复。于是我告诉他们说，我的生命是非常宝贵的，我决不肯轻易舍去。再说，你们也没有权利这样规定几种出路叫我选择，因此，如果你们准备干涉这件事，你们是在冒险了。于是那三个人——也就是莽撞、轻率和专横——向我直扑过来，我也不甘示弱，迎了上去。我们激战了三小时以上，一个人单枪匹马地抵挡着三个人。像你们所看见的，他们在我脸上留下了这些足以显示他们的勇猛的痕迹，他们也带走了我给他们划上的创伤。他们刚刚才走；我猜他们可能像俗语说的那样，听见你们马匹的急促的蹄声，因此撒腿逃得无影无踪了。

大无畏说：但是众寡太悬殊了，三个对一个。

佩真说：这话说得对；但是一个持有真理的人是不在乎人数多寡的。以前有人说过这样的话："虽有军兵安营攻击我，我的心也不害怕。虽然兴起刀兵攻击我，我必仍旧安稳[1]"，等等。我不仅听说过这种话，我还在有的记载中看到有一个人单独跟一支军队争战；再说，参孙用一块驴腮骨杀死了多少人啊[2]！

接着领路人大无畏说：你刚才为什么不大声嚷叫，好让人家闻声前来搭救？

佩真说：我的确嚷叫了，我向我的王呼吁，我知道祂听得见我的呼声，会在暗中支援我，而祂的能力足够我使用。

---

① 参看《圣经·旧约·诗篇》第 27 篇第 3 节。
② 参看《圣经·旧约·士师记》第 15 章第 15 节。

然后大无畏对佩真说：你的行为委实可嘉。让我看看你的剑。佩真马上递过剑去。

大无畏把剑握在手里，细细察看了一会儿，说道：啊！这是一把地道的耶路撒冷利剑。

佩真说：一点不错。如果一个人有这种利剑，同时又有掌握这把剑的灵活的手和熟练的技巧，他就有可能与天使交战。只要他知道怎样进行攻击，他不必担心它吃得住吃不住。剑锋永远不会钝。它能刺穿肉，同样也能砍断骨头，它能切断灵魂，能切断一切的一切。

大无畏说：但是你和他们交战了好久呢；我真奇怪你竟然不觉得累。

佩真说：我拼命作战，到后来好像这把剑紧紧粘住我的手不放似的。他们以为我的手臂上长着一把剑，三个人合力向我猛攻，血液在我所有的手指中奔腾，那时候我无比英勇地斗争着。

大无畏说：你干得好。你不顾流血，竭力抵挡罪恶。你加入我们这一伙吧，来跟我们一起赶路吧；我们都是你的好伙伴呀。

接着他们把他领进自己的队伍，替他洗了伤口，尽他们所有的拿出来让他吃个饱；后来他们一同又出发了。

他们一边走着的时候，大无畏先生向他问了种种问题，大无畏先生之所以这样做，一则是因为他心爱佩真，他一向就热爱跟他一样具有勇武的人的；二则是因为他们一群人之间还有软弱无力的人；首先他问他是哪里人。

佩真说：我是黑暗地人；我是在那地方出生的，我的父母至今还住在那里。

领路人大无畏问：黑暗地；它不是跟毁灭城坐落在同一个海岸上吗？

佩真说：是的，没有错。促使我奔走天路的经过情形是这样的：有一位说实话先生来到我们的地区，他把基督徒的所作所为告诉了我们，说他怎么从毁灭城出走——也就是说：他怎样撇下他的妻子和儿子，开始天路客的生涯。他还作了可靠的报道，说到基督徒怎样在旅途上杀死了一条阻挡他前进的蛇；又谈到基督徒怎样走完了旅程到达他的目的地。还提到基督徒沿途在国王所设立的每一个招待所里受到了怎样的欢迎，尤其是当他抵达天国的门前时，他所受到的欢迎更热烈，在那里，一群全身发出亮光的人吹喇叭欢迎他。他还说，城里所有的钟都为了表示对他的热烈欢迎而响了起来，他穿上了一身金光闪闪的衣服；还有许多其他的情况，我在这里不再叙述了。总而言之，那位先生把基督徒和他的旅行情况说得那么动人，我恨不得马上追随基督徒的脚踪而去；我的爸妈都没有能把我留住。我就那样离去，一直走到这么远的地方。

大无畏问：你是从那扇小门进来的，是不是？

佩真说：对，对。因为那位先生也把这事告诉了我们，他说，如果我们不是一开头就从那个小门进来走上路程，那么一切都是白费的。

领路人大无畏对女基督徒说：瞧，你的丈夫奔走天路的情况，以及他所遭遇的一切，已为远近人所周知了。

佩真问：怎么，这位是基督徒的妻子吗？

大无畏说：是的，她是基督徒的妻子，这四位是基督徒的儿子。

佩真问：怎么，他们也走天路吗？

大无畏说：是的，确是这样，他们在追随他的脚踪。

佩真说：这个消息委实叫我从心坎里高兴起来啦。那个好人呀，他看见他们的时候，将要多高兴啊！他们原先怎么也不肯跟他一起去，随后竟跟着进了天国的门！

大无畏说：无疑他一定会大为欣慰；因为在那儿遇见自己的妻子和孩子所感到的喜悦将会仅次于他自己进入天国所感到的喜悦。

佩真说：不过现在你既然谈到这件事，我倒要听听你对这事的意见。有人提出这样的问题，他们说我们到了天国以后，究竟是否依旧互相认识。

大无畏说：你认为到那时候他们知道自己本来是什么人吗？或者他们会因自己处在那极乐世界中而感到无限欣喜吗？如果他们认为自己会知道的，而且也会因而感到欣喜，那么他们又有什么理由不认识别人，不也为他们的幸福而高兴呢？再说，既然我们的亲人跟我们犹如骨肉，尽管这种关系在天国里会消失掉，我们又为什么不能作一个合情合理的断定，说，我们在那儿见到他们要比不见到他们高兴些呢？

佩真说：好，我明白你对这个问题的见解啦。关于我开始走上天路的事，你还有什么要问吗？

大无畏说：有。你的父母愿意让你当一个天路客吗？

佩真说：啊，不！他们想尽了种种方法规劝我待在家里。

大无畏问：怎么，难道他们有什么理由反对你走天路吗？

佩真说：他们认为那是一种懒散的生活；还说，我要不是由于生性怠惰，好吃懒做，我绝不会赞成天路客那种生活方式的。

大无畏问：他们还说些什么没有？

佩真说：唔，他们还告诉我说，那是一条危险的路，而且还说，世界上最危险的路就是天路客走的道路。

大无畏问：他们有没有告诉你，这条道路从哪一点上说是这么危险的？

佩真说：他们说了，而且说出好几个理由。

大无畏说：那么举几个例子吧。

佩真说：他们告诉了我关于那个灰心沼的事，当初基督徒几乎闷死在那个沼里。他们告诉我在魔王的堡垒里随时都有射手守望着，向在小门跟前叩门求入的人射箭。他们也告诉我关于那座林子和那些黝黑可怖的山，关于艰难山和那几只猛狮的事；还有那三个巨人——嗜血、大槌和屠善的事。此外，他们还提到一个在屈辱谷出没无常的丑恶的魔鬼；说基督徒险些儿遭到他的毒手。他们说，此外，你还得走过死荫谷，那里有鬼怪，谷中一团漆黑，一路上到处是罗网、坑坑洼洼的路和大小陷阱。他们也谈到绝望巨人和怀疑堡垒，以及天路客们在那里遭殃的种种情况。他们还说我得穿过着魔之地，而那是个非常险恶的地区；而且在经历了这一切苦难之后，我还会碰到一条河，河上没有架桥；那条河恰恰横在我和天国之间。

大无畏问道：没说旁的话了吗？

佩真说：还有呢。他们告诉我这条路上骗子多极了，还有许许多多人专门伺机把好人从这条路上撵走哩。

大无畏问道：可是他们怎么知道这些事的？

佩真说：他们告诉我，老世故先生就老守在那儿专门欺骗人。他们说形式和虚伪也常在路上出现。还说私心、多话或者多马会走近来把我带走；谄媚会用他的罗网把我逮住；再不然我就会跟着无知无识的无知走，一心还以为自己是朝那个门走呢，而无知从那里给打发到山坡旁边那个洞那里去，不得不顺着那条小路走到地狱里去。

大无畏说：我敢说这些话已经很够叫你气馁的了；不过他们的话是不是说到这里为止？

佩真说：不，你听我说下去。他们告诉我过去有许多人试走过那条路，在那条路上走了好远，想试试看自己是不是在那条路上可以找到什么光荣——那是为人们所时常谈论的光荣，而结果呢，那些人回来了，觉得自己真是大傻瓜，竟然会离乡背井走到那条路上去，全乡的人看他们这样上了当回来，深为满意。他们还提起了几个这种中途折回的人的名字，像顽固，柔顺，疑惑和胆怯，还有变节和老无神论者，另外还有几个人；他们说，这些人有的走了很远的路，想知道自己究竟能找到些什么，但是一无结果，没有一个人因出走而觅得像一根羽毛那么重的收益。

大无畏问：他们还说了什么话来叫你泄气吗？

佩真说：有。他们说有一个惧怕先生，他是天路客，他觉得他的道路孤单极了，一路上没有一个钟点是愉快的；沮丧先生在路上几乎饿死；而且还有一个人我差一点儿把他忘了，那就是鼎鼎大名的基督徒，据说他为了一顶天国的冠冕，冒了种种的险，肯定是溺死在黑河里了，不管我们对这件事受到怎样的蒙骗，他是永远寸步不前了。

大无畏问道：这些话没有一句使你泄气吗？

佩真说：没有；我认为它们一钱不值。

大无畏又问道：你怎么会这样想的呢？

佩真说：唔，因为我还是相信说实话先生告诉我的话，他的话使我不相信那些话。

大无畏说：那么这就是你的胜利，你的信心了。

佩真说：事实就是这样。我凭着信心出走，走上这条路，跟一切和我对抗的事物斗争；凭着信心，我到达了这儿。

凡是要瞻仰真正勇士的人，
　到这里来吧；
这儿有个不屈不挠的人，
　风吹雨打，日曝霜冻，他全不怕；
没有一句令人气馁的话
　能动摇他
当初所表白的心愿
　——成为一位天路客。

你要是用忧郁的故事
　去扰乱他的心境，

只会落得羞耻；
　他的体力更是惊人。
任何狮子他都不怕，
他将跟一个巨人厮打，
他将要有权利
　　　　成为一位天路客。

鬼怪不能，丑恶的魔鬼也不能，
　挫折他的勇气；
他知道他自己最终
　将获得永生的权利。
于是幻想飞去，
他将不怕人家闲言闲语；
他将不分昼夜努力追求
　　　　成为一位天路客。

这时候他们到了着魔之地，这里的空气昏昏沉沉，催人欲睡。

这里遍地长满了野蔷薇和荆棘，四下里空旷的地方有一座座迷惑人的亭子，据说一个人如果在那些亭子里坐下或打瞌睡，过后他是不是还能站起身来或者在这世界上再醒过来，那是一个疑问。因此他们一同穿过这个林子，大无畏先生因为是领路人，走在前头；而佩真先生殿后，以防万一什么恶魔、大蛇或者盗贼趁他们不备，从后面蹿上来胡闹。他们一路走着，全都抽出利剑握在手中；因为他们知道这一带危机四伏。他们还竭力互相勉励。大无畏先生命令低能走到前面来，跟在他身后；佩真先生则时刻注意着沮丧先生。

他们还没有走多远，一股浓雾和黑暗把他们全部的人都笼罩住；接着有好一阵子，他们几乎彼此都看不见。因此有那么一段时间，他们不得不凭着各自的话语去感觉彼此之间的距离；因为当时他们不是靠视觉行路的。不过大家一定都这么想，对他们中间最好的人说来，这也是一次可恼的旅行，但是对妇女和孩子们却更糟哩，他们的双脚既柔嫩，他们的心又软弱！然而事实是如此：由于领队的人和在后面护送他们的人都不断地以话语鼓励大家，他们向前行进得很不错呢。

这里的路全是烂泥和黏土，令人疲乏之极。一路上连一家供体弱者稍事歇息的小客栈或饭店都不见。因此在这儿听到的是一片埋怨声、气喘声和长吁短叹。这儿一个给一棵灌木绊倒了，那儿一个又深深陷入烂泥之中；孩子们，有的把鞋子掉在泥潭里了；一个疾声嚷着：我完啦；另一个喊说：啊呀，你们在哪儿呀？那边还有一个高呼：灌木把我给紧紧缠住啦，我没法脱身啦。

后来他们来到了一座亭子里，那里暖融融的，看上去天路客们在那里大可舒舒畅畅地休息一阵了；它的顶造得很精致，绿油油的树叶子点缀着，有长凳，又有高背长靠椅。亭子里还有一张软绵绵的卧榻，供疲乏的过路人倚卧。一般说来，你一定以为这样的亭子非常诱人；因为这一帮天路客在走了这么一段崎岖荒芜的道路之后，这时候已经开始感到无可奈何了。但是他们中间没有一个人建议停下来。而且，据我所见，他们始终不渝地注意听从他们领路人的劝告；而领路人每当他们面临危险时，总是忠实地警告他们，把各种危险的特征告诉他们；因此，往往当他们即将身历险境时，就都大大振作起精神来，互相激励，竭力克制肉体的愿望。这座亭子名叫懒汉之友，特为勾引一些因疲乏可能跨进亭来歇脚的天路客而设的。

我在梦中看见他们在那条冷僻的道路上走着，后来走到了一个路口，在这地方一个人往往一不留心就要走入歧途的。要是在白昼，他们的领路人对那些歧途是可以避免的，可是在这样一片乌漆麻黑中，他也给弄得束手无策了。幸而在他口袋里有一张地图，在那上面可以看出所有通往天国的道路；于是他燃亮了一根火绒——火绒盒是他必然随身携带的各样东西中的一种，仔细察看他那个本子，或者说，他那张地图，从那上面他知道了该小心地朝右边拐弯。如果他在这里没有细看地图，十之八九他们会闷死在泥浆里的；因为在他们前面没多远的地方，而且还是在一条无比洁净的路径的尽头，有一个坑，没人知道那个坑有多深，那里面全是泥浆，那个坑也是特地为了陷害天路客而设的。

这时候我自忖着：有哪个奔走天路的人会随身带着这么一张地图，使他在茫无适从的时候，可以掏出来看一看他该怎么走的?

他们在着魔之地继续行进，后来又遇上一座亭子，就在大路旁。在亭子里躺着两个人，他们的名字是不小心和冒失。这两个人在天路上已经走到这个地方了；但是到这儿的时候，由于旅途的劳顿，就坐下休息，因而沉入了酣睡。这一群天路客一眼瞥见他们，停下步来直摇头，因为他们知道这两个沉睡的人光景很悲惨。于是在他们之间展开了商议，要想个办法出来：他们是只顾往前走，让那两人睡他们的觉呢，还是走过去设法唤醒他们？最后他们决定过去把他们弄醒——也就是说，只要能把他们弄醒的话；不过他们得非常小心，必须严密提防，不让自己也坐下去，也不让自己被那亭子的好处所迷惑。

接着他们走进亭子向那两个人说话，唤他们的名字（因为领路人知道他们的名字）；但是他们既不哼一声又不答腔。于是领路人伸手摇他们，想尽种种方法去弄醒他们。其中一个人说话了，他说：我拿到钱就付给你。领路人听了摇摇头。另一个说：只要我有力气握住我的剑，我总要战斗到底。有一个孩子听了这话扑哧一声笑了。

女基督徒问道：他们怎么啦？领路人说：他们在说梦话呀。要是你揍他们，打他们，随便你们怎么对待他们，他们都会用这样的话答复你的；或者就像一个古人所说那样：当海浪冲击着他，他像卧在船上桅杆上面的人，他必说：我几时清醒，我仍去寻酒①。你知道，一个人说梦话的时候，他是随口胡说的，他的话语丝毫不受信念或理智的支配。他们现在说的话东扯西拉的毫无条理；就像他们既走天路又在这里坐下来这两件事之间的矛盾一样。毛病就在这里：不知谨慎的人奔走天路，往往要得到这种报应。因为这个着魔之地是天路客的敌人的最后根据地；因此，像你们所看见的，这个着魔之地几乎位于天路旅程的尽头，因而更便于跟我们捣蛋。因为我们的敌人这么想：这些傻瓜什么时候会比他们筋疲力尽的时候更

---

① 参看《圣经·旧约·箴言》第23章第34、35节。

渴望坐下来呢？而且他们什么时候会比旅程眼看就要结束的时候更为疲乏呢？因此我认为，就由于这个原因，着魔之地才安排在靠有夫之妇[①]地区这么近的地方，也就是靠他们路程终点这么近的地方。所以天路客们多多留神吧，免得自己也遭遇到像你们所目睹的这两个熟睡的人一样的事，这两个人是没人唤得醒他们的了。

于是这一群天路客全都不寒而栗起来，纷纷要求再朝前走去；不过他们要求他们的领路人点起灯来，好让他们借着一盏灯笼的光再走下去。于是领路人点上了灯，因此虽然后来一路上四周黑得寸步难移，灯火给了他们莫大的方便。但是这时候孩子们已经疲累不堪，他们纷纷向爱天路客的神呼吁，要求祂使他们的道路便于行走些。因此他们像这样走了一小段路以后，刮来一阵风，把雾吹散了；空气也就变得爽朗了一些。然而他们还没有离开着魔之地，前面还有好一段路呢；不过此刻他们彼此已经可以看得清楚一些了，也辨得出该走的道路了。

后来他们快走出这个地区的时候，从他们前面不远的地方突然传来一阵说话声，声调庄严，似乎是从一个担着重大心事的人嘴里发出的。于是他们直朝前走去，注视着前面；他们看见好像有一个人跪在那里，举目望天，两手高高地举着，似乎正殷切地对着上面一个什么人絮絮叨叨地说话。他们走近他身边，但是听不出他讲些什么话；于是他们轻轻地走着等他结束他的祷告。他说完了话以后就站起身来，拔脚朝天国奔去。大无畏先生见状，在后面大声嚷叫

① 参看《圣经 · 旧约 · 以赛亚书》第 62 章第 4 节。

道：别跑呀，朋友！如果你是到天国去，我们一同走吧！我想你是上那儿去的。那人听见这话站住了，他们就朝他走去。诚实先生一眼瞥见那人，说道：这个人我认得。佩真先生问道：请问他是谁？诚实先生说：他是从我老家附近来的。名字叫坚持；他的确是个真正的好天路客。

于是他们互相走近了。坚持连忙对老诚实说，哈，诚实长老，您在这儿吗？诚实说，对，我确实在这儿，就如你在这儿一样。坚持先生说，我竟然在这条路上碰见您，我真高兴极了。诚实说，我见到你跪在那儿，我也同样高兴呢。坚持先生脸上泛出红晕，说，啊，您刚才看见了吗？诚实说，是的，我看见了，而且我见到那情景，心里不知道有多高兴呢。坚持说，那么，您当时心里怎么想的？老诚实说，想！我该怎么想呢？我想我们在路上遇见一位善良的人了，我们等一会儿可要跟他结伴同行啦。坚持说，如果您的想法没有错，我该多快乐啊！可是如果我的为人不像我所应当的那样，我就得负完全责任。诚实说，说得对；可是你这种战战兢兢的心情使我更确信在天路客的王和你的灵魂之间完全没有问题。因为祂说："常存敬畏的，便为有福。"①

佩真说：那么，弟兄啊，我要求你告诉我们你刚才为了什么事跪下？是不是什么特殊的恩典使你觉得自己有责任这样做，或者是怎么的？

坚持说：唔，您也知道，我们此刻正在着魔之地；我一边走

① 参看《圣经·旧约·箴言》第28章第14节。

着一边自忖在这个地区的道路上走是多么岌岌可危，而且有多少奔走天路的人已经走了这么远的路程来到这儿，还遇到阻碍，遭到毁灭。我还想起了在这个地区里人们遭到了怎样的死亡。凡是在这儿死去的人，没有一个是患急病暴毙的；这样死去，人们并不觉得痛苦。因为凡是在睡梦中离去正路的人，他们是抱着欲望并追求肉体上的放荡开始走他们的道路的。而且，这种人正顺从了那种病的要求。

这时候，诚实插嘴问道，你有没有看见那两个在亭子里睡觉的人？

坚持说：是呀，看见啦，我看见不小心和冒失在那儿；而且很可能他们会一直躺到浑身腐烂。不过，让我接下去讲我的事情吧。像我刚才说的，我正这样想着的时候，有一个衣着非常漂亮，但是年纪稍大的女人找上了我，向我贡献三样东西——也就是：她的身体，她的钱包和她的床铺。说到我呢，当时的情形是既疲乏又困倦；我还一贫如洗，可能那个女巫也知道这一点。我一再地拒绝她；但是她却不管，老赔着一副笑脸。后来我冒火了；但是她也毫不在乎。接着她又提议说，如果我肯服从她，她会使我成为幸福的高贵人物；她说，因为我是世界的统治者，是我赐幸福给一切的男人。于是我问她尊姓大名，她自称是气泡夫人；我听了这话，戒心更大了；但是她依然紧跟着我，千方百计地诱惑我。到后来，像你们所撞见的那样，我跪倒在地上，举起了双手，呼吁着，向那位答应帮助我们的上帝祈祷。后来，你们一走近来，那个女人就走开了。于是我继续祷告，为这次的大拯救献上感恩；因为我确信她不存好心眼儿，她只是为了要阻挡我前进。

诚实说：毫无疑问，她是满怀诡计的。可是，慢着，这会儿你提起了她，使我想起我要不是过去曾经看见过她，要不就是读过关于她的故事。

坚持说：也许您既见过她，又看过关于她的故事的书。

诚实问道：气泡夫人！她是不是一个高个子，漂亮的女人，肤色微黑的？

坚持说：对啦，您说对啦；她正是这样一个人。

诚实又问：她是不是说起话来甜言蜜语的，说完一句话总是笑容可掬的？

坚持说：您又说得完全正确，她正是这样。

诚实又问：她身旁是不是挂着一只大钱包，她的手是不是常常探进钱包，摸弄着钱，就好像那是她最高兴做的事？

坚持回答说：正是这样；即使这会儿她一直站在这儿，您也不能把她形容得更详细，把她的容貌形容得更准确了。

诚实说：那么那描绘她的相貌的真是个杰出的画家，那描写她的人也写出了真相。

大无畏说：这个女人是个女巫，因为她施了法术，这块地才着了魔。谁把头靠在她的膝上，就等于把自己的头搁在断头台上；凡是贪爱她的美色的，就是与上帝为敌。就是她支持着那些与天路客为敌的人，他们的气焰才那么嚣张。对，就是她把许多男人收买去，使他们脱离了天路客的生涯。她是个地道的碎嘴子，老跟在天路客背后，不是跟着这个，就是跟着那个，她和她的几个女儿都这样，对世上的生活一会儿称赞，一会儿推荐。她是个厚颜无耻的臭女人，什么男人她都要搭讪。她对贫穷的天路客总是百般嘲笑，对富有的人则称赞得天花乱坠。要是有一个狡猾的人在一个地方大发其财，那么她就挨家挨户地去赞扬那个人。她非常喜欢宴会和筵席，她总是大吃大喝。在有的地方她自称是个女神，因此有些人很尊敬她。她有自己的时间和在公开场所耍她的欺诈手段，她保证没有一个人可以和她的相比。她答应和崇拜她的人住在一起，只要他们爱慕她，并且向她频频谄媚。在有的地方，她会对某些人解开她的钱囊，挥金如土。她喜欢人家追求她，捧她，又喜欢靠在男人的怀里。她对自己所拥有的东西赞不绝口，对崇拜她的人最为喜爱。只要人家听从她，她会答应赐给他们冠冕和王国，可是她却把许多人带上了绞刑架，把更多的、不可胜数的人带进了地狱。

坚持说：哎呀！幸亏我拒绝了她，不然她要把我带到哪里去了呀！

大无畏说：哪里！唔，只有上帝知道哪里。不过一般说来，毋庸讳言她会把你诱进愚昧有害的色欲的陷阱，人们在那里必至身败名裂，永远沉沦[①]。是她，使押沙龙大逆不道，忤逆了他的父亲，使耶罗波安背叛他的主。就是她，引诱犹大出卖他的主；多马也因她放弃了神圣的天路生涯。没有人诉说得尽她带来了多少祸害。她使统治者和人民之间，父母与子女之间，邻里之间及夫妇之间发生种种不睦，使一个人内心产生矛盾，使肉体和圣灵不协调。因此，好坚持先生，要做到你的行为和你的名字相符；在你完成一切以后，还得坚定，切勿动摇。

---

① 参看《圣经·新约·提摩太前书》第 6 章第 9 节。

听了这一番话，这一群天路客惊喜交集；最后他们全体突然欢呼起来，唱道——

天路客的处境多么险恶！
　他的仇敌有多少！
究竟有多少条道路通向罪恶的
　没有一个人知道。

有的人虽然对阴沟畏惧，
　然而他们却在泥沼中打滚；
有的，虽然回避
　油锅，却向烈火跃进。

此后，我目送着他们，直到他们进入了有夫之妇地区，在那里太阳不分昼夜地照耀着。他们感到疲乏，因此就在这里歇下来。由于这个地区为天路客所共有，又由于这一带的果树园是属于天国的君王的，因此他们得到许可，可以任意享用祂的东西。不一会儿，在这里他们的精神恢复了；叮当的钟声直响着，嘹亮的号角声一阵阵不断地传来，他们简直没法入睡，然而他们的精神却非常饱满，就像酣睡过一觉似的。在这里还听到街道上行人的谈话声。又有天路客进城来了！另一个行人回答说：今天好多人蹚过河以后，在金门口给放进来了哩！那些人这时候又高声欢呼了起来：无数全身发出荣光的人刚到城里来，他们一来，我们就知道天路上又有人来了；因为他们是特地到这里来等候那些天路客的，他们要安慰他们一路所受到的苦楚。听到这里，天路客一个个都站了起来，踱来踱去。这会儿天上的话声不断地传到他们耳中，映入眼帘的全是天国的情景，使他们无限欣喜！在这块地上，他们无论耳闻目睹到的，或是感觉到的也好，闻到的，以至于尝到的也好，没有一样不合他们的胃口，不称他们的心；可是当他们尝了尝他们得渡过的那条河里的水时，他们觉得那水略带苦味；但是吞下肚子后，嘴里又甘美无比了。

在这里保存着种种记录，那里面有历年天路客的名单，还记载着他们一切出名的事迹。在这里也有一番热闹的谈话，谈到有些越河的人怎样遇到了泛滥的潮流；又有些人怎样适逢退潮；有些人逢到河床近似干涸；还有些人却遇到河水溢出两岸。

在这里，城里的孩子们往往跑进国王一个个的花园，为天路上的旅客们采集芳香扑鼻的花束，热情地送到他们手里。这里也长着樟树，有甘松香，番红花，菖蒲，肉桂，还有各种树木，像乳香、没药、芦荟和一切主要的香料。当天路客们在这里住下的时候，也用的是这些香料来使屋子里充满了香气；他们也用这些香料抹了身子，使自己事先准备齐全，随时在指定的时候渡河。

且说他们逗留在这儿，正等候着那幸福的时刻时，城里哄传着从天国来了一位使者，有非常重要的事要找天路客基督徒的妻子，一个名叫女基督徒的人。因此人们到处打听，最后探出了她的住处。使者递了一封信给她。信上写道：恭喜您，善良的女子！我给您带来了一个好信息，就是我们的主召唤您，请您在十天之内穿上不朽的衣服来到祂面前。

使者向她宣读了这封信后，又向她出示一个确实的证据，证明他是真实的使者，此来是催她从速动身。那个证据是一把利箭，箭头由热爱磨得锋利非凡，他一下子就把箭刺进了她的心，而且在她心里渐渐收到了成效，使她在指定的日子上一定会出发。

女基督徒见自己的行期已定，知道自己是一伙人中间头一个被召前去的人，她把她的领路人大无畏先生请了来，把一切情形告诉了他。大无畏说他为这个信息无比欣喜，要是使者是来找他，他该多高兴啊。于是女基督徒要求他教导她，应该怎样准备她这一次旅行的一应大小事件。他就告诉了她应该如此这般，并且说我们这些还活着的人要送你到河边。

接着她把她的儿子们都叫到跟前来，为他们祝福，然后告诉他们她看见他们额上的印记有多么欣慰，将来看到他们跟她一块儿在那里有多高兴，又说他们把自己一身衣服保持得那么洁白，也使她心里无限欣喜。最后她把自己所有的一切东西全部赠送给贫苦人，并且叮嘱她的儿子和媳妇们随时作好准备，等候使者前来召唤。

女基督徒对她的领路人和她的儿子们说完这番话以后，又把佩真请了来，对他说道：先生，您处处表现出您有一颗忠实的心，但愿您至死忠实，那样我的王会赐给您永生的冠冕。我也要求您照拂我的孩子们，见到他们软弱的时候，请您随时鼓励他们。至于我的媳妇们——我儿子的妻子——她们一向忠诚，对她们的允许，最后必将实现。接着女基督徒赠送了一只戒指给坚持先生。

这以后，她又把老诚实请了来，对着他说："看哪，这是个真以色列人，他心里是没有诡诈的[1]。”于是诚实说道：我祝你动身到锡安山去的那天天气晴朗，希望看到你走过那条河的时候脚上一点也不沾湿。可是女基督徒回答说，湿也好，干也好，我只渴望早日动身；因为不论我在旅程上遇到的是什么样的天气，我到了那边有的是时间，我可以从从容容地坐下来休息，让自己身上晾干。

这时候，那位好先生迟疑来看她。她就对他说，到目前为止，你一路上曾经历尽艰辛；但是，这一切会使你在歇息的时候觉得更甘甜。注意随时作好准备；因为在你不在意的时候，使者可能忽然来到。

接着沮丧先生和他的女儿畏怯也来了；女基督徒对他们说，你们蒙恩从绝望巨人的魔掌下、从怀疑堡垒里给搭救出来，这份恩情应该终生牢记啊。由于这份恩典，你们才一路平安地到达这儿。你们要警醒，不要害怕；保持清醒，坚信到底。

女基督徒又对低能先生说，你是从屠善巨人洞穴中给救出来的，使你在生命之光中生活，快快活活地谒见你的王。不过我可要劝告你，趁祂还没有召见你，快快为你那动辄担心并且怀疑祂的慈爱的倾向而痛悔吧；免得当祂驾临的时候，你不得不为了这个过失，涨红了脸站在祂跟前。

后来女基督徒该出发的日子到了。大路上挤满了人，欢送她走上旅途。可是瞧啊，对岸给马匹和马车挤得水泄不通，它们是从天上降下，要陪伴着她一路上天城去的。于是她向前走去，向送行的

---

① 参看《圣经·新约·约翰福音》第1章第47节。

人们挥手告别后就踏进河中。传来她最后的一句话是：主啊，我来和您一起，赞美您。在彼岸等候女基督徒的人们把她带走了，送行的人不再看见她了，于是她的孩子和朋友们都回到自己的住处。女基督徒直往前走，到达了天门，和她的丈夫基督徒以前一样，在进门时行了各种欢乐的仪式。她跟她的孩子们分手的时候，四个孩子都不禁泪下。但是大无畏先生和佩真先生都欢天喜地地奏起音调和谐的铙钹和竖琴来。过后大家就各自回家去了。

后来有一天，一位使者又到城里来，这次他是要跟迟疑先生联系事情。因此他向人探询迟疑的住处，找到了他。使者对他说，我是您所敬慕并且信奉的上帝差遣到这儿来的，虽然您是拄着拐杖跟随祂；我的使命是来告诉您，祂希望在复活节的第二天晚上在祂的国度里和您同席；所以请您整理行装准备上路吧。接着为证明他自己是真正的使者，他说道："我把你的银链折断，金罐破裂[①]。"

这以后，迟疑先生把他奔走天路的同道都请了来，告诉他们说，神已经遣使者召见我，祂一定也会召见你们的。接着他请佩真先生替他写遗嘱。他除了他的拐杖和一片善意之外，没有东西留下来给那些还留在世上的人，因此他说，这两根拐杖我要留给我的儿子，他将跟随我的足迹，衷心热诚地愿他比我过去所表现的要好些。他又向大无畏先生道谢，感谢他一路的照拂和厚意，过后就上路了。他来到河边的时候，自言自语道，我现在再也用不着这两根拐杖了，那边有马车和马匹等我去乘坐呢。人们听到他最后的一句

① 参看《圣经·旧约·传道书》第 12 章第 6 节。

话是：欢迎永生！于是他走了。

这以后，有一天有人告诉低能先生说，有使者在他的寝室门前吹号角。后来使者走进屋来，对他说，我此来是通知您，您的主要您去，您得在非常短促的时间内前往谒见祂在荣光中的慈容。听着，这是证实我所带来的这个信息的证据："从窗户往外看的都昏暗[①]。"于是低能先生把朋友们统统请了来，告诉他们他接到了怎样的通知，以及他得到了有关那个信息的真实性的证据。接着他又说，我根本没有东西可以留给什么人，那么我该留个什么样的遗嘱呢？至于我这薄弱的意志，我不会带着它一同去的；在我要去的那地方我不需要它，而且就是对最贫苦的天路客说来，它也不配给当作一样礼物赠送给他们；所以，佩真先生，我希望在我走了以后，你把它埋在粪堆里。他把这事托付了他的朋友以后，终于有一天他该走的日子到了，他像其他的人一样踏进了河。他最后的话是：坚信忍耐，至死不渝！说罢他朝对岸走去。

又过了好些日子，沮丧先生受到召唤了；一位使者来到他跟前，带了这样的信息给他：战栗的人哪！我来通知您准备好一切，在下一个主日朝见上帝，到那时候您会为了从疑云愁雾中给解救出来而欢呼雀跃。使者接着又说，为了证明我所带来的信息是真实的，这是证据；于是使者给了他一只蚱蜢，它对他将是个重担[②]。

沮丧先生的女儿畏怯知道了这个消息，表示要跟她的父亲一

---

① 参看《圣经·旧约·传道书》第 12 章第 3 节。
② 参看同上书第 12 章第 5 节。

道去。于是沮丧先生对他的朋友们说，你们是知道我和我的女儿过去是怎么样的一种人，不论跟什么人在一起总给人家带来麻烦。我和我女儿的愿望是：在我们永别以后，再也没有人来承受我们这种垂头丧气、奴隶一般的战战兢兢的情绪；因为我知道在我去世以后，这种情绪会另找对象的。我明明白白地告诉你们吧，它们是一种邪灵，我们一开头当天路客就接待了它们，后来就怎么也摆脱不掉；它们以后会到处巡行，寻求天路客的接待；但是为了我们的缘故，朝它们关上门吧。后来到了他们该启行的日子了，他们走到河岸边。沮丧先生最后的话是：别了黑夜！欢迎白昼！他的女儿过河的时候，一路不停地歌唱着，但是没有人听得懂她的歌。

过了一些时候，发生了这样一件事，城里来了一位使者，寻访诚实先生。后来他来到诚实先生的住宅，递给他这样一封信：你受命准备从今天算起在第七日的晚上，到您的主跟前，到祂的父的家里去。这句话可以作为证明我这个信息的真实性的证据："唱歌的女子也都衰微[①]。"于是诚实先生把朋友们请来，对他们说，我要死了，但是我不会留下什么遗嘱。说到我的诚实的品德，我要带着走；把这事告诉后来者。到了他该动身的那一天，他朝河边走去，准备过河。这时候，两岸部分地区淹没在水中；但是诚实先生生前曾经跟一位良知先生相约要在那儿和他碰头，而且这会儿他也找到了那位先生，于是他搀扶着那位先生，一路照顾他蹚过了河。诚实先生最后的一句话是：一切都在恩典之中！说完他就离了尘世。

---

① 参看《圣经·旧约·传道书》第12章第4节。

之后，又有一天，外面传说纷纷，说是佩真先生蒙召了，来的就是以前那位使者，并且他用以证明这个召见的真实性的是这样一句话：“他的瓶子在泉旁损坏①。”佩真先生知道了这件事以后，便邀请他所有的朋友，把事情的始末告诉了他们。然后他说，我要到我的天父那儿去了；虽然我历尽艰难来到这地方，然而我现在一点儿也不因为在未到这儿的途中所遭受的种种苦难而感到后悔。我要把我的剑遗留给继我而来的奔走天路的人，至于我的勇气和技能，哪个有能力取得它，我就送给哪个。我要带着我全身上下所有的伤疤刀痕前去，要证明我曾为我的主打过那些仗，现在祂就要奖赏我了。后来他启程的日子到了，许多朋友陪伴他到河畔，他一边踏进河里，一边说：“死啊，你的毒钩在哪里？”他下到河水更深的地方时，又说：“死啊，你得胜的权势在哪里②？”说着他蹚过河去，对岸无数的喇叭齐声为他吹奏起来。

后来，坚持先生也被召了。这位坚持就是天路客们在着魔之地遇见的那位伏在地上的先生。使者把摊开的召见书拿在手里；信上说，他得准备改变生活，因为他的主不愿意他再这样远离祂。看过这封信之后，坚持先生深深地陷入沉思。使者见状说道，不，您不必怀疑我所带来的这个信息的真实性，这儿是一个证据，可以证明它一点儿不假：“水轮在井口破烂③。”过后他又把他们的领路人大无畏先生请了来，对他说，先生，虽然当年我行走天路的时候，没

---

① 参看《圣经 · 旧约 · 传道书》第 12 章第 6 节。

② 参看《圣经 · 新约 · 哥林多前书》第 15 章第 5 节。

③ 参看《圣经 · 旧约 · 传道书》第 12 章第 6 节。

有福气常常和您在一起，但是自从我认识您以后，您给了我很多好处。当初我出走的时候，把我的妻子和五个年幼的孩子留下在家里；我恳求您回去以后，捎个信给我家里，把我所经历过的和即将遭遇的事统统告诉他们。我之所以向您提出这样的要求，因为我知道您会回到您的主人的寓所去的，您一心巴望自己能再替更多圣洁的天路旅客效劳，做他们的领路人。此外，请您也把我目前幸福的情况以及我无限喜悦地到达天国这回事告诉他们。把基督徒和他的妻子女基督徒的事告诉他们，说女基督徒和她的孩子们怎样跟着她的丈夫的脚迹也来到了这儿。告诉他们，她的结局是多么幸福，最后她上哪儿去了。我只有很少东西，或者根本没有东西送给我的家人，除了为他们所作的祈祷和为他们所流的泪水；如果他们会动心的话，让他们听到这几句话也就够了。坚持先生把事情这样安排就绪之后，他启程的日子到了，于是他也到河畔去。这一天河面平静如镜；因此坚持先生蹚到约莫河中心的时候，站立了一会儿，向跟随他直到河畔的同伴们说话。他说，这条河不知有多少人害怕；而且，我过去一想起这条河，也往往不寒而栗。现在我觉得我站得很稳；当初以色列人走过约旦河，抬耶和华约柜的祭司在河中站定[①]，我此刻正站在那块地上。河水的确很苦，而且使胃里冰冷；但是想到我要去那儿，想到在对岸专候着我的护卫队伍，就像在我的心中搁上了一块通红的木炭。我明白我现在已经到了旅途的终点；我艰苦的日子已经过完了。我现在去谒见那曾戴荆棘冠冕的头，那曾为

① 参看《圣经·旧约·约书亚记》第3章第17节。

了我而让人吐唾沫的脸。我以前是靠着传说和信心生活的；可是现在是上那地方去住下，在那儿我可以看见一切，并且可以接近我的主，这对于我是无比的喜悦。我一向听到人家提到我的主，心里就不由得乐滋滋；而且不论在什么地方，只要我看见我的主在地上留下的脚印，我总是贪婪地也在那上面放下我的脚。祂的尊名在我看来就像是一只麝香盒儿，比什么香料都香。祂的声音在我听来是无比的甜蜜；祂的容貌是我所渴望瞻仰的，而且比最渴望日光的人们更心切。我惯常采集祂的话语当作我的食粮，又以它们为祛除我软弱颓丧的解毒剂。祂守住了我，使我远离我的不义；而且使我踏在祂的道路上的步伐坚定有力。

他正这样说话的时候，他的面容起了变化；他的强壮的躯干弯下去了；他说，收留我吧，我是为寻求您而来的，说罢他就消失无踪，他的同伴们从此不再看见他了。

这是一幅多么辉煌的景象啊：空中满是车马、无数的号手、风笛手、歌手和弹奏各种弦乐器的人，这一切都是为了欢迎升天的天路客们，他们一个随着一个地走进美丽的天门。

至于女基督徒的孩子们，女基督徒带来的那四个儿子以及他们的妻室儿女，我没有等到他们过河就离开了那地方，所以情况不了解。自从我离开了那地方，我从一个人那里知道他们还活着，因此在他们住下的那一带地区，教会的人数暂时还会不断地增加。

如果我命中注定还要到那儿去，我可以再向希望知道那儿情形的人们叙述我目前所无从述说的一切。这里我向诸位读者暂时告别了。

再会！

图书在版编目（CIP）数据

天路历程：插图珍藏本 /（英）约翰 · 班扬（John Bunyan）著；西海译. — 上海：上海译文出版社，2020.3（2024.11 重印）

书名原文：The Pilgrim’s Progress

ISBN 978-7-5327-8223-9

Ⅰ.①天… Ⅱ.①约… ②西… Ⅲ.①长篇小说—英国—近代 Ⅳ.①I561.44

中国版本图书馆 CIP 数据核字（2020）第 026007 号

译文版插图珍藏本世界文学名著

总策划 / 冯涛

技术总监 / 朱奇　设计总监 / 张志全

John Bunyan

The Pilgrim’s Progress

Simplified Chinese edition copyright:

2020 SHANGHAI TRANSLATION PUBLISHING HOUSE (STPH)

插图作者：George, Frederick & Louis Rhead

天路历程

［英］约翰 · 班扬　著　西　海　译

责任编辑 / 徐　珏　装帧设计 / 张志全工作室

上海译文出版社有限公司出版、发行

网址：www.yiwen.com.cn

201101　上海市闵行区号景路 159 弄 B 座

上海雅昌艺术印刷有限公司印刷

开本 890 × 1240　1/32　印张 13.5　插页 4　字数 193,000

2020 年 4 月第 1 版　2024 年 11 月第 5 次印刷

印数：13,001—16,000 册

ISBN 978-7-5327-8223-9

定价：298.00 元

TEMPLE OF AR